HOLLY BIRGLUND

(K)ein Bad Boy zu Weihnachten

AF219609

(K)ein Bad Boy zu Weihnachten

»So chaotisch und bezaubernd wie die Liebe selbst.«

Ein Roman von Holly Birglund

Bibliografische Information der Deutschen Nationalbibliothek:
Die Deutsche Nationalbibliothek verzeichnet diese Publikation in der
Deutschen Nationalbibliografie; detaillierte bibliografische Daten sind im
Internet über dnb.dnb.de abrufbar.

Deutsche Erstausgabe November 2018
Copyright © Holly Birglund
Covergestaltung, Satz, Korrektorat: Benisa Werbung – Sabine Albrecht
Bildmaterial Cover: Küssendes Paar, Mihai Blanaru (Shutterstock)

Herstellung und Verlag:
BoD – Books on Demand, Norderstedt
Printed in Germany

ISBN: 978-3-75-198360-0

Damals ...

Samstag, 19.Mai 2007, 21:45 Uhr,
Dachgeschoss, Regent Street, South Boston

»Oh, Mist, Entschuldigung.« Ich hielt mir unwillkürlich die Hand vor die Augen und blieb auf der Türschwelle zu Owens Zimmer stehen. »Ich wusste nicht, dass du hier oben bist und gerade ...«

»... gerade *was*?« Owens Stimme klang amüsiert.

Oh Mann. Wie manövrierte man sich ohne Not in eine sterbenspeinliche Situation? Darüber könnte ich Kurse geben, ehrlich. Ich meine, ging es überhaupt noch schräger? Ich *hielt mir die Hand vor die Augen*, weil der Bruder meiner Freundin Katie kein Shirt trug! Dabei war ich kein Kleinkind, sondern achtzehn, Herrgott noch mal. Genau wie Owen, auch wenn ich mich wegen seiner sportlichen Statur und seinen einschlägigen

Erfahrungen in Liebesdingen oft Jahre jünger fühlte. *Nimm die blöde Hand runter, Lucy,* beschwor ich mich eindringlich. Aber wie so oft hörte ich nicht auf meinen Rat. Es war wohl ohnehin ein bisschen spät dafür, so zu tun, als wäre ich die Lässigkeit in Person.

»Katie meinte, du wärst heute Abend auf einer Party«, stammelte ich schließlich, als würde das erklären, warum ich mich wie eine Irre aufführte.

»Tja, mal wieder ein Beweis dafür, dass meine liebe Zwillingsschwester nur halb so allwissend ist, wie sie immer tut.« Owen klang jetzt, als würde er gleich einen Lachanfall kriegen. »Lucy, nimm die Hand runter und komm rein.«

Na toll, *ihm* gehorchte die Hand natürlich, klammerte sich aber sofort am grün gestrichenen Türrahmen fest, was auch keinen sonderlich souveränen Eindruck machte. Der Rest von mir war schwer damit beschäftigt, nicht auf Owens nackten Oberkörper zu starren. Und noch weniger auf seine graue Trainingshose.

Himmel, was stimmte nur nicht mit mir? Katholische Mädchenschule hin oder her – das hier war kein Jane-Austen-Roman, sondern das einundzwanzigste Jahrhundert. Owen hatte doch nur ein paar Sit-ups gemacht – auf dem Teppich vor seinem Futonbett. Und ich tat gleich so, als hätte ich ihn bei wer weiß was erwischt. Ich ließ den Türrahmen los und trat einen vorsichtigen Schritt in den Raum. Warum war ich noch mal hier oben? Ach ja, richtig. Das Buch.

»Katie hat mir erzählt, dass du dir für deine Prüfung den Blakely-Sozialkunde-Atlas ausgeliehen hast.« Ich räusperte mich. »Sie meinte, ich könnte ihn mir ruhig kurz mal ... holen.«

»Kurz mal ... holen.« Owen grinste noch breiter und so, wie er die Worte betonte, hatten sie plötzlich etwas Anzügliches.

»Ja.« Ich verschränkte die Arme und wurde langsam wütend. Das machte Owen ständig mit mir. Ich sagte etwas ganz Normales, und er sah mich so lange an, bis es auch in meinen Ohren merkwürdig klang. Aber ich war kein kleines Mädchen mehr. Ich hatte die Highschool hinter mir und würde bald auf die Uni gehen. Höchste Zeit, mal ein bisschen selbstbewusster aufzutreten.

»Genau.« Ich nickte bestimmt. »Ich wollte ihn mir ausleihen.«

»Okay.« Owen zuckte die Achseln, sprang dynamisch auf die Füße und sah sich stirnrunzelnd in seinem Zimmer um. Dann ging er zu einem Stapel Bücher, der halb unter Sportklamotten und Musiknoten vergraben lag. »Warte mal.« Er hockte sich hin und sah die Bücher durch. »Nein, hier ist es nicht.« Er stand wieder auf. »Wieso brauchst du das Ding überhaupt? Du hast deinen Abschluss doch längst in der Tasche.«

Ich ließ meinen Blick durch den Raum schweifen. Hier oben sah es aus, als wäre eine Bombe explodiert. Seit Owens ältester Bruder Tony auf dem College war und Owen hier oben alleine hauste, hatte sich das Chaos endgültig durchgesetzt. Überall lagen seine Sachen herum, Bücher, CDs, zwei Gitarren, irgendwelcher Elektrokram, Kissen auf dem ungemachten Bett und bergeweise Klamotten. Der Zustand seines Zimmers stand im krassen Gegensatz zum Rest des kleinen Reihenhäuschens, das immer tipptopp aufgeräumt und liebevoll dekoriert war.

»Lucy?« Owen sah mich abwartend an.

Ach ja, das Buch. »Ich fange nächste Woche ein Praktikum im Fosters Care Centrum an, bevor ich im Herbst mit dem College beginne«, erklärte ich. »Du weißt schon, Kinder, die in Pflegefamilien vermittelt werden? Da wollte ich noch mal was über soziale Traumatisierung lesen.«

Er seufzte tief. »Meinst du nicht, die Kinder werden dir schon selbst erzählen, was mit ihnen los ist?«

Ich verzog das Gesicht. »Ja, klar, Owen. Ich denke, dass ein Kind, das ein paar Jahre von Pflegefamilie zu Pflegefamilie geschoben wurde und schließlich in diesem Heim landet, absolut reflektiert ist, was die eigenen Defizite angeht. Vermutlich kommen die Kinder auf mich zu und erklären mir ganz genau, wo sie meine Zuwendung brauchen.«

»Du wirst schon wissen, was du tust«, meinte Owen, immer noch mit einer gehörigen Portion Spott in der Stimme. »Lucy Lou«, setzte er halblaut hinterher.

Ich verdrehte die Augen. Lucy Lou war eine Comic-Figur aus der Kinderserie *Lucy Neunmalklug* und bis auf die Tatsache, dass wir beide blonde Haare und eine Brille trugen, hatten wir wirklich nichts gemeinsam. Owen behauptete jedoch hartnäckig, dass sowohl die Fernseh-Lucy als auch ich ähnlich verrückte Ideen hatten, wie man das globale Elend beseitigen könnte.

Ich atmete tief durch. »Ich bin weder neunmalklug noch eine Cartoon-Figur.«

»Aber dir ist schon klar, dass Leute, die die Welt retten wollen, manchmal ein klein wenig ... anstrengend sein können?«

Ich schnaubte leise, meine Unsicherheit war verflogen. »Du meinst, im Gegensatz zu selbsternannten Rockmusikern, die in irgendwelchen Clubs herumhängen und darauf warten, dass die Mädels sie anschmachten, weil sie so cool und rebellisch sind?«

»Ganz genau«, entgegnete er lässig.

Mist. Er ließ sich einfach nicht aus der Reserve locken. Ich hingegen war immer gleich auf hundertachtzig, wenn er sich über mich lustig machte. »Möglicherweise möchte ich einfach nicht schuld daran sein, dass unsere Welt zugrunde geht«, konterte ich. »Verklag mich doch.«

»Komm schon, Lucy.« Er klang versöhnlich. »Ich finde es toll, was du alles vorhast. Ehrlich. Ich will mich nur nicht immer gleich wie ein Schwerverbrecher fühlen, weil ich ein bisschen Spaß habe. Mom mit ihrem Job als Krankenschwester, Tony mit seinem Medizinstudium und Katie, die am liebsten das ganze Schulsystem reformieren möchte. Da wird die Luft zum Atmen manchmal ganz schön dünn.«

»Und du?« Ich sah ihm zum ersten Mal direkt in die Augen, seit ich hier oben war. Wumm. Wie ein Stromstoß. Keine gute Idee. Sofort senkte ich den Blick wieder. »Was hast du jetzt nach dem Abschluss vor?«

»Na, was wohl? Rock 'n' Roll natürlich.« Owen ging zu seinem Regal hinüber und nahm einen weiteren, ungeordneten Stapel mit Zeitschriften und Büchern heraus, dann drehte er sich zu mir um und zeigte auf den gemütlichen Ohrensessel im Paisley-Muster unter der Dachschräge. »Das mit dem Buch kann noch ein bisschen dauern. Setz dich doch.«

Ich ging mit wackeligen Knien zum Sessel hinüber. Warum war ich bloß immer so furchtbar nervös, wenn ich mit Owen allein war? Wir kannten uns doch schon seit Jahren – seit Katie und ich zusammen in der Middle School angefangen hatten. Weil wir nur zwei Straßen voneinander entfernt wohnten, war ich oft hier zu Besuch gewesen. Als meine Mutter vor ein paar Jahren nach einem Unfall im Krankenhaus bleiben musste, hatte ich sogar eine Zeit lang hier gewohnt. Es gab also wirklich keinen Grund, sich so anzustellen. Solange Katie dabei war, war auch immer alles ganz locker. Aber sobald Owen und ich einen Moment lang nur zu zweit waren – zack, schaltete alles in mir auf Freak-Modus.

»Und?« Er nahm einen Karton aus dem Regal, hockte sich hin und durchwühlte ihn. »Mit wem gehst du zu eurem Abschlussball?«

Okay. Jetzt war ich nicht nur nervös, sondern mein Herz raste. Was sollte denn das jetzt? Wir redeten nicht über … sowas. Wir redeten sowieso nicht besonders viel miteinander. Wir blödelten höchstens ein bisschen herum, aber wir mieden echte Gespräche. Und über *Dates* sprachen wir schon mal gar nicht. Schon deshalb nicht, weil ich nie Dates hatte und Owen sich schon durch den gesamten östlichen Bezirk von South Boston geschlafen hatte. Es gab einfach keine gemeinsame Schnittmenge, um sich über dieses Thema zu unterhalten.

»Ach, du weißt schon …«, murmelte ich ausweichend und ruckelte an meiner schwarzen Brille, wie immer, wenn ich nervös wurde.

»Nein, weiß ich nicht.« Er hatte offensichtlich nicht vor, die Sache auf sich beruhen zu lassen. »Ist doch eine

10

ziemlich einfache Frage.« Owen stand auf und drehte sich zu mir um, mit spöttisch funkelnden Augen, die Mundwinkel leicht hochgezogen. Der typische Owen-Blick – halb Aufreißer, halb Kumpel von nebenan. Als könnte er sich zwischen diesen zwei Persönlichkeiten nie ganz entschieden.

»Julian hat mich gefragt …«, erwiderte ich und zog meine Beine auf den Sessel. Keine gute Idee. Ich hatte vor, heute bei Katie zu übernachten und wir hatten uns vorhin schon unsere Schlafanzüge angezogen, um im Bett noch einen Film anzusehen. Ich trug unter meiner weinroten Strickjacke nur kurze Shorts und ein Hemdchen. Am Ende dachte Owen noch, ich wolle ihn anmachen. Schnell ließ ich die Beine wieder sinken und zog die Jacke über meine nackten Oberschenkel. »… also gehe ich wohl mit ihm hin«, beendete ich den Satz. Auf einer reinen Mädchenschule war es ziemlich schwierig, ein Date für den Ball zu finden. Julian lebte bei uns in der Nachbarschaft und er hatte mich gefragt, was wollte ich mehr?

Owen machte ein undefinierbares Geräusch. »Du meinst Julian-Schnarchnase-Gelderman, den Typen, der zwei Jahre lang meine Schwester gestalkt hat? Der Katie erst in Ruhe gelassen hat, nachdem meine Mom seinen Eltern gesagt hat, dass sie ihn lieber an die Leine legen sollen?«

Ich spürte, wie ich rot anlief. Das war jetzt echt unnötig. Als müsste Owen mir extra unter die Nase reiben, dass ich ein nerdiger Bücherwurm mit Hippie-Tendenzen war und er ein Sportler mit Rockband, der die Mädchen mit der Brechstange abwehren musste. Das war mir mehr als bewusst, vielen Dank.

»Ja, genau. Diesen Julian meine ich«, entgegnete ich trotzig. »Na und? Mit wem gehst du denn zu eurem Ball?«

Er drehte sich jetzt ganz zu mir um, immer noch zwei Bücher in der Hand, und sah mich mit einem seltsamen, intensiven Blick an. »Ich habe mich noch nicht entschieden.«

»Och, ist etwa schon wieder Schluss mit Freundin Nummer siebenundzwanzig?«

Ein zufriedener Ausdruck huschte über sein Gesicht. »Du zählst also mit?« Er lachte leise. »Interessant. Führst du eine von deinen kleinen Listen, die du so liebst?«

Irrte ich mich, oder war die Luft auf einmal zum Schneiden? Was ging hier vor? Er wollte doch nicht am Ende *mich* zu seinem Abschlussball einladen? Nein, das konnte nicht sein. Owen, der Cheerleader-Flüsterer, der Schul-Macho, der Typ, der ein Mädchen nach dem anderen flachlegte und dann wieder abservierte – der würde sich wohl kaum mit mir sehen lassen. Das würde seinen Weiberhelden-Ruf in Sekunden zerstören.

Zugegeben, vielleicht hatte es mal den einen oder anderen Moment gegeben, in dem ich gedacht hatte, Owen könnte in mir etwas anderes sehen als die nervige Freundin seiner Zwillingsschwester. In der Zeit, in der meine Mutter im Krankenhaus gewesen war, war er ab und zu richtig nett gewesen. Aber das war jetzt fast drei Jahre her.

Für einen kurzen Augenblick stellte ich mir vor, ich wäre eine andere. Ein ganz normales Highschool-Mädchen. Nicht von Ängsten geplagt, die nichts mit Owen zu tun hatten. Nicht verstrickt in ein kompliziertes

Geflecht aus Schuldgefühlen, Vorsichtsmaßnahmen und Kontrollmechanismen. Einfach die Lucy von früher. Bevor meine Mutter diesen Unfall gehabt und sich unser Leben komplett verändert hatte. Bevor ich aufgehört hatte, daran zu glauben, dass die Dinge gut ausgehen.

Die alte Lucy hätte Owen vielleicht einfach gefragt, was er meinte. Aber die alte Lucy gab es leider nicht mehr.

»Vermutlich hängt in deinem Spind eine lange Liste mit Interessentinnen«, sagte ich möglichst leichthin.

Owen antwortete nicht, stand einfach nur da und sah mich weiter an. Viel zu lange. Ich spürte, dass mir schon wieder das Blut in die Wangen kroch.

»Weißt du, Lucy Lou ...«, er atmete tief durch, »... es gibt da ein Mädchen, das ich gerne fragen würde. Aber ich weiß nicht, ob ich damit eine ... Grenze übertrete.«

Ich starrte ihn an und versteckte meine plötzlich zittrigen Finger in den Ärmeln meiner Strickjacke. »Was meinst du denn damit?«

»Keine Ahnung.« Er legte die Bücher beiseite, kam auf mich zu und ging vor dem Sessel in die Hocke. Er war auf einmal unglaublich nah. Und unglaublich ... nackt. Seine hellbraunen Haare hingen ihm zerzaust in die Stirn, seine Augen wirkten in dem weichen Licht der Stehlampe fast bernsteinfarben. Mein Blick fiel auf seine Bauchmuskeln. Sein Training zahlte sich aus, keine Frage. Mein Mund wurde trocken und ich spürte ein sehnsüchtiges Ziehen im ganzen Körper.

Aber dann ging es wieder los. Die Bilder. Der Unfall, der Anruf in der Schule, das Krankenhaus, die Ungewissheit, die Angst. Das Gefühl, ins Bodenlose zu fallen.

Und dann musste ich an die vielen Mädchen denken, die sich in den letzten Jahren aus Owens Zimmer geschlichen hatten. Mit zerrauften Haaren, falsch geknöpften Blusen und glühenden Wangen. So ein Mädchen war ich nun mal nicht, daran konnte ich nichts ändern.

Ich durfte kein Risiko eingehen. Nicht jetzt, wo ich mein Leben langsam wieder unter Kontrolle hatte. Wo es meiner Mutter besser ging und ich nicht mehr jede Nacht schweißgebadet aufwachte, mit einem stummen Schrei in der Kehle. Wo ich erkannt hatte, was ich mit meinem Leben anfangen wollte und auf dem besten Weg war, meine Pläne in die Tat umzusetzen.

Ich hatte schon einmal viel zu viel in Owens Verhalten hineininterpretiert und die Landung auf dem Boden der Tatsachen war nicht gerade angenehm gewesen. Ich hatte gerade alles im Griff, das durfte ich nicht aufs Spiel setzen. Außerdem nahm Owen mich vermutlich ohnehin nur wieder auf den Arm. Gleich würde er in lautes Gelächter ausbrechen und mich fragen, wie mir seine kleine Flirtvorstellung gefallen hatte.

»Ich muss wieder runter.« Ich stand auf und schob mich an Owen vorbei, auf die Tür zu. »Ich glaube, Katie hat gerade nach mir gerufen.« Meine Stimme war rau wie Schmirgelpapier. »Ich werde mir das Buch einfach in der Bücherei besorgen, okay?«

»Sicher.« Er war aufgestanden, stand jetzt mitten im Raum, die Hände in den Taschen seiner Sporthose vergraben. »Schlaf gut, Lucy.« Er klang vollkommen unberührt. Vermutlich war das wirklich nur eine belanglose Plauderei für ihn gewesen. Owen konnte nichts dafür. Er ... flirtete einfach immer. Mit jedem Mädchen. Ich hatte das schon oft beobachtet. Es war einfach sein Naturell. Diese stürmische Art, diese Offenheit, mit der er auf Menschen zuging. »Ich wünsche dir eine tolle Zeit beim Praktikum«, setzte er noch hinterher.

»Ich dir auch«, gab ich weitgehend sinnfrei zurück. »Ich meine, schlaf du auch gut.« Oje, ich stammelte schon wieder. An der Tür blieb ich stehen und atmete tief durch.

Wieso konnte ich nicht einfach normal mit ihm reden? Vielleicht ... wenn ich es einfach versuchte? Ich drehte mich noch mal um, aber da hatte Owen sich schon seine Kopfhörer aufgesetzt und sich wieder auf den Teppich gelegt, um sein Trainingsprogramm fortzusetzen.

Ich ging zurück in Katies Zimmer und ließ mich auf die Matratze vor ihrem Bett fallen. Mein Herz klopfte immer noch wie verrückt. Sie hatte sich in den Film vertieft und meine Abwesenheit kaum bemerkt.

»Und?«, fragte sie und schob mir die Popcornschüssel herüber. »Konnte mein Bruderherz dir weiterhelfen?«

Ich schüttelte langsam den Kopf. »Nein.« Ich griff in die Schüssel. »Du weißt doch, mir ist nicht zu helfen.«

»Auch wieder wahr.« Sie sah mich für einen Moment von der Seite an, als wolle sie etwas sagen. Dann zeigte sie auf den Bildschirm. »Du hast alles Mögliche verpasst. Ich bringe dich mal auf den neuesten Stand.«

Als ich Owen eine Woche später wiedertraf, war er mir gegenüber unbeschwert und frech wie immer. Er machte noch einen dummen Spruch über Julian und erzählte mir, dass er selbst auch ein heißes Date für seinen

Abschlussball klargemacht hätte. Wenig später hörte ich von Katie, dass er ein Sportstipendium an der Boston University ausgeschlagen hatte und plante, mit seiner Band nach Los Angeles zu gehen, um es im Musikgeschäft zu versuchen.

Alle dachten, dass Owen ein paar Monate später nach Boston zurückkehren würde – um ein paar Dollar ärmer und ein paar Erfahrungen reicher. Tatsächlich verliefen die ersten Jahre in Kalifornien für ihn alles andere als erfolgreich. Wenn ich Katie bei einem unserer seltenen Treffen in den folgenden Jahren fragte, wie es bei Owen so lief, legte sie die Stirn besorgt in Falten und schüttelte nur den Kopf.

Owens Durchbruch als Musiker kam wie aus dem Nichts. Von einem Tag auf den anderen wurde er als Sänger für die Rockband *Boston Heights* verpflichtet – eine Band, die ein Jahr vorher in einer Castingshow zusammengestellt worden war und deren Sänger nach der ersten Konzerttournee das Handtuch geworfen hatte. Owen nahm seinen Platz ein und kehrte mit den anderen aus der Band nach Boston zurück – von einem Tag auf den anderen als bekannter Rockmusiker.

Ich sah die Curtis-Familie kaum noch und konzentrierte mich ganz auf die Uni und mein wachsendes Engagement bei der *Occupy-Wall-Street*-Bewegung. Wie sich herausstellte, hatte ich ein Händchen für das Organisieren von Veranstaltungen und Imagekampagnen. Nach und nach verblasste die Erinnerung an diesen seltsamen Abend mit Owen auf dem Dachboden, und ich kam zu dem Schluss, dass ich mir mal wieder alles nur eingebildet hatte.

Ich selbst machte meinen Abschluss in Politikwissenschaften und blieb in Boston. Nach dem Studium fand ich einen befristeten Job als Pressesprecherin bei Amnesty International, danach war ich eine Weile für Ärzte ohne Grenzen unterwegs. Irgendwann hörte ich dann von der Kampagne eines jungen Politikers der *Green Party* aus South Boston, der sich innerhalb kürzester Zeit zum Hoffnungsträger des Wandels an der Ostküste gemausert hatte. Paul McLaren stand für die Werte, an die ich selbst glaubte: Basisdemokratie, soziale Gerechtigkeit, Umweltpolitik und politische Transparenz. Er war ehrgeizig und hatte hohe Ziele – genau wie ich. Als seine PR-Beraterin fand ich einen neuen Lebensmittelpunkt – sowohl beruflich als auch privat.

Wenn ich Owens Stimme im Radio hörte oder ein Interview mit ihm in einem Magazin las, dann war es manchmal, als hätte ich ihn nie gekannt. Er war mir so fremd, dass es mir fast surreal vorkam, dass ich ihn nicht nur jahrelang regelmäßig gesehen hatte, sondern auch für ein halbes Jahr mit ihm unter einem Dach gelebt hatte.

Wir lebten buchstäblich in verschiedenen Welten – er in der Welt der Reichen und Schönen, der Celebrities und der ewigen guten Laune. Ich in einer Bewegung, die sich dafür einsetzte, Dekadenz und sinnlosen Konsum abzuschaffen.

Tja, aber das alles war, bevor Owen mit einem Schmutzskandal in die Schlagzeilen geriet und sein Leben in einen riesigen Strudel gerissen wurde – ein Strudel, der so groß war, dass er selbst mich in seinen Sog mit hineinzog ...

EINS

Heute - 11 Jahre später ...

Ryders Coffeeshop, Boston City
Dienstag, 18. Dezember, 14:30 Uhr

Lucy

»Du machst Witze!« Ich starrte Katie über meinen Chai Latte hinweg an. Dann brach ich in erleichtertes Gelächter aus. »Du bist echt gut. Für einen Moment dachte ich, du meinst es ernst und ich soll wirklich für Owen die *Vorzeigefreundin* ...«, ich malte mit den Fingern Anführungszeichen in die Luft, »... spielen. Ich weiß ja, dass ich ein leichtes Opfer für deine Späße bin. Weißt du noch, als du mir eingeredet hast, dass man in katholischen Schulen auch seinen Freundinnen gegenüber zur Beichte verpflichtet ist?«

»Das war kein Witz.« Katie trommelte ungeduldig mit den Fingern auf dem Tisch. Sie wirkte heute noch dynamischer als sonst. Ihre braunen Haare trug sie neuerdings kurz im praktischen Pixie-Cut und ihr schlanker Körper steckte in Röhrenjeans und einer gelben Bluse. Kein Mensch käme auf die Idee, dass dieses wohlsortierte Energiebündel die Zwillingsschwester von Rockstar-Bad-Boy Owen Curtis war, der seit ein paar Tagen mit einer obskuren Sexaffäre die Schlagzeilen dominierte.

»Doch, natürlich war das ein Witz.« Ich schüttelte den Kopf und griff nach dem Zuckerstreuer mit Kokosblütenzucker, der neben der liebevoll arrangierten Weihnachtsdeko auf dem Tisch in der Ecke des kleinen Cafés stand. Dean Martin forderte aus den Lautsprechern gerade mit samtener Stimme dazu auf, es schneien zu lassen und es roch nach Zimt und gebrannten Mandeln. Es war lange her, dass ich mal für eine halbe Stunde einfach nur dagesessen und geplaudert hatte. Erst in diesem Moment wurde mir klar, dass in ein paar Tagen tatsächlich schon Weihnachten war. »Aber ich hätte dir meine Geheimnisse vermutlich auch sonst anvertraut«, setzte ich hinzu und grinste Katie an. »Außerdem konntest du ja nichts dafür, dass ich keinen Schimmer von Religion hatte.«

»Ich rede von der Sache mit Owen«, erwiderte Katie, diesmal mit deutlich genervtem Unterton. »Ich meine es vollkommen ernst. Wir brauchen deine Hilfe. Mein Bruderherz hat es gewaltig übertrieben und wenn er nicht ganz schnell den Kurs korrigiert, ist er raus aus der Band. Du weißt ja, wie er ist.« Sie verdrehte die Augen. »Genau wie unser Dad.«

Ich starrte sie an. Das konnte einfach nicht ihr Ernst sein. Wir hatten uns seit Monaten nicht gesehen und jetzt ließ sie so eine Bombe platzen!

19

»Das ist doch vollkommen verrückt«, stammelte ich. »Mal abgesehen davon, dass ich überhaupt keine Zeit habe, um mit Owen in der Gegend herumzugondeln und für dämliche Paparazzi zu posieren – ich kann hier unmöglich weg. Außerdem würde mir ohnehin niemand abkaufen, dass ich mit *Owen Curtis* zusammen bin.« Ich ruckelte wie zum Beweis an meiner Brille und zeigte auf meinen geringelten Rollkragenpulli aus Ökobaumwolle. »Ich wäre die reinste Lachnummer.«

»Ich dachte immer, Owen wäre auch dein Freund.«

Ich wiegte den Kopf, immer noch nicht ganz bereit, mich auf den Ernst der Situation einzulassen. »Wenn deine Definition von Freundschaft ist, dass man sich über den anderen lustig macht und ihm doofe Spitznamen aus Kinderserien verpasst – dann ist Owen mein Freund, ja.«

»Gut, dann seid ihr vielleicht keine Freunde im engeren Sinne, aber ...«

»Katie.« Ich sah sie ernst an. »Owen ist der verantwortungsloseste Mensch, den ich kenne. Er steht für alles, was ich ablehne, das weißt du doch. Musik aus Castingshows, oberflächliches Zeug, Ruhm in den sozialen Netzwerken, dieses Bad-Boy-Gehabe, diese furchtbare Macho-Tour, die ganzen Frauen. Und jetzt noch diese Geschichte mit dieser ...« Ich brach ab und atmete tief durch. »Katie, ich weiß, dass die Presse gerade furchtbar auf ihm herumhackt, aber er windet sich da mit seinem Charme sicher ganz schnell wieder raus. Außerdem vermute ich mal, dass er einen Nervenzusammenbruch bekommen würde, wenn er wüsste, was du mir hier gerade vorschlägst.« Ich sah sie prüfend an. »Oder weiß er etwa davon?«

Sie hielt meinem Blick erst trotzig stand, dann lächelte sie schief. »Nein, weiß er nicht. Es war Moms Idee. Sie hat gesagt, wir müssen das für ihn regeln.«

Meine Hand, mit der ich gerade nach meinem Blaubeermuffin greifen wollte, erstarrte. »Ach, Katie, komm, das ist nicht fair. Du darfst jetzt nicht die Mutter-Karte spielen.« Sie wusste genau, dass ich ihrer Mutter schon aus Prinzip nichts abschlagen konnte.

Katie merkte sofort, dass sie mich am Haken hatte und lehnte sich in ihrem Stuhl zurück, jetzt schon viel entspannter. »Ich sage nur, wie es ist.«

Ich verschränkte die Arme und schüttelte tadelnd den Kopf. »Du hast mich nur deshalb herbestellt, stimmt's? Und dann tust du noch so, als hättest du mich vermisst. ›Ach, Lucy, lass uns doch in dieses süße Café gehen, um die Ecke von deinem Büro. Dann können wir endlich mal wieder in Ruhe quatschen‹«, ahmte ich ihre Stimme nach.

Katie seufzte schuldbewusst. »Natürlich wollte ich dich sehen. Aber die Sache mit Owen setzt uns allen ganz gewaltig zu. Ich meine, du hast doch die Schlagzeilen gelesen, oder?«

Ich nickte. »Klar. Es gibt wohl niemanden, der das nicht mitbekommen hat.« Ich sah Katie genauer an. Unter ihren Augen lagen dunkle Ringe, und sie sah aus, als hätte sie ein paar Kilo abgenommen, seit ich sie das letzte Mal gesehen hatte. »Du siehst furchtbar dünn aus.«

»Danke«, erwiderte sie so automatisch, dass wir beide kichern mussten.

»Ich kann mir gar nicht vorstellen, wie du deinen Job als Lehrerin jeden Tag durchhältst«, meinte ich nachdenklich.

»Die *Bradleys School* hat den schlechtesten Ruf in South Boston, da kannst du jeden fragen.«

Katie lächelte traurig. »Da brauche ich niemanden fragen. Ich bin ja jeden Tag mittendrin.«

»Das kommt davon, wenn man die Welt verändern will.«

»Tja, da kann man nichts machen.« Sie deutete mit dem Finger auf mich. »Dafür gehst du den leichten Weg. Willst nur einen Grünen-Politiker ins Weiße Haus bringen und die gesamte Polit-Elite entmachten.« Sie hob die Augenbrauen. »Das kann doch wirklich jeder.«

Ich lachte. »Na, vielleicht nicht gleich ins Weiße Haus. Aber als Senator von Massachusetts könnte ich mir Paul schon gut vorstellen.« Ich wurde wieder ernst. »Wir sind gerade an einem ganz wichtigen Punkt in unserer Kampagne. Wenn wir die Unterstützung der Basis für den Drei-Punkte-Plan bekommen, dann wird alles viel leichter. Ich habe mir extra alles freigehalten, damit ich bis Weihnachten einen vernünftigen Entwurf für seine nächste Rede schreiben kann. Die Delegiertenversammlung ist schon in einer guten Woche, noch vor Silvester.«

»Dann hast du also in den nächsten Tagen frei?« Katies Ausdruck erinnerte an ein Raubtier, das seine Beute umkreist.

»Nein, ganz im Gegenteil«, korrigierte ich mich schnell. »Ich muss zweiundsiebzig Stunden durcharbeiten.«

»Zum Beispiel in ... New York?«

Ich schluckte. »Katie ...«

Sie griff über den Tisch und umklammerte meine Hand. »Echt, Lucy, Mom ist kurz davor, richtig auszuflippen. Owen will einfach nicht auf uns hören. Er müsste sich nur dazu bereiterklären, in ein paar Talkshows zu gehen und die ganze Sache zu erklären. Die reißen sich um die Story. Die Ellen-DeGeneres-Show will ihn und was macht mein Brüderchen?« Sie atmete hörbar aus. »Er stellt auf stur und sagt, dass er sich nicht vorführen lässt.«

»Kann ich aber auch irgendwie verstehen.«

Katie kniff die Augen zusammen. »Tja, aber das gehört vermutlich auf die Liste mit den Dingen, die man sich überlegen sollte, bevor man mit einem Callgirl ins Bett steigt.«

Ich fuhr zusammen. Sie hatte es gesagt. Owen hatte mit einem Callgirl geschlafen und das war noch nicht mal das Schlimmste. »Ich verstehe nur wirklich nicht, was ich für ihn tun kann«, erwiderte ich und versuchte, so zu tun, als wäre ich bei dem Wort *Callgirl* nicht gerade flammend rot geworden.

»Lucy, du bist eine wandelnde Imagekorrektur. Sieh dich doch mal an!«

Unwillkürlich wanderte mein Blick zu dem gerahmten Spiegel, der neben unserem Tisch hing. Ich sah ganz schön abgekämpft aus. Die blonden, lockigen Haare hatte ich heute Morgen schnell zu einem Pferdeschwanz zusammengebunden und zu dem Rolli trug ich dunkle Anzughosen, praktisch und schlicht. Der einzige Blickfang war der bunt karierte Wollmantel, der über meinem Stuhl hing – ein Geschenk meiner Mutter. Ich hatte mich seit gefühlten Wochen nicht mehr sorgfältig geschminkt und meine Kontaktlinsen verrotteten irgendwo in einer Schublade.

»Ich weiß, wie viel du zu tun hast«, erklärte Katie, jetzt wieder ganz mild. »Wenn es eine andere Lösung für Owens Problem gäbe, dann wären wir jetzt nicht hier. Aber dass du ausgerechnet jetzt frei hast ...«, sie schüttelte entschuldigend den Kopf, »... ich meine, *flexibel* bist, das ist doch ein Wink des Schicksals. Es geht doch nur um drei Tage. Drei winzige, kleine Tage. Zweiundsiebzig Stunden. Sogar weniger, wenn du die Flugzeit abrechnest.«

»Warum ich?« Ich verstand es immer noch nicht. »Ich meine, es muss doch tausend Mädels geben, die sich ihren rechten Arm abhacken würden, um die Freundin von Owen Curtis zu spielen. Oder zu *sein*. Seit das letzte Album die Charts gestürmt hat, ist er doch absurd berühmt.« Ich zupfte ein paar Blaubeeren aus dem Muffin. »Meinst du nicht, dass ihr euch lieber eine Frau suchen solltet, die ein bisschen besser zu seinem Lebensstil passt? Die nicht denkt, dass Owen nur ein Retortensänger mit einer gestörten Impulskontrolle ist? Eine, die ihren Schlüpfer auf die Bühne werfen würde, um ein Gespräch mit Owen anzufangen?«

Zum ersten Mal an diesem Tag lachte Katie. »Das sagt heutzutage echt keiner mehr.«

Ich war verwirrt. »Na gut, dann einen *Chat* anzufangen.«

Sie lachte immer ausgelassener. »Schlüpfer. Niemand sagt mehr Schlüpfer.« Dann wurde sie wieder ernst. »Du weißt, dass ich dich nicht fragen würde, wenn es nicht wichtig wäre. Wir brauchen jemanden, dem wir absolut vertrauen können.«

»Und was sage ich Paul?« Ich hatte das Gefühl, schon auf verlorenem Posten zu kämpfen und klammerte mich an den letzten Strohhalm, den ich hatte. »Ich glaube nicht, dass er es witzig findet, wenn seine Freundin die Freundin eines anderen spielt.«

»Ach ja, *Paul*«, meinte Katie gedehnt.

»Ja, so heißt er nun mal.«

»Dann seid ihr jetzt also offiziell zusammen?«

Ich seufzte. »Nein, natürlich nicht. Ich bin seine PR-Beraterin und das würde keinen guten Eindruck machen.«

»Paul steckt doch selbst bis über beide Ohren in Arbeit, richtig? Dann wird er es ja vielleicht nicht mal merken, dass du weg bist«, erklärte sie triumphierend.

Ich atmete tief durch. »Du meinst, Paul wird es nicht merken, wenn plötzlich die gesamte Klatschpresse über mich herfällt, weil ich die Neue an der Seite von Owen Curtis bin, der gerade das heißeste Thema der Woche ist?«

»Du hast ja auch nicht mitgekriegt, dass Brad und Angelina sich getrennt haben«, hielt sie dagegen.

Ich schloss für einen Moment die Augen. »Ist das jetzt wirklich dein bestes Argument?«

»Nein.« Sie schüttelte den Kopf. »Mein bestes Argument kommt jetzt.« Sie machte einen Schmollmund und klimperte mit den Wimpern. »Bitte?«

Ich atmete tief durch. »Will deine Mom wirklich, dass ich das durchziehe?«

Sie nickte, jetzt wieder ernst. »Du kennst Owen. Die Fronten beim Streit mit seinem Manager sind so verhärtet, da müssen jetzt drastische Maßnahmen her. Owen will endlich seine eigenen Sachen singen, außerdem hat er einen miesen Knebelvertrag unterschrieben, als er bei den *Boston Heights* angefangen hat. Die Sache mit dieser Cherry hat das Ganze jetzt endgültig zum Eskalieren gebracht.«

»Stimmt das denn alles, was man über ihn hört?« Ich senkte meine Stimme. »Ich meine, diese Sachen ...«

Katie seufzte. »Keine Ahnung. Er redet auch mit uns nicht darüber. Aber Fakt ist, dass diese Frau Fotos von ihm im Bett gemacht hat und ihn dann erpressen wollte.« Sie atmete tief durch. »Owen hat nicht sehr diplomatisch reagiert.«

Ich nickte. »Kann ich mir lebhaft vorstellen.«

Sie sah mich bittend an. »Er ist so ein Trotzkopf! Wenn er jetzt weiter bockt, dann ist er am Ende. Er hat das ganze Geld aus den ersten beiden Jahren einfach zum Fenster rausgeschmissen, er hat keine Rücklagen. Sie werden ihm eine Vertragsstrafe aufbrummen, weil er unterschrieben hat, dass er die vorgegebenen PR-Termine einhält.« Sie setzte sich aufrechter. »Die *Boston Heights* gehen in drei Tagen auf Tour. Bis dahin muss Owen die Sache mit dieser Frau aus der Welt schaffen. Uns fällt im Moment wirklich kein anderer Weg ein, als die Pressemeute mit einer anderen Frau abzulenken.«

»Wenn ihr meint, dass ich wirklich die beste Lösung bin ...« Ich hob die Schultern. »Dann ... klar. Okay.«

»Wirklich?« Sie sah mich voller Hoffnung an.

»Natürlich mache ich es.« Ich schluckte. »Katie, als meine Mom damals nach dem Unfall im Krankenhaus lag, da hat mich deine Mutter einfach bei euch aufgenommen. Für ein halbes Jahr. Sie ist mit mir quer durch die Stadt gefahren, damit ich Mom besuchen konnte. Sie hat keinen einzigen Cent von uns genommen. Sie hat dich gezwungen, dein Zimmer zu teilen und das hatte nur dreizehn Quadratmeter.«

»Das habe ich gern gemacht«, warf Katie empört ein. »Dafür musst du ihr nicht dankbar sein!«

Ich lächelte schief. »Ich war einfach nur deine Schulfreundin aus der Nachbarschaft, und deine Mutter hat alles für mich getan.«

»Dann gibt es nur noch eine winzige Kleinigkeit, über die wir reden müssen.« Sie sah mich entschuldigend an. »Eine absolut winzig-winzige Kleinigkeit.«

»Und was?«, fragte ich misstrauisch.

»Wir müssen noch ... einkaufen gehen.«

Ich verschränkte die Arme. »Das ist ein Witz, oder?«

Sie hob die Augenbrauen. »Siehst du mich lachen?«

»Na, das kann ja heiter werden ...«, brummte ich.

ZWEI

Owen

»Ich denke überhaupt nicht daran, mich öffentlich über Dinge auszulassen, die meine absolute Privatsache sind.« Owen presste das Telefon ans Ohr und ging mit großen Schritten durch sein Apartment. »Und erzähl mir nicht, dass in meinem Vertrag auch noch steht, dass es verboten ist, mit Frauen zu schlafen. Ich weiß nämlich ziemlich genau, dass ich *das* nicht unterschrieben habe.«

»Owen.« Sein Manager am anderen Ende der Leitung redete auf ihn ein wie auf ein krankes Tier, das die Nahrung verweigert. »Jetzt beruhige dich doch erst mal. Es gibt für alles eine Lösung. Zumindest, wenn man zugibt, dass man ein Problem hat.«

Mit einem Krachen flog Owens leerer Kaffeebecher gegen die Wand und zersprang in tausend Stücke. »Es gibt kein Problem, wenn du keins daraus machst«, schrie er.

Jeff stieß die Luft aus. »Hast du gerade etwas zerbrochen?«

»Nein, das war draußen.« Owen atmete tief durch. Er musste Jeff zeigen, dass er ganz cool war. Sachen werfen wirkte ein bisschen labil, das war ihm klar. »Pass mal auf. Ich sehe ja ein, dass das dumm gelaufen ist. Aber du wirst mir doch zustimmen, dass ich mich von dieser Frau nicht erpressen lassen konnte, oder?«

»Das hat doch auch niemand von dir verlangt, Owen. Es geht darum, dass wir diese Sache nicht einfach unkommentiert lassen können.«

»Und ob wir das können!« Jetzt schrie Owen doch wieder.

»Nein, können wir nicht«, stellte Jeff resolut fest. »Das sind keine normalen Bilder von dieser Cherry, die jetzt im Netz kursieren. Auf einem der Bilder sind Handschellen und sie trägt andauernd Lack und Leder. Außerdem sind überall die Links, die auf ihre Escort-Agentur verweisen. Und was sie da anbietet ...«

»Ich habe die gottverfluchten Bilder gesehen.« Owen fuhr sich durch die Haare. »Ich sage es dir zum letzten Mal: Wir waren betrunken und haben rumgemacht. Einmal. Diese Nut...«, er unterbrach sich und zwang sich, wieder leiser zu sprechen. »Ich hatte keine Ahnung, was sie beruflich macht. Sie hat ein paar der Bilder gemacht, als ich längst geschlafen habe. Und der Rest ...«

»Genau das sollst du einfach in den Talkshows sagen. Es ist doch kein Beinbruch, wenn man einen Fehler macht. Aber dann muss man auch die Eier haben, dazu zu stehen. Du weißt, ich bin kein Pedant. Solange nichts in die Öffentlichkeit dringt, könnt ihr Jungs machen, was ihr wollt. Aber der Vertrag beinhaltet nun mal eine Klausel, die dich verpflichtet, die Interviewtermine anzunehmen, die ich für richtig halte. So ist das nun mal in diesem Business ...«

Krach! Owen war selbst überrascht, als er sah, dass jetzt auch sein Festnetztelefon auf dem Boden lag – direkt neben dem zerbrochenen Becher. Er schloss für einen Moment die Augen, dann klingelte schon sein iPhone. Jeff war wirklich schnell.

Owen zog es mit einem genervten Stöhnen aus seiner Hosentasche. »Verdammt, Jeff, kannst du nicht ein einziges Mal auf meiner Seite sein?«, fragte er, jetzt fast bittend.

»Komm mir nicht so.« Die Stimme seines Managers war eiskalt. »Mir langt es langsam. Du bist ein kleiner Niemand, den ich aus der Gosse geholt und ganz groß aufgebaut habe.«

»Aus der Gosse?« Owens Stimme überschlug sich fast. »Sag mal, in welchen Hollywood-Streifen hast du dich denn gerade verirrt?«

»Oh, ich denke, das weißt du ganz genau, mein Lieber.« Jeff lachte hämisch. »Aber wir haben vereinbart, nicht mehr darüber zu sprechen und im Gegensatz zu dir halte ich mich an Vereinbarungen.« Er holte tief Luft. »Owen, du warst siebenundzwanzig, als ich dich getroffen habe und diese Band war deine letzte Chance im Musikgeschäft. Du hast vorher nicht einen Cent mit deinen lächerlichen Songs verdient. Du hast mir den Vertrag damals geradezu aus den Händen gerissen, und ohne mich wärst du noch genau da, wo ich dich aufgegabelt habe. Du hattest einfach Glück, dass ich ganz schnell einen Sänger aus Boston brauchte.« Er machte eine Kunstpause. »*Boston Boy.*« Sein Ton wurde wieder drohend. »Glaub mir, wenn du dich mit mir anlegst, dann kannst du eine Karriere als Musiker vergessen. Wenn du nicht machst, was ich dir sage, dann bist du weg vom Fenster und zahlst für den Rest des Lebens deine Schulden bei mir ab, haben wir uns verstanden?«

Owen schluckte, antwortete aber nicht.

»Ob du das verstanden hast?«, setzte Jeff nach.

Owen kämpfte mit sich, dann atmete er tief durch. »Ich bin ja nicht blöd.«

»Das hast du gesagt.« Jeff klang jetzt wieder kumpelhaft und gewinnend. »Okay, mein Großer. Das Problem ist übersichtlich und ich habe mir eine Alternativlösung überlegt. Es geht vor allem darum, dass wir den Eindruck widerlegen, dass du dich regelmäßig gegen Geld flachlegen lässt. Sechzig Prozent eurer Fans sind weiblich, die Hälfte der Frauen unter fünfundzwanzig. Das sind nicht mehr die wilden Sechziger. Frauen reagieren empfindlich auf solche Sachen.« Er seufzte. »Wenn du keine Interviews geben willst – gut. Dann brauchen wir einen Plan B, um die Leute davon zu überzeugen, dass diese Sache mit Cherry nur ein Ausrutscher war.«

»Ich habe Cherry nicht bezahlt«, stieß Owen unter zusammengebissenen Zähnen hervor. »Deshalb muss ich verdammt noch mal nichts geraderücken!«

»Willst du meinen neuen Vorschlag jetzt hören oder nicht?« Jeff klang plötzlich gefährlich ruhig.

»Ja, natürlich will ich das.« Auch Owen gelang es, wieder normal zu sprechen.

»Du hast in den nächsten drei Tagen jede Menge Promo-Termine in New York, bevor wir die Tour starten. Du nimmst ein anständiges, nettes Mädchen mit, verdrängst damit die Hure aus den Klatschspalten und lächelst in jede gottverdammte Kamera, die du erwischen kannst. Wenn du dir auch noch den christlichen Glauben draufschaffen könntest, wäre das optimal. Sieh dir Chris Pratt an. Geht damit ab wie eine Rakete. Aber das überlasse ich deinem Einfallsreichtum.« Er atmete tief durch. »Das ist mein letztes Angebot. Keine Talkshows, keine Hintergrundstory, kein langes Interview zu dem Thema. Dafür aber Medienpräsenz ohne Ende. Nach dem ersten Konzert haben wir dann das Schlimmste überstanden.«

Owen überlegte blitzschnell. Das war wirklich ein deutlich besseres Angebot. »Mal angenommen, ich mache bei diesem Quatsch mit«, begann er zögernd. »Wo soll ich denn auf die Schnelle so ein *nettes Mädchen* hernehmen? Mein Flieger nach New York geht morgen früh, das weißt du doch, oder?«

»Ja, natürlich weiß ich das.« Jeff klang wieder genervt. »Ich habe deine Termine ja selbst so geplant.« Dann schien er sich wieder zusammenzureißen. »Ich habe alles für dich geregelt, Owen. Alles ist vorbereitet und geklärt. Ich habe mit deiner Mutter gesprochen. Sie kennt da jemanden ...«

»Du hast mit meiner Mutter gesprochen?« Owens Augen wanderten durch den Raum, auf der Suche nach einem weiteren Gegenstand, den er werfen könnte. »Sag mal, tickst du noch ganz richtig?«

Die Vorstellung, dass seine Mutter in diese ganze peinliche, furchtbare Sache mit hineingezogen wurde, war einfach unvorstellbar grauenhaft. Owen presste die Hand auf den Magen. Dann ließ er sich auf das Sofa fallen. »Ich bin fast dreißig Jahre alt.« Seine

Stimme klang selbst in seinen eigenen Ohren dünn und schwach. »Du kannst doch nicht ernsthaft meine Mutter anrufen.«

»Wenn du anfängst, dich wie ein Erwachsener zu benehmen, kann ich vielleicht aufhören, dich wie ein Kind zu behandeln.«

Owen setzte sich wieder hin. »Wie heißt sie?«

»Wer, deine Mutter?« Jeff lachte, als hätte er den Witz des Jahrhunderts gemacht.

Owen schloss die Augen, auch wenn er wusste, dass es ihm nichts nützte. »Das Mädchen, das ihr ausgesucht habt. Wie heißt sie?«

»Lucy Irgendwas. Sie ist so eine Menschenrechtstussi und ...«

»Lucy Stevenson?« Owens Stimme überschlug sich fast, und er sprang vom Sofa auf, als hätte ihn eine Wespe gestochen. »Heißt sie Lucy Stevenson?«

»Ja, ich glaube, das war der Name. Deine Mom meinte, sie regelt alles mit ihr.«

»Vergiss es, Jeff.« Owen begann wieder, in seinem Apartment auf- und abzutigern. »Das kannst du sowas von vergessen.«

»Pass auf, Owen. Mir steht der Kindergartenkram mit dir bis sonst wo. Den anderen Jungs in der Band reichen deine Kapriolen auch, oder glaubst du, die stehen hinter dir?«

Owen blieb stehen und schnaubte. »Gut zu wissen.«

»Also, ich habe nicht den ganzen Tag Zeit, mir dein pubertäres Gejammer anzuhören. Wir machen es ganz einfach. Entweder du sitzt morgen früh mit dieser Linda im Flugzeug oder ich schalte unseren Anwalt ein. Basta.«

»Lucy.« Owen atmete tief durch. »Sie heißt Lucy und sie wird dazu niemals Ja sagen.«

»Tja, in diesem Fall solltest du vielleicht wirklich ganz schnell zum christlichen Glauben finden und lieber anfangen zu beten. Denn sie ist jetzt deine letzte Chance.«

Klick. Jeff hatte aufgelegt. Ohne ein weiteres Wort.

Owen setzte sich auf einen hohen Stuhl an dem schwarz glänzenden Tresen vor seiner ultramodernen Edelstahlküche und starrte auf sein iPhone. Für einen Moment befürchtete er, dass ihm die Tränen kommen würden, aber damit würde er Jeff nur recht geben. Er war kein Kind mehr und er durfte sich auch nicht wie eines benehmen. Er würde jetzt nicht zusammenbrechen. Er würde ... Er würde ...

Nein, er hatte keine Ahnung, was er würde.

Seine Schultern sackten nach vorne.

Es war absurd. Er hatte alles erreicht, was er sich gewünscht hatte: Er lebte davon, Musik zu machen. Er stand auf der Bühne und nahm Songs in einem riesigen Tonstudio auf. Wenn er auf die Straße ging, wurde er um Autogramme gebeten, und wenn er bei einem Konzert die Bühne betrat, dann kreischten die Mädchen oder fielen sogar in Ohnmacht. Er war *Owen Curtis*, der Sänger der *Boston Heights*. Er war von *Teen Spirit* zum beliebtesten Newcomer des Jahres gewählt worden und die Single-Auskopplung ihrer letzten CD war bis zur Nummer drei der US-Popcharts hinaufgeklettert. Trotzdem fühlte er sich wie ein verdammter Gefangener. Oder Schlimmeres. Wie ein ... ihm fiel kein politisch korrektes Wort für eine männliche Prostituierte ein. Alle dachten, er hätte

34

sich mit einer Hure eingelassen? Es war viel schlimmer. *Er* war die Hure in diesem Spiel.

Owen sah auf und warf einen Blick durch die bodentiefen Glasfenster auf das winterliche Boston. Die Wolkenkratzer des Finanzdistrikts, das glitzernde Hafenwasser unter der klaren Sonne. Früher, als er noch in South Boston gelebt hatte, war er manchmal hierhergefahren, hatte zu den schicken Apartmentblocks hinaufgesehen und sich vorgestellt, wie glücklich die Menschen sein mussten, die es geschafft hatten. Jetzt wünschte er sich nichts sehnlicher, als in seiner alten Nachbarschaft zu leben, einen stinknormalen Job zu haben und den Luxus zu genießen, dass sich kein Mensch für sein Privatleben interessierte.

Aber nein, er hatte ja unbedingt ins Rampenlicht gewollt! Hatte nichts Richtiges gelernt, mit Ach und Krach die Highschool geschafft und ein Studium verweigert. Hatte Partys gefeiert, mit viel zu vielen Frauen geschlafen und sein Songwriting vernachlässigt. Er hatte gedacht, dass er nur eine Chance bräuchte, eine echte Chance.

Die Jahre in Kalifornien waren hart gewesen, aber er dachte trotzdem gerne an die Zeit zurück. Nur mit der Musik – da hatte es nicht klappen wollen. Er hatte sich mit Kellner-Jobs über Wasser gehalten, für kurze Zeit auch als Türsteher gearbeitet und dann einen Typen kennengelernt, der in einem Strip-Club auftrat. Zuerst hatte er gedacht, der Job wäre ein Witz. Aber als er gehört hatte, wie viel Geld die Jungs in einer Show verdienten, war er schwach geworden. Dort, im *Fun Club* in West Hollywood, hatte Jeff ihn aufgabelt. Jeff war Owen vorgekommen wie ein Retter in der Not. Er hatte ihn angesprochen, weil er dort als *Boston Boy* aufgetreten war und Jeff auf die Schnelle einen Sänger aus Boston gebraucht hatte, wenn er keine Termine platzen lassen wollte.

Natürlich hatte Owen den Vertrag sofort unterschrieben – die einzelnen Paragrafen waren ihm vollkommen gleichgültig gewesen. Er hätte jede Chance genutzt, um nicht als Totalversager zu seiner ach-so-perfekten Familie nach Boston zurückkehren zu müssen. Als Loser, der durch seine bodenlose Selbstüberschätzung in der Arbeitslosigkeit gelandet war. So wie sein Vater.

Jeff hatte recht. Owen hatte ihm den Vertrag tatsächlich aus den Händen gerissen und gehofft, dass die schweren Zeiten vorbei waren – die, in denen er sich wie ein Stück Fleisch gefühlt hatte, wie eine leere Hülle.

Aber er hatte sich getäuscht.

Auch wenn er als Sänger der Band vergleichsweise gut verdiente und von einem Tag auf den anderen berühmt geworden war, erinnerte ihn Jeff ständig daran, dass er Owen nicht wegen seiner Gesangstalente verpflichtet hatte. Er sei vor allem in der Band, *weil er ein Typ war, dem die Mädels an die Wäsche wollten*, wie Jeff sich ausdrückte. Künstlerische Freiheiten gab es für Owen keine, dafür aber umso mehr Vorschriften und Einschränkungen und seit ein paar Tagen auch noch die allgegenwärtige Story, dass er sich gerne mit Prostituierten vergnügte.

Und ausgerechnet in dieser Phase seines Lebens sollte er jetzt Lucy wiedertreffen. Die perfekte Lucy, die sich für so einen Job wie seinen nie hergegeben hätte. Die immer so furchtbar engagiert war. So unglaublich rechtschaffen. So wenig anfällig für menschliche Schwächen.

Er fuhr sich wieder durch die Haare. Das Schlimmste war, dass Lucy vermutlich sofort zugestimmt hatte, um ihn bei dieser Sache zu unterstützen. Weil sie immer noch das Gefühl hatte, seiner Familie gegenüber in einer tiefen Schuld zu stehen.

Ohne es wirklich zu bemerken, tippte er Lucys Namen in die Suchmaschine seines iPhones. Sofort erschien ihr Bild auf dem Display und er musste trotz des ganzen Elends grinsen. Sie sah immer noch aus wie Lucy Lou, auch wenn sie alles andere als ein kleines Mädchen war. Aber die Brille, die funkelnden Augen, der Hauch von Sommersprossen auf ihrer Nase, die blonden Locken – das alles erinnerte ihn doch sehr an das Mädchen von früher.

Er scrollte durch die Ergebnisse. Lucy war immer noch die Pressesprecherin von diesem politischen Wunderknaben aus South Boston, der all die schönen und richtigen Sachen sagte, die die Menschen im Moment so gerne hören wollten. Paul McLaren, Grünen-Chef des Staates Massachusetts, moralisch so überlegen wie Captain America und laut seiner Schwester Katie der Mann, mit dem Lucy seit einer ganzen Weile zusammen war.

Owen tippte auf ein anderes Bild von Lucy, bevor er innerlich erstarrte. Gott, ob Lucy auch gerade am Computer saß und im Gegenzug *seinen* Namen googelte? Ein bitterer Zug trat um Owens Mund und in dem zwanghaften Wunsch, alle neuen Scheußlichkeiten über sich zu lesen, löschte er Lucys Namen und tippte seinen eigenen ein.

Fifty Shades of Owen. Vom Mädchenschwarm zum Dark Lord?

Tja, das musste man dem Klatschportal TMZ ja lassen – sie hatten alle paar Stunden eine neue Überschrift für die Story. Seit achtundvierzig Stunden befand er sich zuverlässig auf der Startseite der selbsternannten Promi-Kenner.

Owen brachte es nicht über sich, weiterzulesen und überflog nur kurz die Überschriften der anderen Seiten. Cherry hatte ein Exklusiv-Interview gegeben, in dem sie behauptete, selbst Opfer der Veröffentlichungen zu sein. Ja, klar.

Wieder stieg diese verdammte Übelkeit in ihm auf, und Owen konnte sich nur mit Mühe davon abhalten, auch sein iPhone zu zerschmettern. Er schaltete es aus und ging zu seiner Musikanlage hinüber. Kurz darauf füllte die Stimme von Bob Dylan das Apartment und beruhigte seine Nerven ein wenig. Seufzend hockte er sich auf den Boden, hob die Scherben des Bechers auf und reparierte dann das Festnetz-Telefon. Sofort blinkte die Mailboxtaste, als er das Funktelefon wieder in die Station stellte. Vier verpasste Anrufe – und das in nur zwanzig Minuten. Niemals hätte er gedacht, dass ihn so viel Aufmerksamkeit mal an den Rand eines Nervenzusammenbruchs bringen würde.

Gleich die erste Nachricht auf der Mailbox ließ ihm das Blut in den Adern gefrieren. Cherrys Stimme klang wie damals – rau und sexy, erwachsen und verständnisvoll. »*Hey, Owen. Tut mir leid, wie das alles gelaufen ist. Aber das hast du dir selbst zuzuschreiben.*« Eine kurze Pause, ein heiseres Lachen. »*Ich gebe dir noch eine allerletzte Chance, die Sache geradezubiegen. Du weißt, ich will nur deine ... Liebe. Ruf an, wenn du endlich reden willst.*«

Er starrte das Telefon an. Dann hörte er die nächsten Nachrichten ab, ohne wirklich zu verstehen, was die Leute sagten. Eine Interviewanfrage, eine Nachfrage von der Assistentin des Tonstudios, ein anonymer Anrufer, der ihn beschimpfte. Aber er bekam Cherrys Stimme nicht aus dem Kopf.

Gott, diese Frau benahm sich wie ein Profi. Hatte ihre Erpressung natürlich nicht auf seinem Anrufbeantworter wiederholt. Die erbärmliche Wahrheit war, dass er ihr das Geld vielleicht sogar gegeben hätte. Aber er hatte es nicht. Im Gegensatz zu dem, was alle Welt zu denken schien, war sein finanzieller Spielraum äußerst beschränkt. Die Anwälte des Labels überprüften gerade, ob eine Klage gegen Cherry Erfolg haben könnte. Aber auch das nützte ihm im Moment herzlich wenig. Außerdem behauptete sie schließlich, dass sie mit der Veröffentlichung der Bilder nichts zu tun habe und selbst Opfer von Hackern geworden sei.

Owen ließ sich auf die silbergrauen Bodenfliesen des Küchenbereichs sinken. Wie war es möglich, dass er sich in dieser Frau so getäuscht hatte? Wie war es möglich, dass sie ihn so spielerisch hatte manipulieren können? Oh ja, er wusste, was sie meinte. *Seine Liebe.* Von wegen. Sie wollte zweihunderttausend amerikanische Dollar. Sofort brannte wieder das glühende Gefühl der Reue und Scham in ihm auf. Er hatte es doch gehört, dieses Schrillen der Alarmglocken, als Cherry in sein Taxi gestiegen war. Warum bloß hatte er es ignoriert?

Cherry Bishop hatte an diesem verhängnisvollen Tag vor zwei Wochen so getan, als ob sie ihn gar nicht kennen würde. *Boston Heights? Nie gehört.* Es hatte in

Strömen geregnet, er kam von einer Aufnahme im Studio und hatte den Gentleman gespielt. Nicht im Traum hätte er sie für einen Escort-Profi gehalten – in ihren Designerjeans, mit den roten Haaren und in dem weißen Blüschen, bis auf die Haut durchnässt. Sie hatte sich als *IT-Spezialistin* ausgegeben, Herrgott noch mal, und sich so dezent an ihn herangeschmissen, dass er die ganze Sache wirklich für einen Zufall gehalten hatte. Trotzdem hatte er die Warnzeichen gesehen: ihre perfekt manikürten Nägel, die absurd hohen Schuhe, auf denen kein Normalsterblicher laufen konnte. Wieso hatte er sich vor seinem Apartmentblock nicht verabschiedet, ihr alles Gute gewünscht und war seiner Wege gegangen? Warum hatte er ihr angeboten, dass sie sich in seiner Wohnung umziehen könne?

Weil er nun mal war, wie er war. Owen hätte sich gerne vorgemacht, dass es ein böser Zufall war, dass diese Frau ihn reingelegt hatte. Dass es reine Ironie des Schicksals war, dass ausgerechnet ihm so etwas passierte. Aber das stimmte nicht.

Nein, er hatte getan, was er immer tat. Seinen Kopf abgeschaltet und sich wie ein hormongesteuerter Volltrottel verhalten. Hatte die Gelegenheit einfach so mitgenommen und sich noch bemüht, dieser Cherry klarzumachen, dass er nicht an einer ernsthaften Beziehung interessiert war. Weil er sich diesen komplett idiotischen Ehrenkodex zugelegt hatte, der besagte, dass es zwar okay war, in der Gegend herumzuvögeln – aber nicht, den Frauen falsche Hoffnungen zu machen. Er hatte ihr sogar von seiner hirnrissigen Drei-Dates-Regel erzählt: dass er sich nie öfter als dreimal mit der gleichen Frau verabredete, weil zu seinem Musikerleben nun mal keine feste Beziehung passte. Cherry musste ihn wirklich für den größten Volltrottel halten, den sie je verführt und ausgenommen hatte.

Das war das Schlimmste an der ganzen Sache. Tief im Inneren hatte Owen das Gefühl, diesen ganzen Schlamassel verdient zu haben. Der Sex mit Cherry war kurz und bedeutungslos gewesen, und als Cherry mit ihrem Telefon hantiert hatte, war er vollkommen zerschlagen auf dem Bett liegengeblieben und hatte nur darüber nachgedacht, wie er sie schnell wieder loswerden konnte. Er hatte nicht mal gemerkt, dass sie die Fotos geschossen hatte.

Als vor einer knappen Woche die Bilder in einem Umschlag in seinem Briefkasten gelegen hatten, da hatte er gelacht. Gelacht! Weil er die Gefahr überhaupt nicht erkannt hatte. Er hatte ihrem Mittelsmann am Telefon klipp und klar gesagt, dass er sich für solche Spielchen einen anderen Dummen suchen musste.

Zwei Tage später waren die Bilder von ihm im Netz aufgetaucht. Noch einen Tag später waren überall weitere Bilder von Cherry – anstößig, vulgär und peinlich. Dann stürzte sich die Presse auf die Agentur, für die sie arbeitete. Und auf die Dinge, die sie dort anbot ...

Owen hatte sich geweigert, Interviews zu dem Thema zu geben. Er hatte gedacht, er könnte die Geschichte aussitzen. Er hatte sich schon wieder geirrt.

Fakt war, dass nun jeder dachte, dass er ein Mann war, der zu Prostituierten ging. Auch Leute wie ... Lucy.

Wieder klingelte Owens Telefon. Diesmal war es seine Mutter. Die Vorstellung, dass sie die gleichen Artikel im Netz gelesen haben könnte wie er, bereitete ihm fast körperliche Schmerzen.

»Hi Mom.« Er versuchte, möglichst unbekümmert zu klingen.

»Oje.« Elisa Curtis lachte traurig. »Das hört sich ja gar nicht gut an.« Sie machte eine kurze Pause. »Owen, ich denke, ich habe eine Lösung für dein kleines Problem gefunden. Könntest du heute noch bei mir vorbeikommen?«

Owen biss sich auf die Unterlippe. »Mom, ich weiß schon, worum es geht. Jeff hat gerade angerufen. Aber ich werde um keinen Preis noch jemanden in die Sache mit hineinziehen. Schon gar nicht Lucy.«

»Wie ich das sehe, hast du überhaupt keine Wahl, mein Sohn.«

»Aber ...« Er verstummte.

Er wollte nicht weiter mit ihr sprechen. Wollte nicht, dass sie irgendetwas von dem fürchterlichen Zeug erwähnte, das er gerade überflogen hatte. Wollte nicht damit konfrontiert werden, dass sie sich fragte, was für perverse Neigungen ihr Sohn wohl hatte. Dass seine eigene Mutter sich fragte, mit wie vielen Frauen er wohl schon für Geld geschlafen hatte.

»Owen?« Ihre Stimme klang lieb und fürsorglich wie immer.

»Okay, ich komme vorbei«, erwiderte er.

»Denk dran, es wird nichts so heiß gegessen, wie es gekocht wird. Glaub mir, Owen. Am Ende lachen wir darüber.«

Sie meinte es gut. Natürlich. Aber wenn er eins wusste, dann, dass er niemals über diese Sache *lachen* würde.

Nicht, weil er hintergangen und betrogen worden war. Nicht, weil er entweder wie ein verdammter Idiot oder wie ein Perverser dastand. Sondern weil er diese Cherry für einen Moment wirklich gerngehabt hatte. Das würde er sich selbst nie verzeihen.

»Hast du Vanilleeis da?«, fragte er mit einem schwachen Lächeln.

»Natürlich.« Sie lachte traurig. »Ein ganzes Kilo. Und auch Erdnuss und Chocolate Chip.«

»Gib mir zwanzig Minuten.« Er war plötzlich froh, aus diesem Apartment herauszukommen. Er hatte sich schon viel zu lange hier versteckt. »Aber das heißt nicht, dass ich bei der Sache mit Lucy mitmache.«

Seine Mutter atmete tief durch. »Komm erst mal her und dann reden wir über alles.«

»Ich ...« Er verstummte. Dann setze er neu an: »Ich muss nur kurz den Wagen vom Studio bestellen, damit ...«

»Damit dich niemand erkennt, natürlich.« Sie klang erschöpft.

»Mom ...«

»Komm her und lass uns reden. Dann sehen wir weiter, ja?«

Das schien für den Moment ein guter Kompromiss zu sein.

DREI

»Paul, ich muss leider auflegen. Ich bin schon fast beim Haus von Owens Mutter angekommen.« Ich verlangsamte meine Schritte. »Tut mir leid, dass ich dich mit der Geschichte so überfalle. Aber ich habe trotzdem genug Zeit, um die Rede zu schreiben. Ich sage dir nachher, wie es gelaufen ist.«

»Du wirst jetzt doch nicht einfach auflegen!« Pauls sonst so gewinnende Stimme hatte einen schneidenden Unterton.

»Äh, doch«, erwiderte ich und zog meinen neuen Mantel enger um mich. »Ich habe ja gerade gesagt, dass ich das jetzt erst mal regeln muss.«

Ich hatte nicht erwartet, dass Paul dermaßen aufbrausend auf meine Neuigkeiten reagieren würde. Er hatte einen richtigen Wutanfall bekommen, als ich ihn direkt nach der Shoppingtour angerufen und ihm von der Sache mit Owen erzählt hatte. Ich blieb bibbernd auf dem Gehweg stehen und versuchte, den kurzen Rock, den

Katie mir verpasst hatte, ein wenig in die Länge zu ziehen. Sie hatte doch echt behauptet, dass diese blickdichten Strumpfhosen im Prinzip so warm waren wie Jeans! Ich war einfach viel zu leichtgläubig. Ich rückte näher an die Hauswand, um mich vor den herabrieselnden Schneeflocken in Sicherheit zu bringen, die die Bürgersteige gerade in eine wahre Rutschpartie verwandelten. Und ... noch eine Überraschung ... hochhackige Wildlederstiefel waren nicht gerade geeignet, um im Winter warm und sicher von A nach B zu kommen.

»Paul, das ist doch alles halb so wild«, versuchte ich es noch mal. »Du kennst die Geschichte von damals. Die Curtis-Familie hat mich aufgenommen, als ich vor dem Nichts stand. Auch wenn ich die Vorstellung nicht gerade angenehm finde, mit Owen vor irgendwelchen Kameras zu posieren – ich werde es tun, wenn sie es wollen.« Ich seufzte. »Das bin ich ihnen einfach schuldig.« Ich straffte die Schultern und setzte mich wieder in Bewegung – vorsichtig, um auf den blöden Stiefeln nicht auszurutschen. Das helle Lila der Schuhe färbte sich langsam dunkel vom feuchten Schnee und ich fragte mich, ob ich ab jetzt wirklich für drei Tage wie ein bunter Papagei herumlaufen musste.

»Lucy.« Pauls Stimme klang nur mühsam beherrscht. »Du wirst bei diesem Mist nicht mitmachen, hast du mich verstanden?« Er stieß die Luft aus. »Es geht dabei ja nicht nur um uns. Wenn du dich in aller Öffentlichkeit mit einem Typen wie Owen Curtis zeigst, dann hat das auch Auswirkungen auf die Kampagne. Du weißt, dass unsere Glaubwürdigkeit unser größtes Kapital ist. Dass du dich als seine Freundin präsentierst – das geht einfach nicht.«

Ich lachte erstaunt auf. »Sprichst du jetzt als mein Chef oder als mein Freund?«

»Darauf werde ich lieber nicht antworten.«

Ich konnte es kaum glauben. »Versuchst du gerade, mir zu drohen?«

»Ach, komm schon.« Jetzt klang seine Stimme schmeichelnd. »Ich weiß, dass ich mich in letzter Zeit viel zu wenig um dich gekümmert habe. Ich weiß, dass es schwierig ist, weil wir unsere Beziehung geheim halten müssen. Das hast du nicht verdient. Aber ich dachte, wir wären uns einig darüber, dass es so erst mal das Beste ist.«

»Denkst du, ich mache das ... unseretwegen?« Ich war baff. Hielt er mich für ein dummes Hühnchen, das sich so etwas Wahnwitziges ausdachte, um seine Aufmerksamkeit zu erregen? »Denkst du etwa, mir macht es Spaß, mich drei Tage für diesen Schwachsinn herzugeben? Du weißt, wie sehr ich die Zeit brauche, um die Delegiertenversammlung vorzubereiten.« Ich stand jetzt auf den Stufen vor dem Haus von Elisa Curtis. »Ich habe mir das doch nicht ausgedacht!«

Paul seufzte wieder. »Aber was sollen denn die Leute von dir denken?«, fragte er dann eindringlich. »Und vor allem von mir? Was sollen die Leute von *mir* denken?«

»Wer ist denn *die Leute*?« Ich schüttelte unwillkürlich den Kopf. »Erstens weiß niemand, dass wir zusammen sind. Zweitens setzen wir uns doch dafür ein, dass man sich sein Leben nicht dadurch diktieren lässt, was im Internet steht! Es tut mir echt leid, aber ich muss jetzt los. Ich melde mich später, ja?« Ich wischte das kleine, rote Telefon auf dem Display zur Seite und atmete tief durch.

Okay. Das war erledigt. Fürs Erste zumindest. Ich drückte auf die Klingel, aber im gleichen Moment wurde die Tür schon aufgerissen und Elisa zog mich in ihre Arme.

»Lucy, komm rein, mein Schatz.« Sie ließ mich los und trat einen Schritt zurück. »Wow. Du siehst aus wie ein Filmstar.«

Ich verzog schmerzlich das Gesicht. »Dafür ist deine Tochter verantwortlich. Sie hat mir erst meine Brille weggenommen, mich dann im Dauerlauf durch die Läden geschleift und mir innerhalb von dreißig Minuten zwei komplett neue Outfits verpasst.« Ich zeigte auf den kurzen, gemusterten Minirock. »Ich komme mir vor, als würde ich zu einer Halloween-Party gehen.«

Elisa zog mich ins Haus, schloss die Tür hinter mir und kam gleich zum Punkt. »Denk nicht, dass ich nicht wüsste, wie das alles für dich ist«, sagte sie mit entschuldigendem Blick. »Ich weiß, dass ich deine Dankbarkeit wegen der Sache damals schamlos ausnutze und es tut mir von Herzen leid, dass ich so etwas von dir verlange.«

Ich winkte ab. »Ach, das ist doch gar nichts. Sind doch nur ein paar Tage, und New York ist doch fast um die Ecke.« Ich sah mich in der Eingangshalle des Hauses um. »Ich war noch gar nicht hier, seit du eingezogen bist. Das sieht ja echt toll aus. Kaum zu glauben, dass unser altes Viertel nur ein paar Straßen entfernt ist.«

»Ja, es ist wirklich ein Traum.« Elisas Stirn legte sich in Falten. »Weißt du, Owen hat das Haus fast komplett bezahlt, nachdem er den Vertrag unterschrieben hat. Manchmal denke ich, er hat sich damit einfach überfordert.«

»Hey, ich kann dich hören, Mom«, kam die unverkennbare Stimme von Owen aus dem Nebenraum.

Ich zuckte zusammen und mein Herz pochte auf einmal fast schmerzhaft. Ich hatte nicht gewusst, dass Owen schon hier war. Obwohl es natürlich auf der Hand lag. Jetzt stand er in der Wohnzimmertür: groß, breitschultrig, mit einem spöttischen Grinsen im Gesicht.

Elisa ging auf ihn zu und gab ihm eine leichte Kopfnuss. »Ich weiß, dass du gute Ohren hast, mein Sohn.« Sie seufzte tief. »Es ist ja auch kein Geheimnis, dass ich das so sehe. Ich liebe dieses Haus, aber dich liebe ich viel mehr.« Dann zeigte sie auf mich. »Willst du Lucy gar nicht begrüßen?«

Owen sah seine Mutter an, als wolle er etwas erwidern, dann schüttelte er unmerklich den Kopf und wandte sich stattdessen mir zu. »Hi, Lucy Lou.«

»Hey, Owen«, gab ich möglichst würdevoll zurück.

Er betrachtete mich für einen Moment schweigend von oben bis unten: den kurzen Rock, die Strumpfhose, den eleganten, eisgrauen Wintermantel. Beim Anblick der lila Stiefel mit Pfennigabsätzen zuckte es um seine Mundwinkel. »Wow, meine Schwester macht echt keine Gefangenen.« Er kam auf mich zu und umarmte mich leicht. »Tut mir leid, dass du dir die ganze Mühe umsonst gemacht hast. Aber ich mache bei diesem Wahnsinn nicht mit. Du kannst dich also wieder in deine normalen Klamotten schmeißen und die Welt retten, Lucy. Ich bin keins von deinen Hilfsprojekten.« Er trat einen Schritt zurück und grinste. »Du siehst übrigens wirklich aus, als wärst du auf dem Weg zu einer Halloween-Party.«

»Wow, Owen. Charmant wie immer, was?« Ich verdrehte die Augen. Dann ließ ich meinerseits meinen Blick auffällig an ihm herauf- und wieder heruntergleiten, während ich fieberhaft darüber nachdachte, worüber ich mich bei ihm lustig machen könnte. Das war schwieriger als angenommen. Owen trug Jeans und einen Kapuzenpullover. Seine Haare waren ein wenig verstrubbelt, aber sein Kinn glattrasiert. Er sah überhaupt nicht aus wie der Typ, der gerade mit seiner Sex-Geschichte in aller Munde war. Er sah eher aus wie ein ... keine Ahnung. Wie ein stinknormaler Typ eben. Na ja, schon ein bisschen hübscher als stinknormal. Aber eben nicht besonders ... rockig.

»Und?« Er grinste mich nun breit an. »Hat dir mein Anblick die Sprache verschlagen?«

»Im Gegenteil.« Ich hob die Schultern. »Du siehst ziemlich normal aus, wenn ich ehrlich bin.«

»Tja, normal ist das neue Schräg.«

Okay, zugegeben, es war schon ein bisschen aufwühlend, Owen so direkt gegenüber zu stehen. Vielleicht auch ein wenig einschüchternd. Ich musste an die Dinge denken, die ich in den letzten Tagen über ihn gelesen hatte und damit auch an die Dinge, die er in der letzten Zeit getan hatte. Bei dem Gedanken an die aktuellen Schlagzeilen verzog ich unwillkürlich das Gesicht. Tja, die Abgründe der Menschen waren doch immer wieder erstaunlich, besonders, wenn man sie seit vielen Jahren kannte.

»Ich kann hören, was du denkst.« Owen verschränkte seine Arme. »Man kann in deinem Gesicht lesen wie in einem offenen Buch. Schon allein deshalb würdest du eine Fake-Beziehung mit mir gar nicht durchhalten. Die

Reporter würden dir sofort ansehen, dass du mich nicht ausstehen kannst.«

Ich hob die Augenbrauen. »Nicht ausstehen? So ein Unsinn. Ich kenne dich doch gar nicht mehr.« Ich trat ein bisschen zurück, weil es mir plötzlich unangenehm war, so dicht vor Owen zu stehen. Er war jetzt ein ... richtiger, erwachsener Mann. Muskulös. Bildschön. Zu meinem Entsetzten bemerkte ich ein kleines Kribbeln in meinem Magen und an anderen, weniger jugendfreien Stellen meines Körpers. Gott, das war doch wirklich das Letzte. Da fing ich an zu sabbern, als wäre ich ein Groupie! Das war genau der Grund, warum wir in unserer Kampagne vor den Massenmedien warnten. Man konnte sich dem Hype einfach nicht entziehen!

Elisa, die ich für kurze Zeit völlig vergessen hatte, legte mir einen Arm um die Schultern. »Wir sollten langsam zur Planung kommen, ja? Ich habe Kaffee gekocht und Plätzchen gebacken.« Sie schob uns sanft Richtung Küche. »Wir setzen uns jetzt an den Tisch und bereden alles wie Erwachsene, okay?«

Alles, was ein wenig mehr Abstand zwischen Owen und mich brachte, konnte mir nur recht sein. Schnell ließ ich mich auf einen der Küchenstühle fallen. »Also, was mich angeht, ich bin startklar.« Ich lächelte tapfer. »Ich muss noch ein paar Sachen einpacken, aber ...«

»Lucy.« Owen hatte sich mir gegenübergesetzt und fixierte mich mit seinem Blick. »Das ist kein Spiel, verstehst du das nicht? Dein Gesicht wird im Online-Portal von jedem verdammten Klatschblatt auftauchen. Sie werden dir persönliche Fragen stellen. Irgendwelche Idioten werden darüber herziehen, dass du mit mir zusammen bist. Das ist in drei Tagen nicht vorbei. Das Internet vergisst nicht, weißt du? Du kannst das nicht machen und dann einfach so in dein altes Leben zurückkehren.« Er räusperte sich. »Und wie dein Politiker-Freund reagiert, will ich mir gar nicht ausmalen.«

Owen wusste von Paul? Ich hob die Augenbraue. »Mein Freund?«

»Ja, stell dir vor, meine Schwester hat mir deinen Beziehungsstatus mitgeteilt.«

Ich legte die Hände auf die Tischplatte. »Paul versteht das«, log ich. »Er wird schon damit zurechtkommen.«

Elisa griff nach meiner Hand. »Owen hat recht. Vielleicht war ich wirklich zu blauäugig, als ich diesen Vorschlag gemacht habe. Natürlich will ich mit dieser Sache nicht dein Leben ruinieren.«

»Gott, jetzt werdet mal nicht so dramatisch.« Kopfschüttelnd sah ich in ihre betretenen Gesichter. »Wie schwierig kann es sein, in eine Kamera zu grinsen und ein bisschen Blödsinn zu verzapfen?« Ich verdrehte die Augen. »Das hat mit dem echten Leben doch überhaupt nichts zu tun. Mir kann es doch vollkommen egal sein, was irgendwelche fremden Leute über mich denken.« Ich hob die Schultern. »Wer sich davon beeinflussen lässt, ist doch selbst schuld, oder?«

»Mit anderen Worten, ich stelle mich bloß ein bisschen an?« Owen wich meinem Blick aus, goss uns dreien Kaffee in die bereitstehenden Tassen und stellte die Kanne dann mit einem kleinen Knall ab. »Oder wie meinst du das?«

Ich griff nach meinem Becher, pustete darauf. »Ich habe nicht das Gefühl, dass du wirklich meine Meinung hören willst.«

»Was ist denn deine Meinung? Dass ich ein Idiot bin, weil ich nicht Männchen mache und meinem Manager gehorche? Dass mein Leben so sinnlos und oberflächlich ist, dass es nicht mehr darauf ankommt, ob ich mich in ein paar Talkshows herumreichen lasse? Wenn du das sagen willst, tu dir keinen Zwang an. Das ist in diesen Tagen keine Meinung, sondern ein Allgemeinplatz.«

Seine Mutter seufzte tief. »Owen ...«, meinte sie beschwichtigend. »Lucy kann doch wirklich nichts dafür, dass du in dieser Situation bist.«

»Stimmt.« Er nahm einen Schluck Kaffee, fuhr sich durch die Haare und stand dann auf, um eine Tüte Milch aus dem Kühlschrank zu holen. Als er sich wieder setzte, sah er mich direkt an. »Es tut mir leid. Ich wollte meine miese Laune nicht an dir auslassen. Ich bin dir wirklich dankbar, dass du hergekommen bist. Aber da muss ich jetzt allein durch.«

»Dann eben nicht.« Ich schob den Becher weg und erhob mich wieder. »Wenn du meine Hilfe nicht willst, dann bitte. Vermutlich ist es dir noch peinlicher, dich mit mir sehen zu lassen, als deine Karriere zu ruinieren.«

Mir war doch wirklich nicht zu helfen. Ich war ernsthaft beleidigt, weil Owen mein heroisches Angebot ablehnte! Dabei sollte ich Gott auf Knien danken, dass ich die Sache nicht durchziehen musste.

Um nicht ganz so verletzt zu wirken, knuffte ich Owen unbeholfen auf den Oberarm. »Dann sind wir hier wohl fertig.« Ich ging zur Küchentür. »Wenn ich euch irgendwie anders helfen kann – ich gehe noch rüber zu meiner Mom und bin sonst auch über mein Handy zu erreichen.« Als ich mich wieder zu Owen umdrehte, starrte er grinsend auf meine Beine. »Hey, könntest du vielleicht aufhören, mich in diesem Schlampen-Look so anzustarren?«, fragte ich möglichst höflich.

»Oh, ich starre nicht auf deinen Schlampen-Look, sondern auf das Preisschild, das an deinem Beim baumelt.« Er erhob sich lässig, kam herüber geschlendert, ging vor mir in die Hocke und riss mit einem kleinen Ruck das Schildchen ab. »Echt jetzt? Nur vierzig Dollar? Mehr war ich euch nicht wert?«

Ich sah mich hilfesuchend zu Elisa um. »Ich dachte, ihr hättet die Sache längst mit ihm besprochen. Ich meine, soll ich jetzt bleiben oder ist die Sache vom Tisch? Meint er das ernst, dass er das allein hinbekommt?«

Owen rappelte sich wieder hoch. »*Er* ist immer noch hier und steht genau neben dir«, meinte er genervt. »Und *er* hat sich nichts zu Schulden kommen lassen und braucht deshalb auch keine Angst vor seinem Manager zu haben, egal, wie dieses Arschloch sich gerade aufführt.«

Owen hatte zwar ruhig gesprochen, aber ich konnte sehen, dass eine kleine Ader an seiner Schläfe pochte. Wie früher, wenn er wütend geworden war. Mein Blick huschte weiter über sein Gesicht, blieb an der Narbe an seiner rechten Augenbraue hängen. Ich wusste genau, woher die Narbe kam. Er war mit dem Skateboard gegen die Garagenwand gekracht und hatte mit drei Stichen genäht werden müssen. Er war gerade mal zwölf gewesen. Ich hatte Rotz und Wasser geheult, während er noch seine Witzchen gerissen hatte. Es war verrückt, dass ich so viel von Owen wusste. Dass ich sogar ein halbes Jahr mit ihm unter einem Dach gelebt hatte. Und dass er doch beinahe ein vollkommen Fremder für mich war, von dem ich so gut wie nichts wusste.

Elisa räusperte sich. »Sag ihr, dass du ihre Hilfe brauchst, Owen.«

Er drehte sich mit einem wütenden Schnauben zu seiner Mutter um, die immer noch am Tisch saß. »Nein.« Dann wandte er sich wieder mir zu. »Also, Lucy, so reizvoll die Vorstellung auch ist, mit dir ein paar Tage auf Kosten des Musiklabels im Big Apple rumzugondeln – ich sage Danke.« Er kniff die Augen zusammen. »*Nein* danke.«

»Owen.« Seine Mutter stand jetzt ebenfalls auf und sah ihn streng an. »Es reicht. Das ist kein Spiel. Du hast Mist gebaut. Du hast mit dieser ... du hast gegen die Richtlinien deines Vertrages verstoßen und ...«

»Darüber rede ich nicht.« Seine Stimme war gepresst. »Das ist mein Privatleben und es geht niemanden etwas an.«

Ich trat unbehaglich von einem Fuß auf den anderen. »Okay, Leute. Ich denke, ich gehe jetzt. Meldet euch doch einfach, wenn ihr wisst, wie es laufen soll.«

»Nein«, kam die Antwort der beiden wie aus einem Munde.

»Wir haben das geklärt«, präzisierte Owen. »Der Vorschlag ist vom Tisch. Ich werde mich nicht vor diese dreckigen Reporter stellen und ihnen etwas vorgaukeln. Ich habe vielleicht meine Seele verkauft, als ich diesen Vertrag unterschrieben habe. Aber ein letztes Restchen Würde werde ich behalten.«

Ich verharrte unschlüssig in der Küchentür, während Elisa auf ihren Sohn zutrat und ihm die Hände auf die Schultern legte.

»Es ist jetzt genug, ja?« Sie klang müde. Fast zerbrechlich. »Mach dir das nicht kaputt. Nicht aus einer Laune heraus, nicht aus verletzter Eitelkeit. Das ist kein Spiel. Du wirst mit dieser Entscheidung jahrelang leben müssen. Du bist kein Kind mehr und das ist nun mal das Geschäft. Ihr müsst CDs verkaufen, Konzerttickets, ihr braucht eure Fans.« Ihre Stimme zitterte. »Es geht mir nicht ums Geld und schon gar nicht um dieses Haus, das weißt du. Aber es ist nur ein einziges Jahr, das du durchhalten musst. Danach bist du frei und kannst tun, was immer du willst.« Sie holte Luft. »Du weißt, dass ich diesen Jeff nicht leiden kann. Aber er verlangt nichts von dir, was unverhältnismäßig wäre. Er hat zugestimmt, dich mit diesen Interviews in Ruhe zu lassen, das ist doch schon was. Und unsere Lucy wird dir helfen, die nächsten Tage zu überstehen.« Sie räusperte sich. »Mach nicht die gleichen Fehler wie dein Vater, okay? Er war immer so stur, und jetzt siehst du, wo er damit gelandet ist.« Sie atmete zittrig durch. »Willst du auch in einem Trailerpark leben, mit irgendwelchen Flittchen, den ganzen Tag betrunken, und darüber reden, dass die Welt dein Talent nicht würdigt? Ist das deine Vorstellung von deiner Zukunft?«

Für einen Moment war es ganz still im Raum, so still, dass wir das Ticken der Wanduhr und den entfernten Verkehrslärm von draußen hören konnten. Ich wusste nicht, wohin ich sehen sollte. Die Luft war zum Schneiden. Schließlich konnte ich es nicht mehr aushalten und riskierte doch einen Blick in Owens Richtung. Für einen Moment dachte ich, ihm würden die Tränen kommen. Aber dann hatte er schon wieder den spöttischen Ausdruck in den Augen.

»Bitte.« Er hob die Schultern. »Wenn es dir so viel bedeutet, Mom – dann bitte.«

Elisa schlang ihre Arme um ihren Sohn und zog ihn an sich. »Das ist die richtige Entscheidung, Owen. Glaub mir.« Sie ließ ihn los. »Ich werde kurz Jeff Bescheid sagen, dass alles geklärt ist. Es ist wohl besser, wenn du heute nicht mehr mit ihm sprichst.«

»Es wäre besser, wenn ich nie wieder mit ihm spreche«, brummte Owen, aber seine Mutter war schon im Wohnzimmer verschwunden. Kurz darauf hörten wir sie telefonieren.

Plötzlich waren wir ganz allein in der Küche und mir wurde bewusst, dass wir das in den nächsten Tagen noch öfter sein würden. Das verräterische Kribbeln kehrte zurück und ich ging schnell zum Tisch, setzte mich wieder und griff nach meinem Kaffeebecher, um mich an irgendwas festzuhalten.

Owen ließ sich auf den Stuhl neben mir fallen. »Ich bin jetzt der Freund der fantastischen Lucy Lou«, erklärte er augenrollend. »Dann hoffen wir mal, dass die Leute uns diese abstruse Geschichte abkaufen.«

Ich schnaubte und stellte den Becher mit einem Knall ab. »Was soll das denn heißen? Bin ich dir nicht hübsch genug, oder was?«

Er lachte auf. »Als ob es dich interessieren würde, was ich von dir denke.«

»Und wenn?«, gab ich herausfordernd zurück.

Er lächelte schief und hob abwehrend die Hände. »Tut mir leid. Du bist mit Sicherheit hübsch genug. Für jeden. Ich bin nur leider nicht klug genug für dich.« Ich wollte etwas einwenden, aber er schüttelte den Kopf.

»Verflucht, Lucy, ich weiß, was das für eine Zwickmühle für dich ist. Mir ist klar, dass dieser Trip nach New York das Letzte ist, was du möchtest.« Er senkte die Stimme. »Mir ist auch vollkommen klar, dass du Mom nichts abschlagen kannst, weil ... na, du weißt schon.«

»Ja.« Ich nickte. »Aber deshalb werde ich mich trotzdem bemühen, es für uns beide so leicht wie möglich zu machen. Was mich betrifft, bist du ab sofort die Liebe meines Lebens.« Ich hatte das einfach so dahingesagt, aber es klang seltsam aufrichtig. Dummerweise spürte ich, dass ich schon wieder rot anlief. »Nur meiner Mutter muss ich natürlich die Wahrheit sagen. Und meinem ... ähm, Freund.«

Seine Augenbrauen schossen in die Höhe. »Ach, ja. Der Herr Senator.«

Ich biss mir auf die Unterlippe. »Na, davon ist er noch weit entfernt.«

»Aber sonst wirst du es niemandem erzählen?«, hakte er nach. »Es ist nur, wenn mir diese Geschichte auch noch um die Ohren fliegt ...«

Ich seufzte tief. »Nein, versprochen. Du weißt, ich mache keine halben Sachen. Du kannst dich auf mich verlassen.«

»Oh Mann«, stöhnte Owen. »Das werden sicher die abgefahrensten Tage meines Lebens.«

»Wann soll es denn losgehen?«, fragte ich und versuchte, das nervöse Zittern in meiner Stimme in den Griff zu bekommen.

Elisa war wieder in der Küche aufgetaucht, jetzt sichtlich gelöst. »Morgen früh geht es nach New York, Liebes. Die Reporter werden sich nur so auf dich stürzen.« Sie tätschelte meine Wange. »Du siehst auf Bildern immer so hübsch aus.« Plötzlich traten ihr Tränen in die Augen. »Glaub mir, das vergessen wir dir nie. Du bist ein Engel.«

Ich machte eine abwehrende Geste und erhob mich dann erneut. »Ach was, schon gut. Jetzt sollte ich mal zusehen, dass ich loskomme. Ich will Mom persönlich sagen, dass sie bald einen neuen Schwiegersohn in spe hat.« Sehr gut, dieses Mal gelang mir der flapsige Ton schon viel besser. »Dann wird es Zeit, dass ich nach Hause gehe und meine Sachen zusammenpacke.«

Elisa nickte und folgte mir in den Flur. »Der Fahrer holt dich morgens um halb acht in deinem Apartment ab.« Sie warf Owen einen Seitenblick zu, der uns ebenfalls Richtung Haustür gefolgt war. »Mein Sohn wird sich dir gegenüber vorbildlich benehmen, das verspreche ich dir.«

»Selbstverständlich.« Owen machte eine kleine, ironische Verbeugung. »Sie ist ja immerhin so ein *Engel*.« Er legte den Kopf schief. »Was meinst du, soll ich dich so nennen?«

»Das wagst du nicht«, brummte ich.

»Werden wir ja sehen.« Owen ging an mir vorbei und öffnete die Tür. »Pass auf deine Flügel auf, *Engelchen*.«

Ich wollte etwas erwidern, aber mir fiel nichts ein. Also klappte ich den Mund wieder zu und makste auf meinen furchtbaren Stiefeln in die kalte Winterluft hinaus. Owens Mutter winkte mir noch einmal zu und warf mir eine Kusshand nach, dann schloss sich die Tür.

Ich rieb mir fröstelnd über die Arme, blieb stehen, schlug den Mantelkragen hoch und zog eine übergroße

Wollmütze – aus reiner Schafswolle und handgefertigt – aus meiner Umhängetasche. Schon viel besser. Kein Wunder, dass ich diesen Barbie-Klamotten nie eine Chance gegeben hatte. Sie waren nicht nur unbequem, sondern auch furchtbar unpraktisch. Ich setzte mich in Bewegung Richtung Kings Avenue. Es war erst kurz vor sieben. Ich hatte also noch genug Zeit, mit meiner Mutter einen Tee zu trinken und sie schonend darauf vorzubereiten, dass ich bald in einem albernen Miniröckchen durch die Klatschspalten hüpfen würde. Wie ich Mom kannte, würde sie sich über diesen irren Plan totlachen und mir viel Spaß wünschen.

Ich musste einfach versuchen, das Ganze als Abenteuer zu sehen. In allem lag eine positive Seite. Vermutlich würde ich gar nicht dazu kommen, viel Zeit mit Owen zu verbringen. Er hatte seine Interview-Termine, seinen Musik-Kram und sicher ein tägliches Fitness-Training, so, wie er aussah. Ich würde ohnehin die meiste Zeit im Hotelzimmer sitzen und konnte dort in Ruhe arbeiten. Das Gute war, dass ich endlich in der Lage war, dieser Familie etwas zurückgeben. Diesen Menschen, die mich in der dunkelsten Zeit meines Lebens aufgefangen hatten.

Auch Owen.

Vielleicht sogar gerade Owen.

Bevor er zum arroganten Macho mutiert war, war er ein wirklich süßer Teenager gewesen. Lieb. Verständnisvoll und …

»Hey, Lucy.« Ich fuhr herum und sah Owen auf mich zutraben. »Kannst du vielleicht mal anhalten? Ich brülle schon seit einem Häuserblock deinen Namen.«

Ich blieb stehen und sah ihn misstrauisch an. »Ich dachte, wir hätten alles besprochen.«

Er seufzte. »Tja, wir haben alles besprochen, was meine Mom hören darf.«

Mein Herz setzte für einen Moment aus, nur, um dann umso kräftiger zu schlagen. »Und worum geht es?«

Er stieß die Luft aus. »Ich wollte dir nur unbedingt noch etwas sagen, bevor es losgeht.«

VIER

Owen

»Also.« Owen musste sich mit aller Kraft darauf konzentrieren, nicht schon wieder auf Lucys Beine zu starren. Was war das nur mit den Frauen, die keine Ahnung davon hatten, wie attraktiv sie waren? Die sich
um solche Äußerlichkeiten nicht scherten und die ihr
Leben einer sinnvollen Sache widmeten? Irgendwie war
das ein ... anderes Spiel mit ihnen. Vielleicht sogar eine
andere Sportart. Aber das hier war schließlich Lucy und
wenn es jemanden gab, den er nicht so ansehen sollte,
dann sie.

»Also?«, wiederholte Lucy und sah ihn mit dieser Mischung aus Unschuld und Herausforderung an, die so
typisch für sie war.

Owens Blick glitt ein wenig nervös über die Menschen, die sich auf dem vollen Bürgersteig an ihnen
vorbeischoben. Er zog seine schwarze Wollmütze tiefer
in die Stirn und zog Lucy in einen Hintereingang. »Entschuldige.« Er schluckte. »Es ist das erste Mal, dass ich

seit dieser ganzen Sache wieder auf die Straße gehe.« Er trug über seinen Jeans einen schlichten Parka und hatte mit dem coolen Sänger der *Boston Heights* auf den ersten Blick überhaupt nichts gemein.

»Du hast dich die ganze Woche versteckt?«, fragte Lucy stirnrunzelnd. »In deiner Wohnung?«

»Ja.« Er nickte. »Also – eigentlich erst seit vier Tagen. Zu den Bandterminen werde ich von einem Fahrer abgeholt, aber ansonsten habe ich es vermieden, mich in der Öffentlichkeit zu zeigen.«

»Kann ich gut verstehen.« In ihrem Blick lag Mitgefühl. »Also, was wolltest du mit mir besprechen?«

»Ich ...« Owen hob die Schultern. »Pass auf, ich will über diese ganze Sache nicht reden, verstehst du?«

»Ähm, ja.« Sie nickte. »Deshalb fliegen wir schließlich morgen zusammen nach New York, oder? Ich meine, das ist doch der Deal, den deine Mutter ausgehandelt hat. Weil du keine Interviews geben willst, oder?«

Er musterte sie. »Ist das ein Vorwurf?«

Sie schüttelte heftig den Kopf. »Glaub mir, ich rede nicht mal mit meiner Frauenärztin über sowas«, setzte sie hinzu. Dann stieg ihr wieder diese süße Röte in die Wangen, so wie früher, wenn es um anzügliche Themen ging. Sie räusperte sich. »Ich wollte nur sagen, dass das deine Privatsache ist und ich respektiere es, dass du dich weigerst, darüber zu sprechen.« Sie seufzte. »Ich meine, das ist doch genau das Problem. Wir sind alle dermaßen daran gewöhnt, unsere Privatsphäre aufzugeben, dass es uns nicht einmal mehr kümmert, dass die NSA alle unsere Nachrichten mitliest.« Sie stoppte sich mit sichtlicher Mühe. »Ja, aber das war ja gerade nicht das

Thema.« Sie atmete tief durch. »Also, wolltest du mir das erklären? Dass du nicht darüber reden willst?«

»Nein.« Er griff nach ihrem Arm. »Ich will nur, dass du weißt, dass ich nichts ... Schlimmes getan habe. Ich ...« Verdammt. Das war schwerer, als er gedacht hatte. »Ich will nur, dass du weißt, dass ich kein ... Kunde von dieser Cherry war, okay? Und dass ich an diesen ... komischen Dingen nicht interessiert bin.«

Sie sah ihn irritiert an. »Okay.« Sie hob die Schultern. »Alles klar.«

»Ich wollte nur, dass du das weißt.«

»Dann ... weiß ich es jetzt.« Sie sah auf seine Hand, die immer noch auf ihrem Arm lag.

Schnell zog er sie zurück. »Es ist nicht gerade angenehm, so etwas in Gegenwart der eigenen Mutter zu besprechen.«

»Ja, richtig.« Sie grinste schief. »Das würde wohl niemand gerne.«

Sie standen immer noch in dem Hauseingang. Winzige Schneeflocken rieselten auf sie herab und schmolzen auf den nassen Steinen.

Lucy räusperte sich. »Ich muss jetzt weiter.«

Er nickte. »Klar.« Sein Blick glitt über den belebten Bürgersteig. »Ich würde dich ja bringen ...«

Sie zupfte an seinem Jackenkragen. »Du brauchst jetzt nicht den Gentleman heraushängen zu lassen. Dafür ist es doch ohnehin zu spät.«

»Auch wieder wahr.«

»Bis morgen.« Sie lächelte noch ein letztes Mal, dann ging sie mit schnellen Schritten auf den Bürgersteig zurück und war innerhalb weniger Sekunden im Getümmel verschwunden.

Owen blieb stehen und sah ihr nach.

Merkwürdig. Er merkte, dass er sich plötzlich auf diesen Horrortrip nach New York … freute. Dabei waren die Termine ihm eher lästig. Auch ohne die widerlichen Schlagzeilen hätte er keine Lust dazu gehabt.

Da war zunächst mal diese Filmpremiere, zu der er musste, weil er in einem Actionfilm mitgespielt hatte. Denn – oh Wunder! – auch dazu verpflichtete ihn sein Vertrag. Die Dreharbeiten waren ein Witz gewesen. Eine Massenszene und eine Einstellung, in der er auch noch ohne Shirt herumlaufen musste. Wie ein … Tier im Zoo. Jetzt hatte ihn das Studio dazu verdonnert, morgen an einer Pressevorführung des Films teilzunehmen. Am Tag danach musste die ganze Band eine neue Version eines Songs einspielen, dann gab es noch ein paar Promotion-Termine und am Freitag das Auftakt-Konzert der neuen Tournee.

Owen merkte, dass er immer noch in dem Hinterhof stand und Lucy hinterherstarrte, die längst aus seinem Blickfeld verschwunden war. Wie er sie um ihr Leben beneidete! Sie wusste genau, was sie wollte und sie ließ sich nicht durch irgendwelche Hindernisse aufhalten oder sich in ihrem Willen korrumpieren. So war sie schon immer gewesen.

Seine Gedanken wanderten zu dem Jahr zurück, als er mit ihr unter einem Dach gelebt hatte. Es war Himmel und Hölle zugleich für ihn gewesen. Sie waren damals alle fünfzehn gewesen: Lucy, seine Schwester Katie und er selbst. Lucy war so tapfer gewesen, vor allem in den ersten Wochen, als die Zukunft ihrer Mutter nach dem schweren Verkehrsunfall auf Messers Schneide stand.

Ein Lkw hatte den Wagen von Natalie Stevenson gerammt, und sie war mit einem Schädelbasisbruch ins Krankenhaus eingeliefert worden. Die ersten Tage hatte sie im künstlichen Koma verbracht, und keiner hatte Lucy sagen können, wie ihr Geisteszustand sein würde, wenn sie wieder aufwachte. Lucy hatte eine Woche an ihrem Bett gesessen und das Krankenhaus erst verlassen, als ihre Mutter wieder wach war.

Dann war sie im Hause Curtis angekommen: blass, abgemagert, verstört. Sie hatte versucht, sich nichts anmerken zu lassen. Im Haushalt geholfen, ihre Hausaufgaben gemacht und sogar über die Witze gelacht, die Owen gemacht hatte. Aber etwas in ihr war ... wie ausgelöscht gewesen. Als hätte man eine Kerze ausgepustet. Owen hätte ihr so gerne geholfen, ihr gesagt, dass alles gut werden würde, die Trauer aus ihrem Blick verjagt.

»Entschuldigung.« Verdammt, die Stimme kam wie aus dem Nichts. Er hatte das Mädchen zu spät gesehen, das mit einem Block und einem Stift auf ihn zukam. Sie war höchstens siebzehn, schüchtern und höflich.

Er zwang sich zu einem Lächeln. »Ja?«, fragte er freundlich.

»Sind Sie Owen Curtis?«

Für einen Moment spielte er mit dem Gedanken, es einfach abzustreiten. Zu behaupten, dass er ständig mit diesem blöden Kerl verwechselt wurde. Er war mit dieser Nummer schon ein paarmal durchgekommen. Aber warum sollte er sich wie ein Arsch verhalten, nur weil er einen schlechten Tag hatte?

Er nickte. »Ja, bin ich. Möchtest du ein Autogramm?«

Sie nickte. »Ja, bitte.«

»Wie heißt du?«

»Jessica.«

Er schrieb einen kleinen Text auf ihren Block und gab ihn ihr zurück. Aus dem Augenwinkel sah er, dass sie nach ihrem Smartphone kramte, aber er war nicht in Fotolaune.

»Sorry, ich muss jetzt weiter.« Er vergrub seine Hände in den Jackentaschen und hastete los.

Zum Glück kam gerade ein Taxi um die Ecke, in das er direkt hineinspringen konnte. Der Fahrer hatte ganz andere Probleme als sein dummes Promileben, das in Scherben lag. Er telefonierte auf der ganzen Fahrt, und als Owen endlich wieder sicher in seinem Apartment angekommen war, fühlte er sich, als hätte er einen halben Marathon hinter sich.

Er hörte seine Mailbox ab, die Gott sei Dank keine weiteren Hiobsbotschaften bereithielt, dann warf er ein paar Klamotten in seinen Koffer und fiel vollkommen erschöpft auf sein Bett. Als sein Telefon klingelte, musste er grinsen.

Natürlich. Seine Schwester musste auch noch ihren Senf zu der ganzen Aktion abgeben.

»Na?« Er seufzte. »Noch eine Gardinenpredigt?«

Katie lachte am anderen Ende. »Ach, komm schon. Du bist genauso beratungsresistent wie der kleine Kyle aus meiner dritten Klasse. Er will auch nicht einsehen, dass er sich mit seinem Verhalten keine Freunde macht.«

Owen stöhnte. »Ich brauche keine Freunde, ich habe ja dich.«

»Sehr gut bemerkt.« Sie seufzte. »Ach, Owen. Manchmal frage ich mich, ob ich dich damals hätte aufhalten sollen. Als du nach L.A. gegangen bist.«

»Stimmt, das hättest du tun müssen.« Er lachte leise. »Im Prinzip bist du schuld an dem ganzen Elend.«

»Sehr witzig.« Sie atmete tief durch. »Wie ist es mit Lucy gelaufen?«

»Du hättest Stylistin werden sollen. Diese Stiefel sind echt der Hammer. Sehr schick.«

»Ich rede nicht von ihren Klamotten.«

»Ich weiß.« Owen schob seinen freien Arm unter den Hinterkopf und sah zum Fenster hinaus. Das weihnachtlich geschmückte, nächtliche Boston glitzerte und leuchtete in tausend Farben. Der Ausblick war atemberaubend.

»Es wird wieder besser, Owen«, meinte Katie, jetzt ganz ernst. »Glaub mir.«

»Ja, sicher.« Für einen Moment kämpfte er mit sich, ob er sich seiner Schwester einfach anvertrauen sollte. Ihr sagen, wie peinlich ihm das alles war, wie gedemütigt er sich fühlte. Aber es ging nicht. Er konnte sich nicht dazu durchringen. Es war ... zu viel. Zu schlimm. Diese Bilder. Diese Andeutungen. Diese ...

»Hey, Owen?«

»Ja?« Er setzte sich schnell aufrecht hin, um die trüben Gedanken abzuschütteln.

»Du machst doch keine Dummheiten mit Lucy, oder?«

Er lachte bitter. »Wow. Dein uneingeschränktes Vertrauen ehrt mich.«

»So meinte ich das nicht.«

Er schüttelte den Kopf. »Doch, genauso meintest du es. Ich bin nicht bescheuert, Katie. Ich weiß verdammt genau, dass es nur einen einzigen Grund gibt, warum

Lucy da mitmacht. Oder besser gesagt zwei Gründe: dich und Mom. Glaubst du wirklich, ich danke es ihr, indem ich sie anbaggere? Außerdem würde Lucy sich mit einem Kerl wie mir nicht mal einlassen, wenn ich der letzte Mensch auf der Erde wäre.«

»Wie du meinst.« Katie klang nicht besonders überzeugt.

»Wie soll ich das jetzt wieder verstehen?« Er konnte nicht verhindern, dass er sich gekränkt fühlte. Was um Himmels Willen dachte seine Schwester von ihm? Dass er sich überhaupt nicht unter Kontrolle hatte? Hielt sie ihn auch nur für ein wildes Tier?

»Da gibt es nichts zu verstehen«, erwiderte Katie ganz ruhig. »Pass einfach ein bisschen auf Lucy auf. Für sie ist das eine ganz andere Welt.«

»Versprochen.« Er schluckte. »Ich passe gut auf sie auf, Katie. Großes Indianerehrenwort.«

»Weiß ich doch.« Ihre Stimme klang müde.

Sie plauderten noch eine Weile über belanglose Dinge, dann verabschiedeten sie sich, und Owen fühlte sich in seinem großen Bett plötzlich furchtbar allein. Er schaltete den Fernseher ein, ließ sich von der Late Night Talkshow und den Nachrichten berieseln, bis er schließlich in einen unruhigen Schlaf fiel.

Sein letzter Gedanke galt Lucy.

Er hatte keine Ahnung, was in ihr vorging.

Das hatte er noch nie gewusst.

FÜNF

»Champagner?«

Ich sah von meinem Manuskript auf, als die Flugbegleiterin mir fragend ein Glas entgegenhielt, und schüttelte dann energisch den Kopf. »Es ist doch erst neun Uhr früh«, gab ich irritiert zurück.

Owen und die hübsche Schwarzhaarige in der engen Uniform brachen in gutmütiges Gelächter aus, und Owen griff an mir vorbei nach dem Glas. »Sie fliegt zum ersten Mal First Class«, erklärte er mit einem Augenzwinkern.

»Ich bin mir sicher, dass Sie ihr alles beibringen, was sie dafür wissen muss, Sir«, erwiderte die Flugbegleiterin mit einem eindeutig anzüglichen Lächeln.

»Oh, darauf können Sie sich verlassen«, gab Owen zurück. »Das habe ich schon ganz anderen beigebracht.«

Als sie weg war, drehte ich mich wütend zu ihm um. »Sag mal, willst du wirklich, dass alle Welt dich für einen Idioten hält oder kannst du schon gar nicht mehr anders?«, zischte ich ihm zu.

Er hob eine Augenbraue. »Ach, *Honey*, du brauchst doch nicht eifersüchtig zu sein, nur weil ich ein bisschen mit einer anderen flirte.« Er legte den Kopf schief. »Du weißt doch, Appetit darf man sich überall holen, aber gegessen wird zu Hause.«

Ich machte Würgegeräusche. »Du solltest dich dafür schämen, dass du so viel Platz in dem Flugzeug verschwendest. Fliegen ist immer noch die klimaschädlichste Art zu reisen, ist dir das eigentlich klar? Wenn, dann sollte man wenigstens darauf achten, dass das Flugzeug auch ausgelastet ist. Die First Class ist umwelttechnisch gesehen eine absolute Zumutung! Die Emissionen ...« Ich brach ab und konzentrierte mich wieder auf das eigentliche Thema. »Ich verstehe es nicht. Warum legst du es bloß darauf an, dass man dich für einen Blödmann hält?«, fragte ich dann kopfschüttelnd.

Er verzog spöttisch den Mund. »Gott, du bist wirklich süß, wenn du dich aufregst.« Er beugte sich zu mir herüber, sodass seine Lippen fast meine Wange streiften. »Und du siehst heute wirklich ganz unverschämt heiß aus.«

Ich verdrehte die Augen. »Ich wusste ja nicht, dass ich heute schon im Kostüm antreten muss.« Ich zupfte an meiner alten Jeans und dem grauen, verwaschenen Harvard-Sweatshirt herum. »Sobald wir in New York landen, ziehe ich meine Zivilkleidung aus, keine Angst.«

»Wirklich?« Er hob interessiert die Augenbraue. »Du ziehst dich direkt am Flughafen aus? Interessant. Dabei solltest du mir doch eigentlich ein *besseres* Image verpassen.«

Ich starrte ihn an. Was war nur mit ihm los? Seine Wangen waren gerötet, er wirkte aufgekratzt und diese ...

Anzüglichkeit. Als wäre ich eins von seinen kleinen Betthäschen. Das ging mir echt auf die Nerven.

»Würdest du mir einen Gefallen tun und mich jetzt einfach arbeiten lassen?«, fragte ich gereizt. Gestern war Owen ganz anders gewesen. Zurückhaltender. Fast nett. Vielleicht sogar ansatzweise ehrlich. Aber heute war offenbar wieder Macho-Gehabe angesagt.

»Klar.« Das Glitzern in seinen Augen war erloschen. »Tut mir leid.« Er schloss die Augen. »Ich habe heute zum Frühstück einen Whisky getrunken. Das mache ich sonst nie. Tut mir leid, wenn ich mich ... unangemessen verhalten habe.«

Ich warf entnervt die Hände in die Luft. »*Unangemessen verhalten?* Drehst du jetzt völlig am Rad? Kannst du nicht einfach mal ganz normal sein?«

Er sah mich lange an, dann seufzte er. »Warum kannst du nicht mal für fünf Minuten aufhören, auf mir herumzuhacken?«

Ich zuckte zusammen. »Mache ich das denn?«

»Ja, klar, die ganze Zeit. Ich meine, okay. Ich habe schon begriffen, dass dieses ganze Showbusiness-Ding weit unter deinem Niveau ist und dass du meinen Beruf lächerlich findest, weil ich keinen ach so wichtigen Beitrag zur Verbesserung der globalen Lage leiste.«

»Woah!« Ich schüttelte den Kopf. »Jetzt mal langsam. Ich habe bis jetzt kein einziges Wort über deinen Job verloren. Über deine Band oder die Musik. Über deinen Lifestyle. Und schon gar nicht über diese ...« Mir fuhr das Blut ins Gesicht, und ich verstummte.

»Ja, was denn?« Seine Stimme klang gefährlich ruhig. »Was ist mit dieser ...?«

»Keine Ahnung.« Ich rutschte auf meinem Sitz herum. Hatte er nicht gesagt, dass er nicht über diese Dinge reden wollte? Es war mir mehr als unbehaglich, über diese Cherry zu sprechen.

»Sag es doch einfach.« Seine Augen hatten sich zu schmalen Schlitzen verengt. »Du hältst mich doch auch für den letzten Abschaum.«

»Ich habe die Artikel nicht gelesen«, log ich leise. »Also kann ich mir darüber ohnehin kein Urteil erlauben.«

»Ach nein?«

»Ich meine nur, diese ...«, ich suchte fieberhaft nach einem Wort, »... diese *Fifty-Shades-of-Grey*-Sachen sind für manche Leute ein wenig ... beängstigend.«

Er beugte sich wieder zu mir herüber. »Ich habe dir gesagt, dass das alles nicht stimmt. Glaubst du mir nun oder nicht?« Sein Blick bohrte sich förmlich in meinen.

Ich zögerte. Dann hob ich die Schultern. »Owen, wir kennen uns doch gar nicht mehr. Wie soll ich da wissen, wer du jetzt bist?«

Er griff nach dem Champagnerglas und trank es in einem Zug leer. »Dann danke für deine Offenheit.« Jegliches Gefühl war aus seinem Blick verschwunden. »Du hast recht. Wir sollten uns einfach so benehmen, als wären wir Fremde. Und du hast auch recht, dass ich mich dir gegenüber unmöglich benehme. Ich schulde dir wirklich ein bisschen mehr Dankbarkeit, das weiß ich. Also, vielen Dank, Lucy. Ich lasse dich jetzt in Ruhe arbeiten.« Er schluckte. »Nicht wahr? Das ist es doch, was du willst?«

Ich nickte langsam. »Genau.« Ich las ein paar Sätze, dann drehte ich mich noch mal zu ihm um. »Tut mir leid mit der Jeans«, flüsterte ich.

Für einen Moment verfingen sich unsere Blicke ineinander, dann senkte er den Kopf. »Ehrlich gesagt siehst
du immer hübsch aus, egal, was du anhast«, murmelte
er so leise, dass ich nicht ganz sicher war, ob ich ihn bei
dem lauten Brummen der Flugzeugmotoren richtig verstanden hatte.

»Danke«, gab ich verwundert zurück, und mir lag
auf der Zunge, dass er mit seiner ausgewaschenen Jeans,
dem weißen Hemd, der abgetragenen Lederjacke und
den wild gestylten Haaren auch zum Anbeißen aussah.
Er sah heute tatsächlich aus wie Owen Curtis. Nicht
wie der Owen von früher, sondern der Rockstar Owen.
Heiß, gefährlich, unglaublich sexy. Nur gut, dass ich auf
so etwas nun wirklich gar nicht stand. Kein bisschen.

»Ich mache dann mal weiter«, erklärte ich und versuchte, das Flattern in meinem Magen und meinen un-
regelmäßigen Herzschlag zu kontrollieren. Das musste
ja nichts mit Owen zu tun haben. Das konnte acht-
tausend Meilen über der Erde auch ohne besonderen
Grund schon mal vorkommen.

»Lucy?« Owen hatte sich wieder zu mir umgedreht.

»Ja?«, fragte ich ein wenig atemlos.

»Aber es wäre vielleicht besser, wenn du ab jetzt
T-Shirts der *Boston Heights* trägst.« Er unterdrückte ein
Grinsen. »Wegen der Glaubwürdigkeit.«

Ich schüttelte den Kopf und verbiss mir meinerseits
das Lachen. »Ich bin zu allem bereit, Owen. Wet-T-Shirt-
Contest, Abendkleidung, Corsagen, meinetwegen sogar
eine Perücke. Aber ein T-Shirt von *Boston Heights* – das
geht zu weit.«

Er griff sich ans Herz. »Das tut weh.«

Ich lachte. »Ich bin eben knallhart.«

»Na, dann wissen wir ja jetzt, wo wir stehen.«

»Ganz genau.«

Ich wandte mich wieder meinem Text zu, konnte mich aber kein bisschen konzentrieren. War ich jetzt völlig bescheuert oder hatte Owen gerade ein bisschen mit mir ... geflirtet? Oder konnte er einfach gar nicht mehr normal mit Frauen reden?

Na, das konnte ja heiter werden.

Der Rest des Fluges verging fast zu schnell. Ich warf Owen einen missbilligenden Blick zu, als er ein zweites Champagnerglas leerte, als wäre es Wasser. Dann gab es Hühnchen-Curry - zum Frühstück?! - und schon setzten wir über New York zur Landung an.

Vielleicht hätte ich mich mental doch besser auf meine neue Mission vorbereiten sollen – denn der Presserummel, der uns in New York empfing, übertraf meine schlimmsten Befürchtungen. Wir hatten den Zoll kaum passiert, da kamen sie auf uns zugeschossen wie ausgehungerte Wölfe.

Eine wasserstoffblonde Frau mit Mikrofon sprang als Erste auf Owen zu. »Owen, stimmt es denn, was man über dich hört?«, fragte sie atemlos, während sie mit dem Mikro vor seiner Nase herumfuchtelte.

Ohne ihn antworten zu lassen, schob sich ein Typ mit einer Kamera an ihr vorbei. »Owen, schau mal hier rüber. Wie geht es jetzt mit deiner Beziehung weiter? Was kannst du uns über Cherry Bishop erzählen?«

»Chelsea von *TMC*«, stellte sich die nächste Reporterin vor. Owen hatte noch kein einziges Wort gesagt.

»Was hast du für Vorlieben, Owen, über die in der Öffentlichkeit noch nichts bekannt geworden ist?«

Ich griff unwillkürlich nach Owens Hand, eingeschüchtert und verängstigt von dieser Horde. Er warf mir einen erstaunten Blick zu, umschloss dann aber meine Finger mit leichtem Druck.

Wie ein Flashback lief mitten in diesem Getümmel vor meinem inneren Auge ein Film ab, den ich eigentlich erfolgreich aus meinem Gedächtnis verbannt hatte.

Ich hatte plötzlich den Tag in allen Einzelheiten vor Augen, an dem ich mit Owen in der Reha-Klinik gewesen war, in die meine Mutter nach ihrem Krankenhausaufenthalt eingeliefert worden war. Owen hatte angeboten, mich mit der U-Bahn zu begleiten, weil die neue Klinik in Dorchester lag. Auch wenn das Viertel lange nicht so schlimm war wie sein Ruf, hatte Elisa Einwände gehabt, mich mit meinen fünfzehn Jahren allein dorthin fahren zu lassen.

Das Beste an Owen war damals, dass er nach dem Unfall nicht die ganze Zeit ein betretenes Gesicht zog oder mich wie ein rohes Ei behandelte, sondern mich aufzog und sich weiter über meine schrulligen Angewohnheiten lustig machte. Natürlich war es ausgesprochen sensibel und einfühlsam von Elisa und Katie, dass sie mich ständig fragten, wie es mir ginge und ob ich etwas brauchte. Nur hatte diese Fürsorge auf mich leider den Effekt, dass ich sofort in Panik geriet. Waren die beiden nur so nett, weil es meiner Mutter schlechter ging, als man mir sagte? Wussten sie etwas, das man mir nicht sagen wollte?

Die ersten Tage nach dem Unfall waren ein absoluter Albtraum gewesen. Erst hatte ich während der sieben-stündigen Operation um Moms Leben gebangt, dann war sie für einige Tage in ein künstliches Koma versetzt worden und als sie endlich aufgewacht war, war sie voll-kommen desorientiert gewesen und ihre gesamte rechte Seite wies Lähmungen auf.

Ich konnte nicht darüber nachdenken, was passieren würde, wenn sie ... Es ging einfach nicht. Ich lebte als Tochter einer alleinerziehenden Mutter ein Leben ohne Netz und doppelten Boden. Mein Vater war wenige Jah-re nach meiner Geburt nach London gezogen und hatte eine neue Familie. Auch wenn wir locker in Kontakt standen und meine Eltern sich ein freundschaftliches Verhältnis bewahrt hatten, war die Vorstellung für mich blanker Horror, bei ihm leben zu müssen. Meine Groß-eltern lebten in Nebraska und schrieben nur ab und zu eine Weihnachtskarte, andere Verwandte hatte ich nicht.

Mein Leben, meine Sicherheit, mein Zuhause – das war alles meine Mutter für mich. Ich liebte sie mit einer Hingabe, die ich nicht in Worte fassen konnte. Nicht nur, weil sie der wichtigste Mensch in meinem Leben war. Sondern weil sie lustig war, unkonventionell, manchmal schräg, optimistisch und rundum großartig. Wenn wir *Mensch ärgere dich nicht* spielten, hatten ihre Figuren am Ende nicht nur Namen, sondern eine ganz eigene Persönlichkeit und sprachen mit verschiedenen Stimmen. Sie machte aus allem ein Spiel, sah in allem die verborgene Seite und war die außergewöhnlichste Geschichtenerzählerin, die man sich vorstellen konnte.

An diesem Tag in der U-Bahn mit Owen war ich zum ersten Mal seit dem Unfall vorsichtig optimistisch gewesen. Eine Reha-Klinik – war das nicht so etwas wie der erste Schritt zur Entlassung? Waren vielleicht die Tage gezählt, die ich im Curtis-Haus bleiben musste, wo mir jeden einzelnen Tag bewusst war, dass ich dort nicht hingehörte – zumindest nicht auf Dauer?

An diesem sonnigen Novembertag vor vielen Jahren waren wir also beide gelöst und gut gelaunt gewesen. Wir hatten in der U-Bahn herumgeblödelt, Unsinn geredet und viel gelacht. Während des Besuches bei meiner Mutter im Krankenzimmer hatte Owen in der Cafeteria der Klinik auf mich gewartet, und ich erinnerte mich noch genau daran, mit welch zufriedenem Gesichtsausdruck er dort seinen Schokoladenkuchen gegessen hatte, als ich vollkommen verstört aus dem Zimmer meiner Mutter gekommen war.

Owen winkte mir fröhlich von seinem Platz entgegen und zeigte mit vollem Mund auf die Kuchenreste. »Mach schnell, sonst ist er alle.«

Ich blieb vor seinem Tisch stehen wie betäubt.

»Hey, Lucy Lou.« Er zeigte auf den Stuhl gegenüber, dann auf einen XXL-Becher Kakao und die Kuchenreste. »Komm, hilf mir kurz mit diesem Schokokram, dann können wir ...« Er verstummte, als ich mich wie ferngesteuert auf den Stuhl sinken ließ. »Was ist los?«, fragte er dann ernst. »Du bist ganz blass.«

»Ich ... meine Mutter ...« Ich musste schlucken, damit die Tränen nicht aus mir herausströmten. »Mom muss noch mindestens vier Monate hierbleiben. Mindestens. Ich ...«

Owen sah mich für einen Moment so an, als würde er am liebsten weglaufen. Er tat mir richtig leid, weil er es war, der diesen schrecklichen Moment mit mir teilen musste. Ich hätte an seiner Stelle auch nicht gewusst, was ich sagen sollte. Was um Himmels willen gab es dazu schon zu sagen?

Owen öffnete den Mund, schloss ihn aber wieder. Dann erhob er sich zögernd, kam um den Tisch herum, hockte sich vor meinen Stuhl und breitete seine Arme aus. »Verdammte Scheiße.«

Ohne darüber nachzudenken, warf ich mich in seine Arme, umklammerte seinen Nacken, schloss die Augen und versuchte, gegen meine Tränen anzukämpfen. Aber es war zwecklos. Sie liefen mir längst über die Wangen und nässten Owens Shirt durch, ohne dass ich irgendetwas dagegen tun konnte.

»Ich weiß, das ist im Moment schwer zu glauben«, murmelte er nach einer Weile an meinem Ohr. »Aber sie wird wieder, ganz bestimmt.«

Ich schüttelte den Kopf. »Es geht ihr nicht gut. Sie hat Erinnerungslücken. Sie spricht ganz langsam. Sie ...«

Er löste eine Hand von meinem Rücken, schob dann eine verirrte Locke aus meinem Gesicht. »Lucy, es wird gut, glaub mir.«

»Ich fühle mich so allein«, brachte ich mühsam heraus, setzte mich auf und wischte mir, genervt von meinem Gefühlsausbruch, mit einer groben Geste die Tränen aus dem Gesicht. »Tut mir leid.«

Owen schüttelte den Kopf. »Da braucht dir nichts leid zu tun. Du bist nicht allein. Du hast uns. Für immer.« Als wären ihm seine Worte peinlich, sprang er auf, setzte sich wieder auf seinen Platz und schob mir den Kuchen herüber. »Hier.«

Ich schüttelte den Kopf. »Nein, danke.«

Er nahm meine Hand und legte sie um den noch lauwarmen Kakaobecher. »Dann trink wenigstens einen Schluck.«

Ich tat ihm den Gefallen, und die viel zu süße, schokoladige Flüssigkeit hatte wider Erwarten wirklich einen beruhigenden Einfluss auf mich.

»Komm, gehen wir nach Hause«, meinte Owen und erhob sich.

Als ich ihm zum Ausgang der Cafeteria folgte, nahm er wie selbstverständlich meine Hand. Er hielt sie auf dem ganzen Weg zur U-Bahn-Station und auch während der Rückfahrt fest. Erst als wir an unserer Station in South Boston ausstiegen, ließ er sie wieder los. So, als müsse diese vertrauliche, kleine Geste unser Geheimnis bleiben.

Natürlich war ich immer noch verzweifelt, weil meine Mutter so krank war. Vielleicht begriff ich erst an diesem Tag wirklich, dass ich mein unbeschwertes Leben nicht mehr zurückbekommen würde. Dass sich alles für immer geändert hatte. Wie groß das Ausmaß ihres Schädel-Hirn-Traumas wirklich war und dass dieser Unfall unser Leben über Jahre beeinflussen würde, vielleicht für immer. Das alles wurde nicht weniger schlimm, nur weil Owen meine Hand gehalten hatte. Und doch hatte mir diese kleine Geste so viel Halt gegeben.

Genau die gleiche Wirkung hatte Owens Händedruck auf dem Flughafen. Ich wandte den Kopf zu ihm, um zu sehen, ob die Berührung in ihm auch die gleichen, aufwühlenden Erinnerungen wachrief. Aber seine Konzentration war vollkommen auf die Reporter gerichtet.

Auch damals hatte ich die Bedeutung des Händchenhaltens vollkommen falsch eingeschätzt.

Ich musste mich sehr in Acht nehmen, damit mir das nicht wieder passierte.

— SECHS —

Verdammt! Owen hielt seinen Blick starr auf die Reportermeute gerichtet, als hätte nicht gerade ein Stromstoß von gefühlten tausend Volt seinen Körper durchzuckt. Was zum Teufel stimmte bloß nicht mit ihm? Da nahm Lucy ganz unschuldig seine Hand, um mit dem dummen Spiel für die Reporter zu beginnen – und ihm schoss diese unerträgliche ... Spannung sofort in jede Zelle seines Körpers. Gut, in manche Zellen mehr als in andere. Aber das machte die Sache ja nicht besser, sondern noch viel schlimmer.

Das Blut rauschte Owen in den Ohren, während er Lucy an der Meute vorbei Richtung Taxistand zog. Er musste sich sehr beherrschen, um sie nicht anzusehen. Das war viel zu gefährlich. Gott, und bislang war es nur seine Hand, die sie berührte. Wie zum Teufel sollte er sie vor den Fotografen in den Arm nehmen, wenn sie sofort merken würde, dass er auf sie reagierte wie ein hormongesteuerter Teenager?

»Tut mir leid, wir müssen weiter«, erwiderte er in Endlosschleife auf alle Fragen der Reporter. »Sorry, Leute. Wir haben einen Termin.«

Und noch mal verdammt. Was hatte sich Jeff dabei gedacht, gleich so ein Rudel auf sie loszulassen? Sie hatten verabredet, dass er ein bis zwei Presseleuten steckte, mit welchem Flug Owen ankommen würde, und dass er eventuell ein Mädchen dabeihatte. Aber das hier ... nein, das war wirklich ein bisschen viel.

»Ist das immer so, wenn du irgendwo landest?«, raunte Lucy ihm zu. Sie umklammerte noch immer seine Hand, aber mittlerweile konnte er wieder regelmäßig atmen.

»Nein«, gab er wahrheitsgemäß zurück. »Das habe ich alles diesen ... schmeichelhaften Berichten der letzten Tage zu verdanken.« Er spuckte die Worte nur so aus.

Sie blieb stehen und zog ihn an der Hand mit einem kleinen Ruck zurück, als er weiter gehen wollte. »Komm, schon. Sei nicht bockig, Owen. Ich bin gerade mit dir über zweihundert Meilen geflogen, um dein angeschlagenes Image zu reparieren. Du weißt, was dein Manager erwartet. Wir können mit unserer kleinen Show auch gleich anfangen.«

»Ich bin nicht in der Stimmung für ein Interview.«

»Wer redet denn von einem Interview?« Ihr Gesichtsausdruck hatte sich verändert. Sie sah nicht mehr verstört oder verängstigt aus. Ihr Blick war herausfordernd. Fast ein bisschen draufgängerisch.

»Wie meinst du das?«, fragte er und merkte, dass er schon wieder Schwierigkeiten mit dem Atmen hatte. Die Reportermeute umringte sie jetzt, hielt aber einen gewissen

Sicherheitsabstand. Als sich ein Kameramann aus der Gruppe löste und hervortrat, ließ Lucy Owens Hand los und umschlang mit beiden Armen seinen Nacken.

»Es wäre sicher eine gute Idee, wenn du mich jetzt küssen würdest.«

Er starrte sie an. »Wie bitte?«

»Das ist die perfekte Gelegenheit.« Ihre Stimme war nur ein Raunen.

»Das kann ich nicht«, brachte er mühsam hervor.

»Süß.« Ihre Augen glitzerten. »Dann zeige ich es dir.« Ihr schien dieser Rollentausch richtig zu gefallen. Plötzlich war sie nicht mehr der verlegene Bücherwurm, der bei jeder zweideutigen Bemerkung rot anlief. Plötzlich war er der Idiot, der mit der Situation nicht klarkam.

»Ich ...« Weiter kam er nicht, denn in diesem Moment berührten ihre Lippen federleicht seine Wange. Owen stand da wie erstarrt.

»Kannst du vielleicht mal mitmachen?« Lucys Stimme klang eher amüsiert als beleidigt.

»Klar.« Er war ein Volltrottel. »Klar«, wiederholte er mit etwas festerer Stimme. Für einen Moment hatte er wirklich alles um sich herum vergessen. Sogar die Reporter. »Sorry.«

Seine Hände tasteten nach ihrer Taille. Umfassten sie. Sie war so zart. Gott, nicht nachdenken. Einfach küssen. Das war doch nicht so schwer, oder? Das machte er schließlich ständig. Wenn Lucy damit kein Problem hatte, dann würde ihm das ja wohl auch gelingen. Seine Lippen hatten ihre fast erreicht. Er schloss die Augen.

»Hey, Leute. Seid ihr jetzt zusammen?« Die durchdringende Stimme der platinblonden Frau mit Mikrofon ließ ihn wieder innehalten. »Ist das deine neue Freundin, Owen?«

Owen fuhr zurück, grinste schief und legte einen Arm um Lucy. »Ja«, erwiderte er schlicht. Dann griff er wieder nach Lucys Hand. »Komm, wir laufen.«

Lachend setzten sich die beiden in Bewegung, vorbei an den verdutzten Reportern, die gerade alles für ein Interview aufgebaut hatten. Um die Ecke, Richtung Ausgang und dann in ein wartendes Taxi.

»Wohin?« Der Fahrer schien sich nicht im Mindesten für ihre Flucht zu interessieren.

»Ins *Seasons*«, erwiderte Owen, vollkommen atemlos. »Und machen Sie schnell.«

Als er sich umdrehte, sah er Kameras, die das davonfahrende Taxi filmten.

***

»Also, wie geht es jetzt weiter?«, fragte Lucy mit einem neugierigen Unterton in der Stimme und rubbelte sich mit einem Handtuch die Haare trocken.

Owen, der es sich auf seinem Bett gemütlich gemacht hatte, senkte schnell den Blick. Lucy war nach dem Duschen nur mit einem weißen Hotelbademantel in ihr gemeinsames Hotelzimmer zurückgekommen. Offenbar schien sie kein Problem damit zu haben, sich mit ihm ein Zimmer zu teilen.

Sie hatte keine Miene verzogen, als sie bei ihrer Ankunft die zwei Betten gesehen hatte, die zwar nicht zu einem Doppelbett zusammengeschoben waren, aber auch nicht besonders weit auseinander standen. Im

Gegenteil, sie hatte gleich ihre Tasche auf das Bett am Fenster gestellt und sich mit kindlicher Begeisterung in dem hübschen Zimmer im Retrolook umgesehen. Der kleine Adventskranz auf dem Couchtisch hatte sie regelrecht in Entzücken versetzt und sie hatte das Bad, die Matratze und die Aussicht in höchsten Tönen gelobt. Außerdem hatte sie nicht ein einziges Mal erwähnt, was man mit dem Geld in Afrika alles Gutes tun könnte, wenn man es nicht für ein Zimmer in diesem Luxushotel verjubeln müsste. Kurz gesagt: Lucy hatte Wort gehalten und machte ihm die Sache wirklich so einfach wie möglich. Er hingegen ...

»Erde an Owen.« Sie kam auf ihn zu und wedelte mit ihrer Hand vor seinen Augen herum. »Meditierst du gerade oder nehmt ihr Stars tatsächlich alle viel zu starke Beruhigungsmittel?«

Er räusperte sich. »Du meinst, was wir heute Abend machen müssen? Wir beide? Oder eher, die ganze Zeit?« Verdammt, er verhaspelte sich fast. Das war einfach nur peinlich. Er benahm sich schon die ganze Zeit so verstört. Im Taxi hatte er keinen halben Satz herausgebracht, während Lucy so unbekümmert vor sich hingeplappert hatte, als würde sie sich tagtäglich vor einer Reporterschar als Freundin eines gefallenen Teenie-Idols präsentieren.

»Jetzt.« Sie setzte sich auf die Kante ihres Bettes und schlug ein Bein über das andere. Dabei rutschte der Bademantel hoch und gab ein gutes Stück ihres Oberschenkels frei. »Was ist für den Abend geplant?«

»Ach so.« Owen räusperte sich noch einmal, als hätte er sich gerade verschluckt. Dann setzte er sich auf seinem

Bett auf, lehnte sich gegen das Rückenteil und umschloss seine Beine mit den Armen. Verdammt. Verdammt. Verdammt. Er sollte hier sitzen und nichts als reine Dankbarkeit für Lucys Einsatz empfinden. Und nicht etwas vollkommen anderes ...

»Also.« Er fuhr sich durch die Haare und konzentrierte seinen Blick auf ihr Gesicht. Viel besser. Bis auf ihre Lippen, die halb geöffnet waren. Und die strenge Brille trug sie auch nicht mehr. Gar nicht mehr. Himmel, Katie hatte mal wieder so recht gehabt. Er hatte wirklich ein Problem. »In zwei Stunden müssen wir uns auf den Weg zum *Royal Theater* machen. Der Film beginnt um acht. Vorher ein bisschen roter Teppich, aber das wird nicht so wild, weil die anderen Stars ja dabei sind. Ich habe gehört, dass auch ein paar A-Promis kommen. Danach könnte es allerdings heikel werden. Nach dem Film sind dann auch nicht akkreditierte Presseleute zugelassen und das heißt ... Paparazzi-Alarm.«

Sie nickte nachdenklich. »Dein Schwesterherz hat mir beim Blitzshopping auch ein schwarzes Cocktailkleid verpasst. Das könnte ich heute anziehen, oder?«

Owen schluckte. »Äh, ich glaube, da hängt ein Kleid für dich im Schrank.«

»Wirklich?« Sie sprang überrascht auf und ging mit federnden Schritten zum Schrank hinüber. Ohne die räumliche Nähe zu ihr konnte Owen viel freier atmen. Er musste schleunigst aufhören, sich so merkwürdig zu benehmen. Bis jetzt schien Lucy nichts bemerkt zu haben, aber er musste aufhören, sie so anzusehen. Lucy war tabu und basta. Sie lebte in einer anderen Welt und außerdem war ihr ganzes Weltrettungsgehabe mehr als nervig. *Fliegen ist immer noch die klimaschädlichste Art zu reisen.* Er brauchte niemanden, der dafür sorgte, dass er sich mies fühlte. Das schaffte er im Normalfall schon ganz gut allein.

Er hatte sich, während sie im Bad war, auf YouTube eine Rede von ihrem grünen Super-Senator in spe angesehen und er konnte den Kerl nicht leiden. Dieses ganze Verantwortungsgerede. Als wäre es verboten, einfach sein Leben zu leben. Nein, ehrlich. Er atmete tief durch. Nein, Lucy war nicht nur tabu, weil sie nur aus Mitleid hier war. Sie war auch tabu, weil es die Hölle war, sich selbst durch ihre Augen sehen zu müssen.

»Das ist jetzt aber nicht dein Ernst«, rief Lucy vom Schrank herüber.

Sie hatte den Plastiküberzug geöffnet und starrte das grüne, schillernde, bodenlange Seidenkleid mit den perlenbesetzten Spaghettiträgern an. Jetzt griff sie nach dem kleinen Preisschild, das dezent am Bügel baumelte. »Owen, das Kleid kostet achthundert Dollar!« Sie war ganz blass geworden. »Weißt du, wie viele Kinder an afrikanischen Schulen für achthundert Dollar ein Mittagessen bekommen würden?«

Owen unterdrückte ein genervtes Schnauben. Da hatte er wohl eindeutig den Tag vor dem Abend gelobt. »Nein, weiß ich nicht. Aber ich fürchte, du wirst es mir gleich sagen«, erwiderte er seufzend.

Sie befühlte vorsichtig den Stoff. »Außerdem sehe ich mit dem Kleid sicher total lächerlich aus.«

»Dann häng es eben einfach zurück«, brummte Owen. Im Leben würde er nicht zugeben, dass er das Kleid selbst für sie ausgesucht hatte. Nicht mal unter Androhung von Gewalt. »Ist alles auf Jeffs Mist gewachsen.«

Sie drehte sich zu ihm um, ein kleines Kichern in der Stimme. »Soll ich es mal anprobieren?«

Er hob die Schultern. »Wie du willst.« Sein wild pochendes Herz stand im krassen Gegensatz zu seiner unbeteiligten Miene.

»Ziehst du auch einen Anzug an?«

Er schüttelte den Kopf. »Nein. Es ist ein bisschen zu spät, um mich als netten Schwiegersohn von nebenan zu präsentieren, meinst du nicht?« Er zeigte auf die Lederjacke, die er auf die Couch geworfen hatte. »Das ist meine Arbeitskleidung. Jeff experimentiert nicht gern.«

Sie nickte nachdenklich und betrachtete das Kleid, jetzt mit einem wirklich skeptischen Blick. »Tut mir leid, Owen, aber ich kann das ehrlich nicht anziehen.«

»Warum nicht?« Jetzt war er verwirrt. Katie hatte ihm erzählt, dass Lucy alle Kleidungsstücke ohne Protest akzeptiert hatte, die sie ihr aufgezwungen hatte. »Findest du es so hässlich?«

»Es ist umwerfend.« Mit einer energischen Geste hängte Lucy das Kleid zurück. »Aber es geht nicht.«

»Wegen der hungernden Kinder in Afrika?«

Röte kroch ihr in die Wangen und Owen fühlte sich schon wieder schuldig. Was war er nur für ein Mistkerl, dass er sich über ihre Überzeugungen immer nur lustig machte? Was hatte er sich überhaupt dabei gedacht, ihr ein Kleid zu kaufen? Was hatte er sich davon versprochen? Das ging viel zu weit. Sie war nur hier, um eine alte Schuld zu begleichen. »Natürlich brauchst du das nicht anzuziehen. Man kann es sicher wieder zurückgeben. Meinetwegen kannst du auch in Jeans und T-Shirt ...«

»Ich habe keine passende ... Unterwäsche.« Sie sprach schnell, tonlos und gepresst. »Ich kann meine ...« Sie schluckte. Dann drehte sie sich zu ihm um und sah ihm direkt in die Augen. »Die BHs, die ich dabeihabe, würden unter den Trägern hervorgucken.«

Okay, gut. Dieses Mal ging der Stromstoß nicht durch den ganzen Körper, sondern direkt in den Lendenbereich. Was für ein Irrsinn! Da war endlich mal eine Frau, die ganz natürlich war. Die nicht jede Chance nutzte, um mit ihrem Sex-Appeal zu spielen. Die über ihre Unterwäsche redete als wäre es einfach ... Unterwäsche. Die nicht anzüglich war, aber auch nicht unselbstständig und kleinmädchenhaft. Sondern einfach ... nicht gestört. Und er saß hier auf seinem Bett, kämpfte gegen eine Erektion, und sein Mund war so trocken, dass er kein Wort hervorbrachte.

»Owen?«

»Ja?« Unwillkürlich musste er grinsen. In Anbetracht dessen, was die Welt da draußen von ihm dachte, war das hier jetzt wirklich mal reine Ironie des Schicksals. Während der gewöhnliche TMZ-Leser sicher annahm, dass er ohne Handschellen und dumme Sex-Spielchen überhaupt nicht in Fahrt kommen konnte, brauchte er nur eine Frau im Bademantel zu sehen, die das Wort *BH* aussprach.

»Ich wusste, dass du mich auslachen würdest.« Der überlegene Ausdruck war aus Lucys Gesicht verschwunden. »Mein Gott, ich hatte echt fast vergessen, was du für ein Arschloch sein kannst.«

Owen hob abwehrend die Hände. »Ich habe doch gar nicht deshalb gelacht ...«

89

»Ach, vergiss es.« Wütend stapfte Lucy Richtung Badezimmer und im nächsten Moment flog die Tür hinter ihr mit einem lauten Knall zu.

»Gut gemacht«, brummte Owen halblaut und sah ihr mit einem unmerklichen Kopfschütteln hinterher. »Wirklich eine reife Leistung, Mister Curtis.«

Dann rief er in der Hotelrezeption an und schilderte kurz sein Problem. Das war etwas, was er tatsächlich in seiner kurzen Karriere als Leadsänger der *Boston Heights* gelernt hatte: dass es kaum etwas gab, was man nicht in kürzester Zeit erledigt haben konnte, wenn man in einem teuren Hotel wohnte und eine Kreditkarte besaß. Wie sich herausstellte, hatte die hoteleigene Boutique tatsächlich mehrere, trägerlose Unterwäschemodelle, und keine zehn Minuten später brachte ein Page ein dezent verpacktes Päckchen an die Tür.

»Hey, Lucy?« Owen klopfte vorsichtig an die Badezimmertür, das Päckchen in der einen und das Kleid in der anderen Hand. »Tut mir leid, wenn ich mich wie ein Idiot verhalten habe. Hier – das kannst du anprobieren. Oder zieh das Kleid von Katie an. Ganz, wie du willst.«

Die Tür öffnete sich einen Spalt und Lucy streckte die Hand heraus, nahm die Sachen und schloss die Tür wieder. Diesmal allerdings leise.

»Bist du noch sauer?« Owen blieb unentschieden vor der Tür stehen. »Lucy?«

»Alles in Ordnung.« Ihre Stimme klang dumpf durch die Tür. »Ich bin in zehn Minuten fertig.«

»Okay.« Plötzlich erschöpft ging Owen zu seinem Bett zurück und ließ sich darauffallen. Reflexhaft griff er nach seinem iPhone, aber nachdem er seine Mails gecheckt hatte, legte er es wieder weg.

Nein. Er würde sich beherrschen und sich nicht selbst googeln.

Heute Abend wollte er nicht wissen, was die Welt über ihn dachte.

Heute würde er einfach mal so tun, als sei dieser ganze Albtraum gar nicht passiert.

Vor allem würde er seine merkwürdigen Gefühle für Lucy in den Griff bekommen. Das war ja nicht mehr feierlich. Wie ein liebeskranker Idiot! Einfach nur, weil er sie nicht haben konnte. Das Schlimmste war, dass er sofort das Interesse an ihr verlieren würde, wenn er tatsächlich mit ihr ins Bett ginge. So war es immer. Es war aufregend, eine Frau zu verführen. Danach wurde es dann allerdings ziemlich anstrengend. Wenn der Zauber der ersten Berührungen verflogen war, fing die Zeit der faulen Kompromisse und unterdrückten Aggressionen an. Nicht, dass er das selbst erlebt hätte, so weit hatte er es nie kommen lassen. Aber wo er auch hinsah, es war immer das gleiche Spiel: erst der große Rausch, dann das böse Erwachen.

Die Badezimmertür öffnete sich wieder einen Spalt. »Owen, kannst du mal kommen?«

Nein, ruhig Blut. Das war Lucy und bei ihr hatte es nichts Verruchtes, wenn sie ihn ins Badezimmer rief. Kein Grund, das Blut schon wieder aus seinem Hirn abzupumpen. »Sicher.« Immerhin schien sie nicht mehr böse auf ihn zu sein. Das konnte er doch schon mal als Fortschritt verbuchen. Er erhob sich und beeilte sich, ins Badezimmer zu kommen.

»Ich bekomme den Reißverschluss nicht zu.« Sie drehte ihm den Rücken zu, ihre Hände hielten ihre langen, blonden Locken über dem Nacken in die Höhe.

Dieses Mal hatte Owen sich im Griff. Er ignorierte ihre zarte, samtweiche Haut. Er ignorierte den verheißungsvollen Verschluss ihres trägerlosen BHs. Er ignorierte das leichte Zittern in ihrer Stimme.

»Klar.« Er zog den Reißverschluss ohne Zögern nach oben. »Du siehst aus wie ein Filmstar«, setzte er in leichtem Ton hinzu.

Dann drehte er sich um und verließ das Badezimmer, als wäre er auf der Flucht.

SIEBEN

Okay, gut. Dann wusste ich jetzt eben, wie sich *Pretty Woman* gefühlt hatte. Es war zwar nicht so, als ob ich noch nie ein Kleid getragen hätte. Aber dieses weiche, kühle Gefühl von Seide auf der Haut – das war eben großartig. Na und? Ich brauchte es ja niemandem zu erzählen. Auch die Tatsache, dass mir das Hotel überraschend gut gefiel – mit diesen tollen, antiken Möbeln, den plüschigen Aufzügen und den liebevoll gestalteten Zimmern –, war doch ebenfalls kein Verbrechen, oder? Und ja, es war irgendwie auch ziemlich aufregend gewesen, mit Owen am Flughafen vor der Pressemeute wegzulaufen. Hatte ich damit schon meine Ideale verraten? Ich konnte mir die Frage leider selbst nicht beantworten.

Als wir wenig später mit der Limousine des Filmstudios vor dem Kino hielten, sprang Owen aus dem Wagen, hielt mir die Tür auf und streckte mir die Hand entgegen.

»It's Showtime«, flüsterte er mir zu, und ich ließ mir von ihm aus dem Wagen helfen.

»Danke.« Ich lächelte ihn ein wenig unsicher an.

Mann, im Moment blickte ich überhaupt nicht mehr durch, wenn es um Owen ging. Da hatte ich jahrelang nichts mit ihm zu tun gehabt, außer, dass wir uns zu Weihnachten und zum Geburtstag mal eine Mail mit albernen Grüßen schickten, und jetzt war er zu mir die ganze Zeit so ... komisch.

»Kommst du?« Owen reichte mir den Arm, was bei ihm ein wenig merkwürdig wirkte. Im Gegensatz zu den anderen Männern hier trug er keinen Anzug, sondern eine Jeans, ein schwarzes Shirt und seine Lederjacke. Wäre ich seine Imageberaterin, hätte ich ihm wohl etwas anderes geraten. Aber dieser Jeff musste ja wissen, was er tat.

Ich schob meinen Arm in seinen. »Also, wenn mich jemand etwas fragt – soll ich antworten?«, flüsterte ich ihm zu.

»Klar.« Er nickte aufmunternd. »Du bist doch der PR-Profi hier. Ich habe vollstes Vertrauen zu dir. Sag einfach, was du so denkst. Du brauchst ja nicht gleich mit der Tür ins Haus zu fallen und zu sagen, dass du mich für einen lächerlichen Retortensänger mit einer *gestörten Impulskontrolle* hältst.«

Ich verdrehte die Augen. »Deine Schwester ist wirklich eine furchtbare Tratschtante, und so ist das ein bisschen aus dem Zusammenhang gerissen.«

»Wieso?« Seine Augen funkelten und von seiner merkwürdigen Stimmung im Hotelzimmer war nichts mehr übrig. »Wie hast du es denn gesagt?«

»Ich glaube, ich habe dich noch oberflächlich genannt.« Ich musste lachen. »Das klingt doch gleich viel freundlicher, oder?«

Er ließ meinen Arm los, legte mir seinen Arm um die Schultern und zog mich leicht an sich. »Das ist echt zuckersüß.«

Wir waren mittlerweile in der Mitte des roten Teppichs, aber Owen hatte recht gehabt. Es gab offenbar zwei Typen von Klatschreportern. Auch hier versuchten die einen oder anderen, einen Kommentar von Owen zu bekommen. Aber es ging höflich und gesittet zu.

»Owen, alter Junge.« Ein Typ mit Pferdeschwanz und schwarzer Nerdbrille winkte uns zu sich heran. »Bekomme ich ein kurzes Statement?«

»Zu welchem Thema?« Owen runzelte misstrauisch seine Stirn.

»Zu dieser entzückenden, jungen Dame, die du der Welt bis jetzt vorenthalten hast.«

Owen sah mich fragend an und ich nickte. »Okay, warum nicht«, erwiderte er.

Wir stellten uns vor die Kamera und ich sah aus dem Augenwinkel, dass Owen sein Interview-Lächeln anknipste.

Offenbar war der Mann Kameramann und Reporter in Personalunion. »Also, wie lange seid ihr beide schon zusammen?«, fragte er, während er an der Einstellung herumhantierte.

Owen bedeutete mir mit einem Armdruck, dass ich die Frage beantworten sollte.

»Das ist schwer zu sagen«, begann ich. Wir hatten uns darauf geeinigt, nicht allzu viele Fakten preiszugeben. *Alte*

Politikerweisheit, hatte Owen das genannt. Einfach das sagen, was man will, statt die Frage zu beantworten. »Aber wir kennen uns schon seit knapp zwanzig Jahren.«

Owen wandte sich zu mir um. »Seit zwanzig Jahren, ehrlich?«

»Ja.« Ich nickte. »Owens Schwester und ich sind zusammen in die Schule gegangen und deshalb war ich sehr oft bei der Familie Curtis zu Hause.«

Der Typ zeigte mit einem erhobenen Daumen an, dass er die passende Kameraeinstellung gefunden hatte. »Und? Warst du damals schon verliebt in ihn?«, fragte er neckend.

Ich legte den Kopf schief. »Das kann ich doch nicht beantworten, während Owen hier direkt neben mir steht«, sagte ich verschwörerisch. »Am Ende wird er noch eingebildet.«

»Gut, aber dann verrate uns doch wenigstens, wie es so ist, die Freundin eines berühmten Sängers zu sein.« Er hatte offensichtlich wirklich nicht vor, das heiße Eisen *Cherry* anzufassen und ich entspannte mich etwas.

»Ach, es ist eigentlich gar nicht so anders als das Leben als PR-Beraterin eines Grünen-Politikers.« Ich hob die Schultern. Wenn ich hier schon stand, dann konnte ich mich ja auch gleich für die McLaren-Kampagne einsetzen. Gab das Paul nicht ein viel menschlicheres Gesicht, wenn seine Mitarbeiterin einen gefallenen Rockstar datete? »Man muss eine Menge Termine koordinieren, sich mit den Erwartungen an sich selbst und andere herumschlagen, und im besten Fall trägt man grün.« Ich zeigte auf mein Kleid. »Genau wie hier.«

»Sie arbeiten für die Grüne Partei?« Erstaunen klang in der Stimme des Reporters. »Müssten Sie dann nicht aussehen wie ein Hippie?«

»Na, mit so viel Haarspray dürfte ich mich bei der Kampagne auf jeden Fall nicht sehen lassen.« Ich zupfte an meiner Hochsteckfrisur. »Aber ich kann beschwören, dass meine Haarpflegeprodukte für die Ozonschicht vollkommen unschädlich sind.«

Der Mann lachte. »Vielen Dank. Das war sehr aufschlussreich.«

Wir gingen weiter und ich sah Owen fragend an. »War das okay?«, flüsterte ich.

Er sah mich einen Augenblick zu lange an, dann lächelte er breit. »Das war einfach ... bezaubernd.«

Wärme durchströmte mich, und ich hatte das Gefühl, dass diese Sache vielleicht doch kein einziger Albtraum werden würde. Dann wurde mir klar, was ich gerade vor laufender Kamera gesagt hatte. Mein Hals wurde eng und ein Gefühl der Beklommenheit lähmte mich. Was, wenn Paul das Interview zufällig sehen würde? Er hatte mehr als deutlich gemacht, was er von der ganzen Sache hielt. Was, wenn er dachte, ich hätte mich mit diesem Kommentar über die ganze Kampagne lustig gemacht? Hatte ich nicht auch genau das getan? Oh Gott, was zum Teufel war bloß los mit mir?

»Alles okay?« Owen sah mich forschend an.

Ich atmete tief durch und lächelte. »Alles wunderbar.«

»Kann ich dir irgendwie helfen?«

Nimm meine Hand und halte sie fest. Ja, das hätte ich sagen können. Owen hätte es ohne Zweifel getan. Stattdessen warf ich munter den Kopf zurück und lächelte

97

breit. »Alles bestens.« Ich senkte die Stimme. »Ist ein Spaziergang für mich.«

Selten war ich von der Wahrheit so weit entfernt gewesen.

Im Kinosaal entspannte ich mich wieder ein wenig, als die Lichter endlich ausgegangen waren. Owen hatte sich in seinem Sitz zurückgelehnt, und ich spürte, dass er mit seinen Gedanken ganz woanders war. Vielleicht dachte er über seine ganze Misere nach, vielleicht träumte er auch nur von einem Leben nach der Band. Es war ziemlich offensichtlich, dass er dieses Kapitel seines Lebens am liebsten abgeschlossen hätte.

Ich hatte keine Ahnung gehabt, wie ungern Owen bei den *Boston Heights* war. Katie hatte zwar ab und zu ein paar Andeutungen gemacht, aber ich hatte das mehr für hysterische Popstar-Allüren gehalten. Wenn ich Owen in Talkshows oder bei Konzerten auf der Bühne gesehen hatte, dann war er immer so fröhlich und selbstbewusst aufgetreten. Genau wie auf der Kinoleinwand – wobei man das in den zwei kurzen Szenen kaum beurteilen konnte, in denen er mitspielte. In der einen Szene sah man ihn nur in einer Gruppe und in der nächsten lief er einmal mit freiem Oberkörper durch das Bild. Ich war froh, dass diese Szene nur kurz war, denn beim Anblick seiner bloßen Muskeln spürte ich sofort wieder dieses verräterische Ziehen im Magen. Aber hey, was soll's – ich war eben auch nur eine ganz normale Frau.

Nach dem Film fühlte ich mich müde und erschlagen. Ich stellte mir für einen Moment vor, dass das ein ganz normaler Abend wäre. Dass Owen und ich aus irgendwelchen unerfindlichen Gründen zusammen einen Film angesehen hätten und jetzt noch irgendwo einen Burger essen würden. So wie früher, wenn wir mit Katie zusammen losgezogen waren. Der Film hatte mich zwar entspannt, aber ich fühlte mich auch ein bisschen abgeschlafft und nicht wirklich bereit, mich wieder vor den Kameras in Pose zu werfen.

»Was, wenn ich dein richtiges Date wäre, und wenn ich dich bitten würde, einfach von hier abzuhauen?« Ich hatte die Frage schon gestellt, bevor sich mir selbst den Mund verbieten konnte. Wir drückten uns im hinteren Teil des Kinosaals herum, noch nicht bereit für die Konfrontation mit der Meute.

»Ich würde dir sagen, dass das hier mein Beruf ist und du von Anfang an wusstest, worauf du dich einlässt«, erwiderte Owen, ohne mit der Wimper zu zucken. »Dann würde ich dir erklären, dass ich zwar gerne ausgehe, aber grundsätzlich nicht an festen Beziehungen interessiert bin und in meiner Lebenssituationen keinerlei Verpflichtungen eingehen kann.«

»Oh.« Das hätte er auch netter ausdrücken können, oder?

»Tja, ich nutze jede Gelegenheit, um meine Dates auf Distanz zu halten«, setzte er hinzu. »Nur nicht im ...«

Ich schloss genervt die Augen. »Ja, danke. Ich habe es verstanden.«

Er grinste. »Aber wenn du mich als Lucy fragst, ob wir uns einfach verdrücken können, dann würde ich sagen: Da hinten ist ein Notausgang.«

Ich suchte in seinem Gesicht nach Anzeichen, dass er sich nur über mich lustig machte. Aber ich konnte keine finden. »Wie meinst du das?«, fragte ich vorsichtig.

»Du hast gefragt, wie ich reagieren würde, wenn ein *Date* mich so etwas fragt.« Er hob die Schultern. »Aber dir gegenüber würde ich anders reagieren. Bei dir wäre die Antwort immer ja.«

Ich kam so schnell nicht mit. War das ein echtes Angebot oder nur eine hypothetische Anmerkung? »Aber ich bin doch extra hier, um mich mit dir zu zeigen.«

»Stimmt.« Er nickte.

Ich seufzte. »Also, gehen wir zu den Reportern. Sonst bekommst du sicher eine Menge Ärger.«

»Na ja.« Owen grinste noch breiter. »Jeff hat nicht ausdrücklich gesagt, dass wir bei dem *Meet and Greet* dabei sein müssen. Es ist gewissermaßen eine ... Grauzone.«

»Und was schlägst du stattdessen vor?«

»Wir könnten einen Burger essen gehen. So wie früher.«

Ich starrte ihn an. Hatte ich das vorhin laut ausgesprochen oder konnte er meine Gedanken lesen? »Okay.« Ich musste mich räuspern. »Das wäre wirklich toll.«

Sein Lächeln war spitzbübisch und süß. »Dann komm.« Wieder nahm er nicht meine Hand. Natürlich nicht, hier waren ja auch keine Kameras auf uns gerichtet. An der Tür zum Notausgang drehte er sich zu mir um. »Lust auf Promis?«, fragte er mit hochgezogenen Augenbrauen.

»Nicht wirklich.« Ich schüttelte den Kopf und verzog das Gesicht.

»Ist das ein Nein?«

»Kein nein.« Ich hob die Schultern. »Ich war noch nie abends in New York unterwegs. Du bist am Zug.«

Er warf sich in die Brust. »Dann willkommen bei Owens kleiner New-York-Führung«, sagte er mit überdrehter Werbefilm-Stimme. »Machen Sie sich bereit für ein Abenteuer in der Stadt, die niemals schläft.«

ACHT

Owen

»Hey, Will.« Owen schob Lucy in dem Club zielstrebig auf einen Typen zu, der neben einer dezenten Absperrung aus rostroten Schiffstauen saß und wild auf seinem Tablet tippte.

Der Typ sah auf und strahlte. »Alter, wie schön, dich mal wieder hier zu sehen.« Er sprang auf und schlug Owen freundschaftlich auf die Schulter. Dann bedeutete er dem Gorilla in der Ecke des Raumes, Owen und Lucy in den VIP-Bereich durchzulassen. Er geleitete die beiden in den schummrigen Extraraum. »Ist das deine Kleine?«, fragte er mit einem Seitenblick auf Lucy.

Lucy hob eine Augenbraue, sagte aber nichts. Owen legte einen Arm um ihre Schultern. »Ja, ist sie.« Er warf ihr einen seiner spöttischen Owen-Blicke zu und sah sie dann gespielt verzückt an. »Sie ist mein *Engel*.«

Lucy schnaubte und zwickte ihn in die Seite. »Lass den Scheiß.«

Owen seufzte albern, als wäre er hingerissen. »Da, wie vornehm sie sich ausdrückt! So absolut rein. Kannst du ihre Flügel sehen?«

Will sah zwischen den beiden hin und her, als müsste er überlegen, wie er auf diesen Schwachsinn reagieren sollte. »Kein Gras hier drinnen, okay?«, meinte er schließlich achselzuckend.

»Ach, seit wann denn das?«, gab Owen zurück.

Die beiden lachten, während Lucy den Blick durch den Raum schweifen ließ. Es sah alles ziemlich edel und stylisch aus. Gemütliche Sessel, die um goldene Tischchen gruppiert waren, insgesamt auf drei verschiedenen Ebenen. Dazu die ebenfalls goldene Bar, die Hocker davor mit rotem Plüsch bezogen. Extravagant und kitschig, künstlerisch und ein wenig einschüchternd. Genau wie die illustre Gästeschar.

»Du hast gesagt, wir gehen einen Burger essen«, meinte Lucy, weniger vorwurfsvoll als ehrlich enttäuscht.

Will fand ihre Reaktion auf sein kleines Königreich offensichtlich äußerst amüsant. »Sie ist eine Wucht, Owen. Halt sie gut fest.« Er zeigte auf einen kleinen Tisch in der Ecke. »Der ist für euch frei, wenn ihr wollt. Ich ordere euch die besten Burger der Stadt. In spätestens einer Viertelstunde stehen sie auf dem Tisch.« Er zwinkerte Lucy zu. »Und? Bist du eher der Champagner- oder der Bier-Typ?«

Lucy lächelte zurück. »Dreimal darfst du raten. Aber lass dich nicht von diesem Kleid täuschen. Das würde ich in Zivil niemals tragen.«

»Dann zwei Burger und zwei Bier.« Will entfernte sich geschäftig und verschwand hinter dem Tresen.

Owen zeigte auf den kleinen Zweiertisch. »Sollen wir?«

Lucy nickte und folgte ihm in die Nische. »Und? Musst du jetzt irgendwelche secret Handshakes mit deinen Promi-Brüdern austauschen?«, fragte sie, als sie am Tisch saßen.

Owen schüttelte grinsend den Kopf. »Das ist das Schöne hier. Wir lassen uns gegenseitig in Ruhe.«

Ihr Blick wurde weich. »Ich habe nie darüber nachgedacht. Im Prinzip lebst du wie im Gefängnis, oder?«

Owen hob die Schultern. »Tja, eine Medaille, zwei Seiten. Solange die Fans und die Presse dich lieben, hat man eigentlich kein Problem. Echt, die Leute, die meckern, weil sie ab und zu Autogramme geben müssen, die haben doch nicht mehr alle Tassen im Schrank. Es ist nur ...«, er atmete tief durch, »... es ist nur dieses permanente Wissen, dass alle darauf warten, dass du stolperst. Ich weiß nicht, ob das früher auch schon so war. Aber im Moment ...« Er schüttelte traurig den Kopf. »Hast du das mit Zac mitbekommen?«

Ihr verständnisloser Blick war Antwort genug.

»Ach, komm schon.« Er verdrehte die Augen. »Ich weiß sehr genau, dass du Zac Efron kennst. *High School Musical, let's celebrate where we come from ...*«, trällerte er los. »Ich war selbst dabei, als du mit Katie verhandelt hast, wer von euch Zac Efron und wer Corbin Bleu heiratet.«

»Ja, aber wie du siehst, haben wir es uns anders überlegt.« Lucy lachte. »Also, was ist nun mit meinem verflossenen Nicht-Ehemann?«

»Zac hat ein Bild von sich gepostet. Mit Dreadlocks.«

Sie sah ihn an, als hätte er den Verstand verloren. »Okay«, erwiderte sie gedehnt. »Nein, tut mir leid. Dieses weltbewegende Ereignis ist an mir vorbeigegangen.«

Owen hob die Augenbrauen. »Kann es sein, dass du mich nicht ernst nimmst?«

Sie schüttelte in gespielter Entrüstung den Kopf. »Gott, nein. Wie sollte ich dich nicht ernst nehmen? Du bist doch *Owen Curtis.*«

Bei seinem Namen zuckte Owen zusammen. Es war verrückt. Diese Nachrichten über ihn geisterten erst seit ein paar Tagen durchs Netz. Trotzdem konnte selbst *er* seinen Namen nicht mehr hören, ohne sofort schmutzige Bilder im Kopf zu haben. Er schüttelte sich unwillkürlich. Nein, nicht heute Abend.

»Also«, setzte er neu an. »Sie sind über Zac Efron hergefallen. Dass Dreadlocks ein kulturelles Symbol wären, dass er damit eine Grenze überschritten hätte und bla, bla, bla.«

Lucy runzelte die Stirn, dann nickte sie langsam. »Okay, ich verstehe, was du meinst. Es ist wie ein Hexentest, oder? Du kannst machen, was du willst. Wenn du sagst, du bist eine Hexe, dann ertränken sie dich. Wenn du sagst, du bist keine, dann erst recht.« Sie sah ihn prüfend an. »Deshalb willst du zu der Sache nichts sagen, stimmt's?«

»Na ja.« Er grinste. »Ganz so drastisch würde ich es jetzt nicht ausdrücken. Bislang hat mir keiner einen Wackerstein um den Hals gebunden.« Sein Blick wanderte durch den Raum. »Ich wollte dir nur erklären, warum Leute wie ich in solche Clubs gehen und sich absondern. Es ist nicht, weil wir alles arrogante Arschlöcher sind.«

»Das habe ich verstanden.« Das Glitzern in ihren Augen war wieder da. »Ihr seid einfach nur Angsthasen.«

Er nickte enthusiastisch. »Ganz genau, das wollte ich sagen. Jetzt fühle ich mich gleich viel besser.«

Lucy öffnete den Mund, aber in diesem Moment kam eine Kellnerin mit zwei perfekten Burger-Menüs und zwei Flaschen eines überteuerten Edelbiers.

Während des Essens alberten sie herum und redeten über unkomplizierte Themen: über den Film, den sie gesehen hatten, über ihre Familien und Lucys Arbeit für die McLaren-Kampagne. Owen lachte sich halbtot über ihre Schilderungen von dem merkwürdigen Hierarchie-Gehabe in Pauls ach so basisdemokratischem Team.

Als sie mit dem Essen fertig waren, lehnte sich Lucy zurück. »Ich verstehe einfach nicht, warum du da draußen nicht genauso bist wie jetzt, Owen«, meinte sie nachdenklich und spielte ein wenig verlegen mit ihrer Serviette. »Ich meine, ich kenne dich schon mein ganzes Leben, aber selbst ich habe angefangen, dich für diesen eingebildeten Idioten zu halten, den du in der Öffentlichkeit zum Besten gibst. In letzter Zeit warst du selbst auf der Bühne so ... keine Ahnung.«

Owen überlegte kurz, ob er auf ihre Frage ehrlich antworten sollte. Wie verletzlich man sich fühlte, wenn man sich in der Öffentlichkeit bewegte. Wie viel mehr diese Schmutzkampagne ihn getroffen hätte, wenn er vorher mehr über sich preisgegeben hätte. Aber er hatte schon zu viel gesagt. Er wollte nicht, dass Lucy ihn endgültig für einen Waschlappen hielt. »Du warst also auf einem meiner Konzerte?«, fragte er und hob neckend die Augenbrauen. »Ehrlich?«

Lucy schnaubte. »Das war gar nicht das Thema.«

»Machen wir es zum Thema.«

Sie sah ihn an. »Was willst du hören?«

»Dass du völlig ausgeflippt bist, als du mich auf der Bühne gesehen hast. Dass du mich für einen der ganz großen Entertainer des einundzwanzigsten Jahrhunderts hältst.« Er verbiss sich ein Grinsen und hielt ihrem Blick stand.

»Kein Problem.« Sie beugte sich etwas vor. »Owen, als ich dich auf der Bühne gesehen habe, bin ich vollkommen ausgeflippt. Du bist für mich einer der größten ...«, ihre Augen funkelten, »... Rocksänger ohne Rückgrat überhaupt.«

»Ganz knapp daneben. *Größter Entertainer des einundzwanzigsten Jahrhunderts*, wäre die korrekte Antwort gewesen. Ich dachte, ihr PR-Leute müsst euch so viel merken. Da kannst du nicht mal so einen einfachen Satz nachsprechen?«

Sie trank den letzten Schluck aus ihrer Bierflasche. »Ich war mit Katie da, wenn du es genau wissen willst. Als ihr vor ein paar Monaten im *Rooneys* aufgetreten seid, in Wembley. Ich gebe es gern zu: Du bist großartig auf der Bühne. Ich höre jetzt noch das Kreischen der Mädchen, wenn ich daran denke. Aber trotzdem passt das für mich nicht zusammen. Wir haben eine Zeit lang Tür an Tür gelebt. Ich meine, ich weiß, was du für Musik hörst. Und da waren weder Bon Jovi noch Brian Adams dabei.«

»Tja, vielleicht habe ich die wirklich guten Sachen nur rausgeholt, wenn ihr Mädels unterwegs wart.« Er verschränkte die Arme, ließ sie dann aber wieder sinken.

Lucy sollte nicht merken, wie sehr sie ins Schwarze traf. »Ich habe mich immer schon für ganz verschiedene Musikrichtungen interessiert.«

»Und? Schreibst du noch Songs?«

Er krümmte sich innerlich. »Nein.« Er schüttelte den Kopf. »Das waren ohnehin nur ... Flausen.«

»Das waren keine Flausen. Ich habe deine Songs geliebt.« Sie senkte den Blick und wieder einmal färbten sich ihre Wangen rot. »Ich meine, ich fand sie immer echt gut.«

Sein Blick wurde traurig. »Das ist nett von dir, danke.« Dann stand er unvermittelt auf. »Wir sollten lieber gehen, oder?«

Lucy sah ihn irritiert an. »Ja, klar. Gute Idee.« Sie erhob sich ebenfalls, wich seinem Blick aber aus. »Danke für den Burger.«

»Nichts zu danken«, erwiderte er förmlich. Gott, er benahm sich wie der letzte Idiot.

»Hey, Owen?« Sie drückte seinen Arm.

Für einen Moment dachte er, sie würde wieder auf seine Songs zurückkommen. Aber dann lächelte sie. »War der beste Burger meines Lebens«, sagte sie nur.

Dann ging sie an ihm vorbei Richtung Ausgang.

NEUN

Okay, ganz ruhig bleiben. Ich klammerte mich an dem Waschbecken fest und starrte in den Spiegel. Es lief doch alles ganz gut. Trotzdem war ich erst mal ins Bad geflüchtet, als wir zurück ins Hotelzimmer gekommen waren. Jetzt traute ich mich nicht mehr heraus.

Nachdenken und einordnen, das waren meine Stärken.

Erstens: Ich war hier mit einem berühmten Typen in einem Nobelhotel und würde gleich die Nacht mit ihm verbringen – aber es gab getrennte Betten.

Zweitens: Ich hatte nur einen uralten, karierten Flanellpyjama dabei, weil ich nicht gewusst hatte, dass wir das Zimmer teilen würden – aber Owen würde sich vermutlich ohnehin nicht für mein Schlafoutfit interessieren.

Drittens: Ich hatte den Sinn der Aktion, mich mit Owen in der Öffentlichkeit zu zeigen, schon innerhalb der ersten Stunden ad absurdum geführt, indem ich ihn von den Presseleuten weggelockt hatte – dafür hatten wir uns auf dem roten Teppich ganz gut geschlagen.

Viertens: Ich hatte heute insgesamt für weit über zweitausend Dollar im Luxus geschwelgt - den Flug und das Kleid mit eingerechnet - und damit eine Menge zur globalen Erwärmung beigetragen. Ich musste dafür sorgen, dass es so nicht weiterging.

Zusammengefasst: Es lief vielleicht nicht gerade alles perfekt, aber es gab auch keinen Grund, um vollkommen auszurasten.

Trotzdem stand ich hier vor dem Badezimmerspiegel, starrte mich selbst mit leicht hysterischem Ausdruck in den Augen an und traute mich nicht zurück zu Owen.

Okay, dann also noch mal von vorne.

Owen hatte sich mir gegenüber insgesamt wesentlich netter verhalten, als ich angenommen hatte, oder? Er schien genau wie ich daran interessiert zu sein, diese Sache einfach durchzuziehen. Mal ehrlich – selbst wenn ich ab und zu ein paar verwirrende Gefühle hatte, war das doch normal, oder? Owen war eben nicht nur Katies Bruder, er war auch süß, witzig und selbstironisch. Und das Stockholm-Syndrom durfte man ja ebenfalls nicht vernachlässigen – auch wenn Owen weder ein Krimineller noch ich ein Entführungsopfer war. Wir waren ja trotzdem gezwungen, drei Tage rund um die Uhr miteinander zu verbringen – quasi aneinandergekettet.

Nein, selbst wenn einige Zonen meines Körpers angesichts dieser merkwürdigen Situation ein bisschen unerwartet reagierten, war Owen überhaupt nicht mein Typ. Ich mochte intellektuelle, idealistische Männer, die sich einer Sache verschrieben hatten, an die ich auch glauben konnte. Männer, die sich nicht von dem Aussehen irgendwelcher Starlets blenden ließen, die Owen offenbar so toll fand. Männer, die Frauen viel zu sehr respektierten, um mit Prostituierten auch nur in Kontakt zu treten – es sei denn, sie wollten sie bei der Durchsetzung ihrer politischen Rechte unterstützen.

Owen stand für alles, was ich ablehnte. Bands, die in Casting-Shows entstanden. Hits, die von Computern geschrieben wurden. Flugreisen, Champagner, VIP-Bereiche, One-Night-Stands und Verschwendung. Ein Lebensstil, der den schwindenden Ressourcen auf unserem Heimatplaneten nicht im Mindesten gerecht wurde. Owen hatte sich dafür entschieden, in einer Scheinwelt zu leben, die keinen Bezug zu den Dingen hatte, die mir im Leben wichtig waren und ... er hatte sich ohnehin nie für Frauen wie mich interessiert.

Schlussfolgerung: Owen Curtis war kein Mann für mich.

Ich sah mich selbst augenrollend im Badezimmerspiegel an und musste lachen. Wie das klang. *Er ist kein Mann für mich*, formten meine zahnpastaverschmierten Lippen lautlos und ich sah meinem Spiegelbild mit theatralischem Gesichtsausdruck in die Augen. »Gott, Lucy, komm mal wieder klar«, setze ich halblaut hinterher.

Natürlich war Owen Curtis kein *Mann* für mich! Es kam mir ja schon lächerlich vor, ihn einen *Mann* zu nennen. Auch wenn er jetzt erwachsen war, blieb er doch immer noch Owen. Der Typ, der in Jogginghosen auf dem Sofa seiner Mutter herumlümmelte, nach wie vor Fruit Loops zum Frühstück aß und sich mit seiner Schwester kabbelte wie ein Grundschüler. *Und der vielleicht sehr merkwürdige sexuelle Vorlieben hatte und wer weiß was mit seinen Freundinnen anstellte,* setzte eine fiese Stimme in meinem Inneren hinzu. Mit einer hektischen Geste griff ich zu meiner Nachtcreme, wobei ich so komisch ausholte, dass ich die gläsernen Zahnputzbecher und meine Kosmetiktasche vom Regalbrett fegte. Das Zeug ging laut scheppernd zu Boden.

»Hey, Lucy, alles in Ordnung bei dir?« Owens Stimme drang dumpf durch die geschlossene Badezimmertür. »Geht es dir gut?«

»Ja, alles in Ordnung.« Himmel, ob er ahnte, dass ich mich hier vor ihm versteckte? »Mir ist nur was runtergefallen.« Gott sei Dank waren die Gläser nicht zerbrochen. Was zum Teufel war das? Panzerglas?

»Oh, okay. Gut.« Er klang beruhigt.

Ich spülte den Mund aus und ging zögernd zur Badezimmertür. Als ich ins Zimmer trat, lag Owen schon wieder auf seinem Bett und tippte auf seinem iPhone herum.

»Tut mir leid. Ich wollte dich nicht hetzen.« Er sah nicht auf. »Ich ... dachte nur ...«

»Dass ich mich im Badezimmer verstecke?«

Er grinste. »So in etwa, ja.«

»Du hast vielleicht Ideen.«

»Ich weiß. Tut mir leid. Ich bin so durch den Wind, dass ich denke, dass es allen anderen auch so geht. Dabei vergesse ich, dass du ja ein ganz normales, geregeltes Leben führst und keinen Grund hast, dich zu verstecken.«

Ich kletterte ins Bett und zog die Decke bis zu den Schultern hoch. »Richtig.« Mist. Das war doch absurd. Das hier war doch immer noch Owen. Der Owen, den ich mein Leben lang gekannt hatte. Ob er nun ein Rockstar war oder nicht.

»Nur fürs Protokoll«, ich drehte mich zu ihm und stützte den Kopf auf dem Arm ab, »ich habe mich gerade wirklich im Badezimmer versteckt.«

Owen sah auf und lachte leise. »Okay.« Die Stimmung veränderte sich. Es war, als hätte jemand den Stöpsel gezogen und die ganze, aufgeladene Spannung entwich. Er grinste. »Darf ich fragen warum? Oder läufst du dann sofort wieder weg?«

»Ist gar nicht so leicht zu beantworten«, erwiderte ich.

»Versuch es. Ich bin gar nicht so dumm, wie ich aussehe.« Er legte sein iPhone weg und drehte sich ganz zu mir um. »Oder vielleicht doch. Erklär es mir einfach, als wäre ich vier Jahre alt.«

Ich schüttelte erstaunt den Kopf. »Wie kommst du auf die Idee, dass ich dich für dumm halten könnte?«

»Oh, nicht nur du. Ich denke, dass mich die überwiegende Mehrheit der Menschen, die ich kenne, für geistig minderbemittelt hält.«

»Owen, das ist doch totaler Schwachsinn.« Ich setzte mich energisch auf und zog die Beine in den Schneidersitz. »Jetzt hör mal auf mit diesem blöden Selbstmitleid. Ja, ich habe es geschnallt. Du machst nicht die Musik, die du eigentlich machen willst. Außerdem bist du gewaltig verarscht worden und hast einen Knebelvertrag unterschrieben. So wie übrigens fast jeder Neuling in der Branche.« Ich holte tief Luft. »Aber komm mir nicht damit, dass alle Welt dich für einen Idioten hält. Du weißt so gut wie ich, dass nicht jeder sich auf eine Bühne stellen kann und eine halbe Stunde später ist jedes weibliche Wesen im Raum unsterblich verliebt. Das hat nichts mit dem Marketing oder der Band zu tun. Das war schon immer so, seit ich dich kenne.« Ich zeigte auf ihn. »Echt jetzt, es ist ein verdammtes Gottesgeschenk, so eine Ausstrahlung zu haben. Weißt du, warum dich alle so lieben? Weil du hinter dieser griesgrämigen, selbstmitleidigen Macho-Fassade ein riesengroßes Herz hast, du Blödmann.«

Owen starrte mich an, ohne ein Wort zu sagen, während sich die verschiedensten Emotionen auf seinem Gesicht widerspiegelten. Schließlich setzte sich sein gottverdammtes, spöttisches Grinsen durch. »Wirklich alle weiblichen Wesen?« Er hob im Zeitlupentempo eine Augenbraue. »Anwesende eingeschlossen?«

Ich spürte, wie mir die Hitze ins Gesicht schoss. »Das war billig«, sagte ich und senkte den Blick. »Das weißt du.«

»Ja.« Er seufzte und fuhr sich übers Gesicht. »Aber das erklärt noch nicht, warum du dich gerade im Badezimmer versteckt hast.«

Mist. So viel zum Thema Politikerantworten.

Ich ließ mich auf den Rücken fallen und dachte fieberhaft nach. Ich könnte ihm einfach sagen, dass es mich verunsicherte, ihm nach all den Jahren so nahe zu sein. Dass er mit seinem komischen Star-Leben für alles stand, was ich ablehnte und ich jede Minute viel zu sehr genoss. Dass ich am liebsten meine Tasche gepackt hätte und verschwunden wäre – nicht, weil ich es hier so schrecklich fand, sondern weil ein Teil von mir anfing, an meinen Werten zu zweifeln.

Aber ich entschied mich für eine Variante, die der Wahrheit auch ziemlich nahekam. »Es ist ein wenig beängstigend, mit dir zusammen zu sein«, begann ich zögernd. »Ich meine, nicht mit dem guten, alten Owen, dem Angeberbruder von Katie, der mich mit seinen blöden Sprüchen auf die Palme bringt. Ich meine, mit *Owen Curtis*, den ich im Fernsehen gesehen habe, während er mit den Promis des Jahres plaudert. Oder dem Owen, der auf der Bühne mit Unterwäsche beworfen wird. Oder ...« Ich verstummte, denn ich wollte mit Sicherheit nicht von den Handschellen reden oder den merkwürdigen Bildern, die diese Frau ins Netz gestellt hatte.

»Ich bin immer noch der gleiche Owen wie damals. Dieses Bild, das von mir durch die Öffentlichkeit geistert, ist mir genauso fremd wie dir.« Er biss sich auf die Lippen. »Ich will nicht schon wieder jammern, glaub mir. Ich weiß, dass es unglaublich vielen Leuten schlechter geht als mir. Aber im Moment wünschte ich wirklich, ich hätte damals das Angebot von Jeff abgelehnt. Vielleicht hätte ich von meiner Musik nicht leben können. Vielleicht hätte ich nach ein paar Jahren alles hingeworfen und mir einen ganz normalen Job gesucht. Denn ob du es glaubst oder nicht: Das, was im Moment überall über mich geschrieben wird, das ist mir so unglaublich ... peinlich, dass ich manchmal das Gefühl habe, es einfach nicht mehr ertragen zu können.«

Ich sah ihn an. »Weißt du noch, als meine Mom damals im Krankenhaus lag?«

»Natürlich.« Er nickte. »Wie könnte ich das vergessen?«

»Ich habe damals auch gedacht, dass ich es einfach nicht mehr ertragen kann. Natürlich war es ganz toll von euch, mich aufzunehmen. Aber ich wusste ja auch, dass es nicht ganz einfach war. Das Haus war klein, und Katie

hatte in ihrem winzigen Zimmer ohnehin kaum Platz.«
Die Erinnerung an diese düstere Zeit ließ mich regelrecht
zusammenfallen. »Auch wenn ich nichts dafürkonnte – es
war mir furchtbar unangenehm, euch zur Last zu fallen.
Ich habe einfach einen Tag nach dem anderen hinter mich
gebracht und es wurde immer leichter. Zum Schluss, als
ich wieder nach Hause konnte ...« Ich verstummte.

»Wir haben uns danach kaum noch gesehen.« Owens
Stimme klang plötzlich rau. »Das war echt schade.«

»Tja, du hattest damals ja auch eine Menge anderes
im Kopf. Oder besser ... *andere*.«

Er kniff die Augen zusammen. »Darüber willst du
jetzt reden?«

Ich schüttelte den Kopf. »Nein.« Ich holte Luft. »Ich
meine nur, wenn du von dieser Cherry irgendwie ...
reingelegt worden bist, warum sagst du das dann nicht
einfach? Ich verstehe, wie unangenehm diese ganze Situation für dich ist. Aber ich verstehe nicht, warum du
den Leuten nicht einfach erzählst, was mit dieser Frau
passiert ist.«

»Weil es absolut niemanden etwas angeht, was zwischen mir und ihr vorgefallen ist.« Owen spuckte die
Worte nur so aus.

»Ach ja?« Ich hielt seinem wütenden Blick stand.
»Niemanden?«

Er nickte bestätigend. »Absolut niemanden. Ich bin
ein erwachsener Mann und ich habe ein Recht auf meine Privatsphäre.«

»Ja, aber Katie sagt, in deinem Vertrag gibt es eine
Klausel, die dein Verhalten in der Öffentlichkeit ein-
schränkt.«

»Ach, dieser verdammte Wisch.« Er schüttelte langsam den Kopf. »Egal. Tut mir leid. Du versuchst nur, mir zu helfen, und ich benehme mich wie der letzte Volltrottel. Wir sollten schlafen und die nächsten Tage einfach durchziehen.« Er verzog schmerzlich das Gesicht. »Morgen lernst du dann den Rest der *Boston Heights* kennen.«

»Kann es gar nicht erwarten.« Es hatte spöttisch klingen sollen, aber plötzlich war ich nur noch erschöpft.

Man konnte es drehen und wenden, wie man wollte. Aber Owen hatte mir eben gesagt, dass mich sein Privatleben einen feuchten Dreck anging. Das war nicht gerade leicht zu verkraften. Ich zog die Decke hoch und knipste meine Nachttischlampe aus.

»Ich bin ziemlich erledigt«, murmelte ich. »Wir sollten wirklich sehen, dass wir ein bisschen Schlaf bekommen.«

»Na dann.« Seine Stimme war auch um einige Grad kühler geworden. »Gute Nacht. Vielen Dank für deinen Einsatz heute.«

Ich hatte keine Ahnung, ob er das ernst oder ironisch meinte. »Soll das ein Witz sein?«, gab ich ein wenig patzig zurück.

»Ganz im Gegenteil.« Seine Stimme war wieder warm. »Egal wo du auftauchst: Die Leute lieben dich. Deine Performance heute auf dem roten Teppich – das war ganz großes Kino. Wenn nur ein winziger Prozentteil von dir auf mich abfärbt, dann hat meine Mutter mal wieder recht.« Ein wenig Bitterkeit schwang in seiner Stimme mit. »Wie immer.«

»Äh, dann danke.« Ich wartete darauf, dass er noch etwas sagen würde. Ich brannte sogar darauf, noch mehr

Einzelheiten darüber zu hören, wie gut ich mich heute geschlagen hatte. Aber Owen sagte nichts mehr. Einen Moment später schaltete er seine Lampe ebenfalls aus, und ich hörte seine leisen Atemzüge in dem dunklen Zimmer.

Ich hatte das Gefühl, unter dieser Hochspannung keinesfalls einschlafen zu können. Angestrengt dachte ich darüber nach, was ich Versöhnliches sagen könnte. Gleichzeitig spürte ich aber auch Trotz aufsteigen. Warum musste eigentlich immer ich die Erwachsene hier sein? Hatte Owen überhaupt eine Ahnung, was ich riskierte, indem ich diesen Trip mitmachte? Es war ja nicht nur mein Job, den ich damit in Gefahr brachte. Paul hatte vollkommen recht – ich zeigte mich hier als Jetset-Girl, das sich von einem Rockstar flachlegen ließ. Wie passte das zu unserem Drei-Punkte-Plan?

»Kann ich dich etwas fragen?« Ich fuhr zusammen, als ich Owens dunkle Stimme hörte.

»Klar.« Ich bemühte mich, nicht ganz so bockig zu klingen, wie ich mich gerade fühlte.

»Wahrheit oder Pflicht?«

Ich glaubte, mich verhört zu haben. »Willst du mich verarschen?«

Er atmete tief durch. »Komm schon, Lucy. Spiel mit.«

Ich versuchte, in dem dunklen Licht seine Gesichtszüge zu erkennen, aber ich sah ihn nur schemenhaft. Wollte er sich schon wieder über mich lustig machen? Katie hatte mit dreizehn Jahren eine exzessive *Wahrheit-oder-Pflicht*-Phase gehabt. Owen und ich waren uns immer darüber einig gewesen, wie bescheuert das Spiel war. Auf ihren Geburtstagsfeiern hatten wir immer eine

Fraktion gegründet, die das Spiel boykottiert hatte. Warum fing er jetzt mit diesem Quatsch an? Ich hätte gerne die Überlegene gespielt und ihm gesagt, dass ich für so etwas nicht zu haben war. Aber ich war leider viel zu neugierig, worauf das Ganze hinauslief.

Ich seufzte theatralisch. »Bevor du mich ins Badezimmer schickst, damit ich in die Seife beiße, sage ich mal lieber Wahrheit.«

»Warum trägst du eine Brille?«, fragte er ohne Zögern.

»Was?« Okay, das kam überraschend. »Was ist denn das für eine Frage?«

»Als du vorhin das grüne Kleid angesehen hast, hast du das Preisschild erkannt. Die Schrift war winzig und du hattest keine Brille auf.« Es sah im Dunkeln aus, als ob er die Schultern hob. »Also – warum trägst du eine Brille?«

Ich schnaubte. »Bist du vom Geheimdienst, oder was?«

»Gegenfragen sind bei *Wahrheit oder Pflicht* nicht erlaubt.«

Wie viel absurder konnte eine Situation werden? »Ich habe auf dem linken Auge minus null Komma neun Dioptrien, auf dem rechten etwas weniger. Damit kann ich relativ gut sehen. Ich sehe die Dinge aber lieber hundertprozentig klar. Zufrieden?«

Er lachte leise. »Dachte ich mir. Die Brille ist also nur ein Accessoire. Aber wenn du denkst, du könntest damit dein hübsches Gesicht verstecken, muss ich dich enttäuschen. Man sieht es trotzdem.«

Okay, das überforderte mich jetzt vollends. Komplimente und Beleidigungen lagen bei Owen viel zu dicht beieinander. »Wahrheit oder Pflicht?«, gab ich zurück, weil mir nichts Besseres einfiel, um seine ziemlich scharfsinnige Beobachtung zu kontern.

»In Anbetracht der späten Stunde folge ich deinem Beispiel und nehme ebenfalls Wahrheit.«

Na, toll. Er schien sich ja schon wieder köstlich über irgendetwas zu amüsieren. »Warum hast du den Vertrag damals unterschrieben?«, fragte ich, um auch ein wenig provokativ zu sein.

»Habe ich dir doch schon gesagt.« Er klang kein bisschen verärgert. »Es war meine letzte Chance, es als Musiker zu schaffen.«

»Unsinn.« Ich schüttelte den Kopf. »Du warst erst siebenundzwanzig und du hast doch auch vorher ganz gut von deiner Musik gelebt.«

Er brach in Gelächter aus. »Der war gut, Lucy.« Er lachte immer ausgelassener. »Ein echt guter Witz.«

Ich starrte zu ihm hinüber. »Wie meinst du das?«

»Willst du wirklich wissen, was ich gemacht habe, als Jeff mich kennengelernt hat?«

Ich spürte eine kleine Gänsehaut vor Aufregung. »Ja.«

»Warte.« Er drehte sich zu seinem Nachttisch um, holte sein iPhone und tippte kurz darauf herum. Dann gab er mir das Gerät, auf dem gerade ein Video lief. »Ich denke, das beantwortet deine Frage.«

Ich starrte auf das Display, ohne mir einen Reim auf die Situation machen zu können. Eine Bühne, kreischende Frauen, ein Tänzer. Die Kamera zoomte näher, und ich erkannte Owen. Rhythmisches Klatschen, vereinzelte Rufe. »Leg los, Boston Boy.« Dann sah ich, wie Owen begann, sich mit wiegenden Hüften und seinem spöttischen Owen-Blick das Hemd aufzuknöpfen ...

Ich ließ das iPhone auf die Bettdecke fallen, als hätte ich mich daran verbrannt. »Warum zeigst du mir das?«

Er stand auf und kam herüber. Ich hatte keine Ahnung, was er vorhatte. Mein Herz klopfte so schnell, dass ich fürchtete, er könnte es in dem nachtstillen Zimmer hören. Aber er griff nur nach seinem Telefon, ging zu seinem Bett zurück und legte sich wieder hin. »Jetzt weißt du es.« Er klang seltsam reserviert.

»Was weiß ich? Dass du dich für Geld ausgezogen hast? Na und?« Ich würde den Teufel tun und ihm zeigen, wie entsetzt ich war, dass er als Stripper gearbeitet hatte. »Das soll ein Beweis sein, dass du es als Musiker nicht allein geschafft hättest?«

»Ich bin kein Musiker, begreifst du das denn nicht?« Seine Gelassenheit war dahin, die Worte brachen nur so aus ihm heraus. »Ich bin ein Poser, ein Darsteller. Jemand, dem es mit billigen Tricks gelingt, die Aufmerksamkeit seines Publikums für eine kurze Zeit zu fesseln.« Er drehte sich von mir weg und zog sich die Decke bis über die Schultern. »Du hast gefragt. Also leb auch mit der Antwort.«

Ich starrte in die Dunkelheit. Warum war er jetzt schon wieder wütend auf mich? Ich hatte ihm doch überhaupt nichts getan. Für einen Moment hatte ich den verrückten Impuls, zu ihm hinüberzugehen und ihn in den Arm zu nehmen. Einfach so. Ihm zu sagen, dass Strippen etwas war, was er mal getan hatte. Aber nicht etwas, was ihn ausmachte. Aber wohin sollte das führen? Er würde es vermutlich nur als billige Anmache deuten.

Mir blieb nichts anderes übrig, als mich ebenfalls hinzulegen. Ich versuchte, das Bild von dem Video-Owen aus meinem Kopf zu vertreiben, aber das war gar nicht so einfach. Er hatte wirklich toll ausgesehen. Selbstbewusst, durchtrainiert, sexy. Frech. Frivol.

Ich musste an Paul denken, der sein sicheres Leben mit seinen sicheren Werten führte. Unvorstellbar, dass er so etwas tun würde. Na gut, vielleicht auch unvorstellbar, weil ihm vermutlich kaum jemand dabei zusehen wollte, wenn er sich auszog. Nicht, dass er nicht attraktiv war, das war er, natürlich. Auf seine Art. Nur neben Owen, da wirkte er etwas ... blass. Und vielleicht auch ein wenig ... schmächtig.

Gott, was zum Teufel war nur los mit mir? Lag ich hier wirklich gerade und verglich den Körper meines heimlichen Freundes mit dem meines Fake-Freundes? Ich sollte dringend sehen, dass ich ein bisschen Schlaf bekam. Das war ja echt nicht mehr feierlich.

— ZEHN —

 Owen

»Wenn das nicht unser Held des Tages ist.« Mitch kam auf Owen zu und schlug ihm kumpelhaft auf die Schulter. »Wie es aussieht, sind stille Wasser doch tiefer, als man denkt, was, Alter?« Er warf Lucy einen anerkennenden Blick zu, die sich neugierig im futuristischen Foyer des Tonstudios umsah, in dem gleich die Aufnahme stattfinden sollte. »Wer hätte gedacht, dass du so vielschichtig bist, Alter?«, setzte Mitch hinzu. »Wir dachten, wir hätten in den letzten Tagen schon online alles über dich erfahren.«

Owen lächelte gequält. »Es ist ein Riesenschlamassel«, meinte er und schüttelte bedauernd den Kopf. »Es tut mir wirklich leid, dass ich euch da hineingezogen habe.«

Mitch winkte ab. »Ach, im Gegenteil. Wenn Jeff jetzt seinen Gouvernantenblick auf dich richtet, bekommen wir vielleicht endlich wieder Luft zum Atmen.« Er streckte Lucy die Hand entgegen. »Freut mich auf jeden Fall, dich kennenzulernen, geheime Liebe. Ich bin Mitch.«

Lucy drehte sich zu ihm um und taxierte Mitch für einen Moment. Er war das wandelnde Klischee eines Rockgitarristen: wasserstoffblonde, verstrubbelte Haare, Sonnenbrille trotz Winter, Samtjackett kombiniert mit zerrissenen Jeans und Doc-Martens-Stiefeln. Sie nickte ihm zu und schüttelte seine Hand.

»Lucy«, stellte sie sich selbst schlicht vor.

Owen war wieder mal erstaunt über die Coolness, die sie an den Tag legte. Er hatte erlebt, wie andere Frauen auf Mitch reagierten. Er war ein typischer Sonnyboy, attraktiv und charmant, der heimliche Anführer ihrer Truppe. In der Casting-Show war er der Mädchenmagnet gewesen und mit seinen fünfundzwanzig Jahren immer noch im richtigen Alter, um die Band und alles drumherum als Spiel zu begreifen.

»Lucy.« Mitch hielt ihre Hand fest und sah ihr tief in die Augen. »Schön, dich kennenzulernen.«

»Lass den Scheiß, Mitch.« Owen schüttelte ungehalten den Kopf. »Sie ist hier, um mir dabei zu helfen, diesen ganzen Mist durchzustehen. Sie steht nicht auf Loser wie uns. In ein paar Jahren zieht sie im Weißen Haus die Fäden und erzählt auf Dinnerpartys, dass sie uns Idioten mal kennengelernt hat.«

Mitchs Blick flackerte kurz, dann hatte er sich wieder unter Kontrolle. »Also nichts mit der großen Liebe?«, erkundigte er sich.

Owen seufzte. »Nein, Mann. Lucy ist eine Freundin der Familie und sie macht bei dieser Show mit, damit Jeff endlich Ruhe gibt und aufhört, mich in Talkshows herumreichen zu wollen wie ein seltenes Relikt aus der Kreidezeit.« Er zeigte auf eine Sitzgruppe in der Ecke des Raumes, in der quadratische Glashocker um einen knallroten Tisch mit dezenter silberner Weihnachtsdeko platziert waren. »Setzen wir uns ruhig noch einen Moment hin. Wir sind früh dran.«

Als sie sich auf den unbequemen Hockern niedergelassen hatten, beugte sich Lucy zu Owen herüber. »Sollte das nicht unser kleines Geheimnis bleiben?«, fragte sie halblaut.

Owen hob die Schultern. »Ich denke, Mitch kann das für sich behalten.«

»Sicher.« Mitch zog sich geräuschvoll einen bequemeren, schneeweißen Ledersessel heran und ließ sich hineinfallen. »Auf jeden Fall.« Er drehte sich wieder zu Lucy. »Also, zurück zum Wesentlichen. Wenn du dann im Weißen Haus die Welt regierst – wäre diese Geschichte für die Dinnerparty nicht viel interessanter, wenn sie mit ein paar pikanten Details gespickt wäre?«, fragte er und legte den Kopf schief. »Zum Beispiel mit Einzelheiten über ein paar heiße Liebesnächte mit einem jungen Gitarristen?« Er senkte die Stimme. »Wenn du in Wirklichkeit gar nicht mit Owen zusammen bist, dann könnte ich dir ja vielleicht zur Sicherheit die Nummer meines Hotelzimmers geben?«

Owen ballte vor Wut seine Fäuste, aber bevor er etwas sagen konnte, kam Lucy ihm zuvor.

»Tja, *Mitch*.« Sie lächelte süß. »Es wäre sicher ein außerordentliches Vergnügen, so einen bekannten und begabten Musiker wie dich einmal nackt zu sehen. Aber ehrlich gesagt habe ich da so eine dumme Sache.« Sie senkte ebenfalls die Stimme und beugte sich vertraulich zu ihm. »Eine ganz dumme Allergie.« Sie lächelte noch ein bisschen süßer. »Sobald ich so selbstverliebte Machos wie dich sehe, bekomme ich Brechreiz. Zu schade.« Sie hob die Schultern und klimperte mit den Wimpern. »Ich will dir schließlich nicht das Hotelzimmer vollkotzen.«

Mitch sah sie erst fassungslos an, dann lachte er lauthals los. »Alle Achtung, Owen. Deine Kleine ist ja nicht auf den Mund gefallen.«

Owen schloss für einen Moment die Augen, als müsse er sich beherrschen, dann öffnete er sie wieder. »Lass sie einfach in Ruhe, klar, Mann?«

»Was passiert sonst?« Mitch grinste hämisch. »Holst du sonst deine Peitsche? Ach, nein. Du stehst ja mehr auf Handschellen.«

Owen sprang auf und wollte sich auf Mitch stürzen, aber Lucy war sofort neben ihm und griff nach seinem Arm. »Komm, schon, Owen«, flüsterte sie ihm zu. »Du wirst dich doch nicht so einfach provozieren lassen.« Sie ließ ihre Hand zu seiner hinuntergleiten und umfasste seine Finger. »Hol mir lieber ein Wasser, bitte, okay?« Sie warf einen kurzen Seitenblick auf Mitch. »Mir ist immer noch ein bisschen übel.«

»Klar.« Owen seufzte, holte tief Luft und drückte ihre Hand. »Kommt sofort.«

Irgendetwas hatte sich in der letzten Nacht zwischen ihm und Lucy verändert, aber Owen wusste nicht genau was. Gleich nach dem Aufwachen war ihm aufgefallen, wie viel entspannter Lucy ihm begegnete. Als hätte sein *Seelenstriptease* ihr einen ganz neuen Blick auf ihn erlaubt. Er hatte eigentlich damit gerechnet, dass sie sich nach seiner Beichte über die Zeit in L.A. distanziert verhalten würde, vielleicht sogar angeekelt oder verstört.

Aber das war nicht der Fall. Im Gegenteil. Sie hatte das Thema Stripclub mit keinem Wort erwähnt.

Für Owen war es eine wirklich große Sache, dass sie jetzt über sein düsteres Geheimnis Bescheid wusste. Nicht einmal seiner Familie hatte er von diesem Tiefpunkt seines Berufslebens erzählt. Er verstand selbst nicht, warum er ihr dieses Video gezeigt hatte. Lucy war schließlich niemand, der solchen Dingen vorurteilsfrei begegnete. Das hatte er zumindest gedacht. Aber das Bedürfnis, ihr alles über sich zu erzählen, war so groß wie sein sonstiges Bedürfnis, genau diese Dinge zu verschweigen.

»Owen?« Er musste Lucy immer noch angestarrt haben, denn jetzt stupste sie ihn sanft an und zeigte auf den Kühlschrank. »Das Wasser?«, erinnerte sie ihn vorsichtig.

Er lächelte und nickte. »Klar, bin gleich wieder da.« Er ging zügig zum Automaten, blieb allerdings in Hörweite.

Mitch legte demonstrativ entspannt die Beine auf den roten Tisch. »Dann bist du jetzt also seine Aufpasserin?«, fragte er Lucy, wieder mit einem süffisanten Lächeln.

»Ich bin einfach nur Lucy«, gab sie zurück, jetzt wieder freundlicher. »Auch wenn die Situation absurd ist - lass uns einfach versuchen, miteinander klarzukommen. Ich bin nur noch bis zum Auftaktkonzert hier, also keine Bange. Ich bin bald wieder weg.«

Mitch seufzte. »Ich wollte doch eben nur ein bisschen Spaß machen.«

Owen kam mit dem Wasser zurück und sah Mitch warnend an. Dann wandte er sich an Lucy. »Wenn Mitch dir auf die Nerven geht, können wir uns auch woanders hinsetzen«, erklärte er, während er ihr die Flasche reichte.

»Quatsch, alles in Ordnung.« Lucy schüttelte beschwichtigend den Kopf. »Reg dich doch nicht so auf.«

»Na dann.« Owen setzte sich wieder. Er sah aus dem Augenwinkel, wie Lucy Mitch anlächelte, und prompt stieg die Wut wieder in ihm hoch. Was sollte das? Warum lächelte sie dieses Arschloch an? Fand sie ihn genauso sexy wie all die dummen Gänse, die Schlange standen, um nur ein paar Worte mit Mitch zu wechseln?

Lucy trank einen Schluck. »Komm schon, Owen. Du weißt doch: Hunde, die bellen, beißen für gewöhnlich nicht.«

»Wuff«, machte Mitch und hechelte albern.

»Na, du bist ja ein ganz Braver.« Rob, der Schlagzeuger, war unbemerkt durch die hintere Tür gekommen und hockte sich neben Mitch auf einen Glaswürfel. »Er ist harmlos, da hast du recht. Ich dagegen ...«, er rollte mit den Augen, »... bin aus einem ganz anderen Holz geschnitzt.« Er schnappte sich Mitchs Sonnenbrille, setzte sie sich auf und verstrubbelte seine rotblonden Haare. »Hallo, schöne Frau. Ich bin auch ein Rocker. Und heute Abend schneide ich mir auch ein paar Löcher in die Jeans.« Er legte den Kopf schief. »Also, nimm mich.«

Lucy lachte. »Ich werde mich vor dir besonders in Acht nehmen«, erwiderte sie und schüttelte grinsend Robs Hand. Auch Teddie, der Bassist, gesellte sich zu ihnen und begrüßte sie freundlich.

Lucy warf Owen fragende Blicke zu, als könne sie nicht recht begreifen, warum er die Jungs aus seiner

Band so wenig mochte. Owen hob die Schultern und verdrehte die Augen.

»Ah, ihr seid schon alle da, sehr schön. Willkommen zurück in New York.« Jeff kam durch die Studiotür und klatschte in die Hände, als würde er eine Kindergartengruppe zusammentreiben. Mit seinen knapp fünfzig Jahren und in seinem teuren Anzug wirkte er seltsam deplatziert in dieser Runde. Lucy sah, wie sich Owens Gesicht verschloss. Er presste seine Lippen aufeinander und senkte den Blick.

Jeff blieb neben der Sitzgruppe stehen und warf Owen einen kurzen Seitenblick zu. »Okay, Jungs, ihr wisst, worum es geht. Wir spielen die Nummer sieben noch mal neu ein, weil wir ein bisschen was am Text verändert haben. *Force you* heißt jetzt *Ask you*. Und *I beg you* heißt ebenfalls *Ask you*.«

Owen starrte weiter auf den Boden. Jeder hier wusste ganz genau, warum sie die Textzeilen ändern mussten. Wegen ihm und Cherry. Damit niemand auf die Idee kam, dass er in seinen Liedern über irgendwelche anstößigen Dinge sang. Es war einfach zum Weglaufen.

Jeff wandte sich an Lucy. »Sie sind also Lucy Stevenson.« Er nickte anerkennend und schüttelte ihre Hand.

»Bitte, einfach Lucy«, gab sie lächelnd zurück.

»Okay.« Er zeigte auf sich. »Nenn mich Jeff.« Er taxierte unauffällig ihre Erscheinung. Sie hatte sich heute wieder ziemlich schick gemacht: ein buntes Wollkleid, dazu wieder die hohen Stiefel. Ihre Locken fielen wild über die Schultern, und ohne Brille war von der kleinen Lucy Lou nichts mehr übrig. Jeff lächelte breit. »Ich habe schon die ersten Bilder vom Flughafen gesehen, aber die Aufnahmen werden deiner Schönheit kaum gerecht. Wir beide haben jetzt ein bisschen Gelegenheit, uns zu unterhalten, ja?«

Jetzt schoss Owens Kopf in die Höhe. »Was willst du von ihr?«

»Das würde ich gerne mit deiner Freundin unter vier Augen besprechen«, gab Jeff unterkühlt zurück.

»Hey, du weißt genau, dass sie nur hier ist, weil sie meiner Familie einen Gefallen schuldet. Ich denke nicht ...«

Lucy legte beschwichtigend die Hand auf Owens Arm. »Schon gut, komm wieder runter.« Sie zwinkerte ihm unbekümmert zu. »Ich habe nichts gegen eine Unterhaltung, okay?«

Owen funkelte Jeff wütend an. »Das war so nicht abgemacht.«

Jetzt explodierte Jeff. »Es war auch nicht abgemacht, dass du dich mit einer Nutte beim Sex fotografieren lässt.«

Owen stand auf und ging einen Schritt auf Jeff zu. »Bislang dachte ich eigentlich, die einzige Hure in diesem Spiel wäre ich«, sagte er mit gepresster Stimme.

»Dann benimm dich auch so und halt die Klappe«, fuhr Jeff ihn an.

Lucy stellte sich neben Owen und legte ihm locker einen Arm um die Hüften. »Mach dir keine Sorgen, Owen.« Sie klang vollkommen gelassen. »Wenn es etwas zu besprechen gibt, dann sollten Jeff und ich das klären. Ihr spielt den Song ein und dann sehen wir uns gleich danach, okay?«

»Wenn du meinst.« Owen war nicht wirklich überzeugt.

»Komm schon, Mann.« Mitch und die anderen Bandmitglieder hatten sich ebenfalls erhoben. »Lass uns Musik machen, ja? Dafür sind wir schließlich alle hier.«

»Okay, gut.« Owen nickte und löste sich von Lucy, immer noch unwillig. »Aber lass dich von ihm nicht einschüchtern.«

»Keine Bange.« Sie lächelte. »Wir sehen uns dann gleich.«

Durch die Glaswand konnte Owen aus dem Studio bis in den Wartebereich hinübersehen. Während sie diesen unerträglichen Schnulzensong einsangen, konnte er beobachten, wie Jeff auf Lucy einredete. Es machte ihn fast wahnsinnig, dass er nicht wusste, worum es ging.

»Hey, Alter, jetzt konzentrier dich mal«, fuhr Mitch ihn von der Seite an. »Wir sind schon im zweiten Refrain.«

»Sorry.« Owen versuchte, sich auf die Musik zu konzentrieren und nicht mehr darüber nachzudenken, was im anderen Raum vor sich ging. Sie mussten die Nummer insgesamt acht Mal spielen, aber schließlich zeigte der Tontechniker mit erhobenen Daumen an, dass die Aufnahme jetzt im Kasten war.

»Gut, dann seid ihr hier fertig«, kam die Stimme des Aufnahmeleiters über den Lautsprecher.

Owen war schon an der Tür, bevor die anderen noch ihre Instrumente abgelegt hatten. In großen Schritten machte er sich auf den Weg zur Sitzgruppe, wo Lucy und Jeff nach wie vor saßen und sich angeregt unterhielten. Gerade lachte Lucy über etwas, was Jeff gesagt hatte, und ein ungewohntes Gefühl ließ Owen in der Bewegung innehalten.

Er war ... echt sauer.

Nicht auf Jeff, das war er sowieso die ganze Zeit.

Sondern auf ... Lucy.

Owen hatte ihr doch erzählt, was für ein Mistkerl dieser Jeff war. Sie hatte doch gerade eben mitbekommen, wie Jeff ihn behandelte! Warum war sie so nett zu ihm? Warum warf sie ihre Haare nach hinten und sah gleichzeitig so süß und souverän aus, dass einem ganz schlecht von ihrer verdammten Perfektion werden konnte? Plötzlich wünschte er sich, sie würde wieder ihre ausgebeulte Jeans und ihre blöde, schwarze Brille tragen und Jeff über sein klimaschädliches Verhalten belehren.

Was war denn nur mit ihm los? Konnte es am Ende sein, dass er ... eifersüchtig war? Er, Owen Curtis, der noch nie Gefühle für eine Frau gehabt hatte, die vierundzwanzig Stunden überdauerten? Fühlte sich das etwa so an? Wenn ja, dann wollte er dieses unangenehme Ziehen in der Herzgegend sofort wieder loswerden, denn es tat beinahe körperlich weh, Lucy mit einem anderen Mann zu sehen.

Jetzt hatte sie Owen entdeckt. »Ach, da bist du ja schon wieder.« Sie erhob sich leichtfüßig und kam auf ihn zu. »Ich bin jetzt offensichtlich eine Doppelagentin«, erklärte sie mit einem Hauch von Spott in der Stimme. »Ich soll dich überreden, mit mir zu einem Fotoshooting für das Rolling Stone Magazine zu gehen.« Sie sah auf die Uhr, die am Ende des Raumes über dem Getränkeautomaten hing. »In zwei Stunden.« Sie legte den Kopf schief. »Wie mache ich mich?«

Erleichterung ließ Owens Mundwinkel nach oben schnellen. Nein, sie war immer noch auf seiner Seite. Sie sah in Jeff sicher auch nur ein Arschloch im Armani-Anzug. »Fantastisch, 007. Sehr subtil eingefädelt.« Owen hob bedauernd die Schultern. »Aber die Antwort ist leider Nein.«

Sie nickte, dann drehte sie sich zu Jeff um. »Siehst du, ich habe alles versucht. Du hast dich geirrt.« Sie grinste und hob die Schultern. »Er macht wirklich nicht alles, was ich ihm sage.«

Zack, war die Eifersucht wieder da, und Owens Gesichtsausdruck verdüsterte sich. Ein *Witz*? Sie machte Witze mit Jeff? Wo war ihre nerdige Unsicherheit, wo ihr verlegenes Kichern, wenn man es brauchte? Warum versuchte sie überhaupt, sich mit Jeff gutzustellen?

»Ich habe etwas für dich ausgehandelt.« Sie sah Owen jetzt direkt in die Augen. Viel zu lange. Viel zu intensiv.

»Ach ja?« Seine Stimme war heiser. Nach nur einem Song.

»Ja.« Lucy warf Jeff einen kurzen Seitenblick zu. »Wenn du mitmachst, darfst du beim Konzertauftakt einen eigenen Song singen.«

Owen starrte sie an, unsicher, ob er explodieren oder lachen sollte. »Wie bitte?«

»Ich habe gesagt, dass du ...«, begann sie.

»Ja, das habe ich schon verstanden«, unterbrach er sie schroff. Seine Augenbrauen zogen sich bedrohlich zusammen. »Aber wie kommst du dazu, so etwas für mich auszumachen? Wie kommst du dazu, Jeff zu sagen, dass ich meine eigenen Songs singen will? Das will ich nicht, und schon gar nicht mit dieser Band!«

Für einen Moment sah Lucy ihn so verletzt an, dass Owen sich hätte ohrfeigen können. Dann hob sie die

Schultern. »Deine Entscheidung.« Sie nahm ihre Tasche, die sie vorhin auf dem Tisch abgestellt hatte. »Wir sind hier fertig?«, fragte sie Jeff. Er nickte. Sie wandte sich wieder an Owen. »Dann treffen wir uns später im Hotel. Ich muss ein paar Besorgungen machen.«

»Was?« Owen trat einen Schritt auf sie zu. »Was soll das denn jetzt?«

»Das soll gar nichts«, schnappte sie zurück. »Ich brauche ein paar Dinge, Herrgott nochmal. Dann werde ich versuchen, endlich mal ein bisschen zu arbeiten. Ich bin schließlich nicht zu meinem Vergnügen hier und mein richtiger Job wartet auf mich.« Ohne ein weiteres Wort ging Lucy hocherhobenen Hauptes zur Tür, öffnete sie und zog sie dann geräuschlos hinter sich zu.

Owen drehte sich wütend zu Jeff um. »Und? Bist du jetzt zufrieden?«

Jeff schüttelte drohend den Kopf. »Nicht. Heute«, erklärte er überakzentuiert. »Ich bin heute nicht in der Stimmung für deine Anfälle.« Er kniff die Augen zusammen. »Diese Frau ist eine Wucht. Deine Mutter hatte recht. Lucy ist klasse. Wenn ich du wäre, würde ich das in Ordnung bringen, und ich rede jetzt ausnahmsweise mal nicht als dein Manager, sondern als dein ...« Er brach ab.

Owen lachte bitter. »Als mein *was*? Als mein Freund?«

Jeff schüttelte traurig den Kopf. »Dieser Krieg, den du kämpfst, der spielt sich nur in deinem Kopf ab, Mann. Wir wollen hier alle nur eine gute Show abliefern, das ist alles.«

»Klar.« Sarkasmus troff aus Owens Stimme.

»Also, was soll ich den Leuten vom Rolling Stone sagen?«, fragte Jeff geschäftig.

Owen schloss die Augen. »Wann und wo?«

»In der Pine Street, im Fotostudio der Redaktion. Fünfzehn Uhr.«

»Wir werden da sein. Aber das mit dem Song kannst du knicken.«

»Oh, jetzt bin ich aber traurig.« Jeff schüttelte genervt den Kopf. »Wenn ich du wäre, würde ich jetzt mal ein bisschen Tempo machen. Deine kleine Freundin gehört nicht zu den Frauen, die man warten lässt.«

Owen schluckte einen bissigen Kommentar herunter, nickte und rannte los.

ELF

»Es ist wirklich schön, deine Stimme zu hören, Paul.«
Ich lehnte mich auf der Bank in dem kleinen Park zurück, in den ich geflohen war. Ich schäumte immer noch vor Wut auf Owen, aber ich würde den Teufel tun, es zu zeigen. Die Sonne schien fast frühlingshaft warm auf die verschneiten Grasflächen und Bäume, und die Welt sah hier so friedlich aus. Trotzdem hatte ich das Gefühl, gleicht auszuflippen.

»Ich freue mich auch, dass du dich endlich meldest.« Es schwang ein leichter Vorwurf in Pauls Stimme mit, aber das konnte ich ihm nicht verdenken.

Echt, Owen hatte doch wirklich Nerven! Ich war hier mit ihm, um seinen verdammten Hintern zu retten und seinen ramponierten Ruf wieder aufzupolieren und er besaß die Frechheit, mich so abzukanzeln - und das alles nur, weil ich ihm helfen wollte! Aber es war gut, dass das passiert war. Ich war schon wieder dabei gewesen, mich von seinem hübschen Gesicht, seinem umwerfenden

Lächeln und diesem gottverdammten Waschbrettbauch einwickeln zu lassen.

Dabei war das hier alles überhaupt nicht meine Welt. Dieses ganze Küsschen-und-Schickimicki-Getue, dieses Diktat der Schlagzeilen. So ein Schwachsinn. Ich hatte ein echtes Leben. Eine echte Karriere, an die ich denken musste. Pläne und Zukunftsaussichten. Und einen Freund. Einen tollen, gebildeten Mann an meiner Seite, den ich schäbig behandelt hatte.

Oje. Und der gerade am anderen Ende der Telefonleitung war und darauf wartete, dass ich etwas sagte.

»Paul, es tut mir so leid, wie das alles gelaufen ist.« Ich suchte nach den passenden Worten. »Ich hätte dich in die Entscheidung mehr miteinbeziehen müssen. Es war nicht fair von mir, dir zu sagen, dass dich das alles nichts angeht.«

»Tja.« Ich hörte ihn tief seufzen. »Vielleicht ist es gar nicht schlecht, dass so etwas mal passiert ist. Ich habe die Dinge viel zu lange schleifen lassen. Weißt du, mir ist es wirklich ernst mit dir. Ich weiß selbst nicht, worauf ich eigentlich noch warte. Wir wären nicht das erste Arbeitsgespann, das eine Beziehung hat.«

Arbeitsgespann. Ich schüttelte mich leicht. Dann dachte ich wieder daran, was für ein Arsch Owen war und wie unfair es Paul gegenüber gewesen war, ohne richtigen Abschied abzureisen. »Es sind nur noch zwei Tage. Dann bin ich wieder in Boston und wir können alles in Ruhe besprechen.«

Paul seufzte. »Zwei lange Tage.«

»Ich denke ...« Ich unterbrach mich und drehte mich um, weil ich aus dem Augenwinkel etwas wahrgenommen

137

hatte. Es war Owen, der in Rekordtempo den Weg auf mich zugelaufen kam. Was auch immer Owen mir zu sagen hatte – ich wollte nicht, dass mein Freund am Telefon es mithörte. »Also, Paul. Ich muss jetzt los. Wir haben gleich den nächsten Termin, okay?«

»Okay.« Er zögerte. »Sag mal, mit diesem Typen läuft doch nichts, oder?«

Ich lachte auf. »Nein, ganz bestimmt nicht.« Owen war bei mir angekommen und stand jetzt schwer atmend vor der Bank. »In hundert Jahren nicht. Also.« Ich kniff die Augen zusammen und sah Owen herausfordernd an. »Bis bald, Paul. Ich vermisse dich. Ich kann es kaum erwarten, dich wiederzusehen.« Dann legte ich auf.

Owen stemmte die Hände in die Seiten, als hätte er Seitenstechen. »Na, alles klar?«, fragte er, noch immer etwas atemlos. »Geht es Paul gut?«

»Alles bestens«, gab ich kühl zurück.

Er ließ sich neben mir auf die Bank fallen. »Wenn ich mich jetzt bei dir in aller Form für mein Benehmen entschuldige, würdest du mir dann verzeihen?«

»Wenn ich dir jetzt in aller Form sage, dass du ein gottverdammtes, arrogantes Arschloch bist, würdest du mir dann glauben?«, hielt ich dagegen.

Er grinste unglücklich. »Absolut. Das würde ich jederzeit glauben, bestätigen und mit meiner Unterschrift besiegeln.« Er atmete tief durch. »Lucy, es tut mir wirklich, wirklich leid, wie ich mich aufgeführt habe. Ich weiß, was du alles für mich tust und was du aufs Spiel setzt, weil du dieses ganze Theater mit mir durchmachst. Ich drehe nur ein bisschen durch, wenn andere mein Leben planen.«

Ich verschränkte die Arme. »Tja, du kennst mich. Planen ist nun mal meine Stärke. Ich werde mich nicht dafür entschuldigen, dass ich dich bei diesem Wahnsinn unterstütze, denn dafür bin ich schließlich hier. Wenn du keinen Song hast, den du singen willst – bitte. Aber das hättest du auch einfach sagen können, ohne gleich auszuflippen. Wenn ich bei diesem Schwachsinn weiter mitmachen soll, dann will ich von dir keine Entschuldigung, sondern eine Erklärung. Eine ehrliche Erklärung.«

Er senkte den Blick. »Du kennst die Erklärung.«

»Ach ja? Nehmen wir mal an, ich hätte keinen Grundkurs in Psychologie belegt.«

Er hob den Blick wieder und sah mir direkt in die Augen. Sein Blick war so offen, als würde er mir Einblick in seine Seele gewähren. Es war gleichzeitig aufregend und sehr, sehr beängstigend. Dieses Mal schlug ich die Augen als Erste nieder.

»Schon gut, ich will gar keine Erklärung«, murmelte ich.

»Ich gebe sie dir trotzdem.« Seine Hand lag jetzt auf der Bank, nur wenige Zentimeter von meiner entfernt. Er rückte sie wie unabsichtlich noch ein bisschen näher, bis sich unsere kleinen Finger leicht berührten. Ich spürte den minimalen Kontakt bis in jede Zelle meines Körpers. Eben hatte ich Owen noch zu Kleinholz verarbeiten wollen, jetzt wollte ich plötzlich ganz andere Sachen mit ihm machen.

»Also?« Ich drehte mich zu ihm und sah ihn abwartend an.

»Du denkst, dass ich selbst für meine Situation in der Band verantwortlich bin.«

Ich starrte ihn überrascht an. »Was hat das denn damit zu tun?«

»Ach, komm, gib es zu. Du denkst, wenn ich eine andere Einstellung hätte, dann würde ich das alles auch nicht so schrecklich finden.«

»Okay.« Ich nickte. »Da ist was dran. Weiter.«

»Und ich ...«, er suchte nach Worten, »... ich will, dass du begreifst, dass ich ... keine Ahnung.« Er hob die Schultern. »Irgendwie reingelegt worden bin, verstehst du? Ich meine, klar, das war alles in allem eine Riesenchance. Aber bis auf den großen Vorschuss habe ich kaum Geld gesehen. Das meiste, was wir jetzt verdienen, geht für Jeffs Managergehalt drauf, und ich muss einen Berg Schulden abbezahlen. Ich darf nicht sagen, was ich denke, und ich darf nicht die Lieder singen, die ich möchte.«

Ich biss mir auf die Unterlippe. »Da sage ich jetzt mal nichts zu.«

»Ich weiß, ich weiß. Jeff hat gesagt, ich dürfte einen meiner Songs singen. Aber ich ...« Er seufzte. »Das macht mir fast noch mehr Angst. Was, wenn kein Mensch die Musik mag, die ich machen will?«

Ich schüttelte langsam den Kopf. »Owen, das ist ein Risiko, das jeder Künstler eingehen muss, oder?«

»Ja, aber normalerweise macht man diese ersten Schritte ohne eine hämische Öffentlichkeit, die nur darauf wartet, dass man stolpert.«

»Wie sollen die Leute denn anders auf dich reagieren, wenn du ihnen nicht zeigst, wer du bist? Am Anfang, da warst du so süß und charmant auf der Bühne. Hast mit den Fans herumgescherzt und witzige Ansagetexte gesprochen. Dann irgendwann warst du so ... furchtbar distanziert. Ich meine, bedeutet es dir denn gar nichts, dass die Leute kommen, um dich singen zu hören? Das muss doch ein Wahnsinnsgefühl sein.«

Er schluckte. »Sie sehen doch gar nicht mich. Sie sehen nur eine ... Hülle.«

»Ach, Blödsinn, Owen.« Langsam wurde ich echt sauer. »Du hattest schon immer dieses Talent, diese Fähigkeit. Das hat nichts mit *Boston Heights* zu tun, das ist dir einfach in die Wiege gelegt worden. Wenn du einen Raum betrittst, drehen sich alle nach dir um. Wenn du einen Witz machst, dann lachen alle. Wenn du einen anlächelst, dann hat man das Gefühl, dass die ganze Erde für einen kurzen Moment stillsteht. Das hat noch nicht mal was mit deiner Musik zu tun.«

Er starrte mich an. »Ist das dein Ernst oder ist das aus dem Psychologie-für-Anfänger-Kurs? Aufbauarbeit für labile Patienten?«

Ich schluckte. »Das ist mein voller Ernst.«

»Würdest du wirklich mit mir zu diesem Shooting gehen?«

»Klar.« Ich hob die Schultern. »Ich bin als deine Begleiterin gebucht, natürlich bringe ich dich hin.«

Jetzt sah er mich verständnislos an. »Du Schlaukopf hast aber schon verstanden, wer dort fotografiert werden soll, oder?«

»Ja, du.« Ich schüttelte den Kopf. »Meine Güte«, setzte ich genervt hinterher.

Er brach so unvermittelt in Gelächter aus, dass ich erst nicht wusste, ob mit ihm jetzt endgültig die Nerven durchgingen, oder ob ich etwas verpasst hatte. »Sie wollen uns *beide* fotografieren«, erklärte er, als er sich wieder beruhigt hatte. »Dich und mich. Was sagst du jetzt, du Verhandlungsgenie? Bist du immer noch dabei?«

Ein mulmiges Gefühl breitete sich in mir aus. Okay, das hatte ich wirklich falsch verstanden. Es war eine Sache, sich von rasenden Reportern am Flughafen oder auf einem roten Teppich ablichten zu lassen. Ein professionelles Fotoshooting war da schon etwas ganz anderes. Ich hatte zwar keine Komplexe im engeren Sinne. Ich und meine äußere Erscheinung lebten quasi in friedlicher Koexistenz nebeneinander her. Aber die Vorstellung, dass ich geschminkt und frisiert werden würde, irgendwelche fremden Klamotten anziehen musste, um mich dann nach den Anweisungen eines Fremden vor der Kamera zu bewegen – das ging mir entschieden gegen den Strich. Verließ ich damit nicht endgültig die Werte, die ich sonst immer predigte? Ich bekam eine Ahnung davon, was Owen mir die ganze Zeit erklären wollte. Dass er sich vorkam wie eine Schachfigur, die auf einem unsichtbaren Brett hin und her geschoben wurde.

»Tja, wer von uns beiden ist jetzt der Feigling?« Owen hatte sein Selbstvertrauen offenbar wiedergefunden und grinste von einem Ohr zum anderen.

Ich zog den Mantel enger um mich. Langsam wurde es auf der Bank trotz der gleißenden Wintersonne eiskalt. »Soll das heißen, dass du einen eigenen Song singst, wenn ich mit zu diesem Fototermin gehe?« Ich sah ihn herausfordernd an.

»Du kennst ja das Rolling Stone Magazine.« Owen sah jetzt so zufrieden aus, wie nur er es konnte. Er lehnte sich auf der Bank zurück, streckte die Beine von sich und verschränkte die Arme hinter seinem Kopf. »Du weißt ja, dass Mädels dort eigentlich nur in Hotpants oder mit noch weniger vorkommen.« Er sah feixend zu mir herüber. »Wer ist jetzt der Angsthase, hm?«

Ich würde mich nicht provozieren lassen. Wir waren keine Kindergartenkinder, und es ging nicht nur darum, wer sich traute, ein bisschen Sand in den Mund zu nehmen. Es ging hier um meine Reputation, um meine Karriere. Wenn ich bei der Sache mitmachte, dann würde ich in einer der bekanntesten Zeitschriften des Landes zu sehen sein. Als Freundin von Owen Curtis. Online vermutlich für den Rest meines Lebens abzurufen. Ich würde mich von Owen nicht in einen infantilen Wettstreit verwickeln lassen! Ich nicht!

»Von mir aus kann es losgehen«, hörte ich mich sagen und hätte mir am liebsten die Zunge abgebissen. War ich denn jetzt von allen guten Geistern verlassen?

»Super.« Sein selbstzufriedener Ausdruck bröckelte. »Aber du wirst vielleicht noch ins Hotel wollen, um deine Unterwäsche zu wechseln, oder?«

Jap. Er wollte mir Angst machen und es funktionierte ganz hervorragend. »Ach, ich bin mir sicher, die stehen da auf Authentizität«, gab ich äußerlich gelassen zurück, während mein Herz raste.

Owen sprang auf und hielt mir die Hand entgegen. »Sollen wir dann?«

»Auf jeden Fall.« Ich stand auf, ging an ihm vorbei und ignorierte seine Hand.

»Oh.« Er holte mich ein und legte mir einen Arm um die Schultern. »Hast du Angst, dass du mir zu nahe kommen könntest?«

Ich verdrehte die Augen. »Davon träumst du wohl.«

Er ließ den Arm sinken und hielt mir wieder seine Hand entgegen. »Na dann. Trau dich.«

Ich zögerte einen Moment, aber dann legte ich meine Hand in seine. Er verschränkte seine Finger mit meinen, und ich spürte eine Welle von etwas, das mir fast gänzlich unbekannt war. Das in meinem Leben so gut wie keine Rolle spielte. Das sich gleichzeitig fantastisch und beängstigend anfühlte. Es war eine Welle von ... Glück.

»Na, du bist ja gut drauf«, brummte ich, konnte mir aber auch das Grinsen nicht verkneifen.

»Dazu habe ich ja auch allen Grund.«

»Und warum?« Ich warf ihm einen Seitenblick zu.

Er lachte. »Weil du eine Scheißangst hast und es nicht zeigen willst. Das ist doch mal eine schöne Abwechslung.«

»Freut mich, wenn ich helfen kann.«

»Und ob du das kannst.« Er drückte meine Hand. »Manchmal habe ich das Gefühl, du bist der einzige Mensch auf der Welt, der mir überhaupt helfen kann.«

Ich blieb abrupt stehen und starrte ihn an. »Wie meinst du das?«

»Was weiß ich?« Er sprang einen Schritt vor und winkte ein Taxi heran. »Komm, meine Hübsche. Die Weltpresse wartet auf dich.«

Ich kletterte ins Taxi und spürte wieder mein Herz rasen.

Was war bloß los mit mir?

Wenn ich nach Hause kam, musste ich dringend mal wieder meinen Blutdruck messen. Vielleicht sollte ich auch meinen Koffeinkonsum einschränken.

Denn irgendwie hatte mein Herz einen ganz neuen Rhythmus, seit ich mit Owen unterwegs war ...

ZWÖLF

So eine verdammte, verfluchte Scheiße! Owen wandte sich brüsk ab, als Lucy aus der Garderobe kam und sich unsicher in dem Raum umsah, in dem alles für das Shooting vorbereitet worden war.

Er hatte die Sache mit den Hotpants nur im Scherz gesagt, um Lucy zu verunsichern. Nicht im Traum hätte er gedacht, dass diese Leute eine erwachsene Frau wie Lucy tatsächlich in so ein absurd knappes Outfit stecken würden! Gut, es war eine normale Jeansshorts, aber das weiße Top war so tief ausgeschnitten und kurz, dass es selbst als Bikinioberteil reichlich knapp gewesen wäre.

»Gott, das ist einfach lächerlich.« Sie kam auf ihn zu und zupfte an ihrem Top herum, als wolle sie wenigstens einen Teil ihres nackten Bauches verdecken. Ohne Erfolg. »Da kann ich mich ja gleich in Unterwäsche ablichten lassen. Ich komme mir vor wie ein Playmate. Bis auf die Tatsache, dass ich mich nicht jahrelang mit endlosen Sit-ups auf diesen Augenblick vorbereitet habe.« Sie zeigte anklagend auf seine Jeans und seine Lederjacke. »Das ist dermaßen sexistisch! Warum muss ich mich ausziehen und du darfst so rumlaufen wie immer?«

Aus Owens Kehle drang ein undefinierbares Geräusch, irgendwas zwischen Stöhnen und Seufzen. Er räusperte sich schnell. »Du siehst klasse aus«, brachte er mühsam hervor, seine Stimme rau wie Schmirgelpapier.

Wieder wandte er sich ab und sog scharf die Luft ein. Er hatte neulich bei einer Fernsehshow zwischen vier Tänzerinnen gesungen, die alle vier insgesamt nicht mal halb so viel Stoff am Körper hatten wie Lucy jetzt. Es hatte ihm nicht das Geringste ausgemacht. Lucy war eine Freundin der Familie. Sie war hier, um ihm zu helfen. Sie war nur aus Mitleid hier, verdammt noch mal!

»Ah, sehr schön, sehr schön, da seid ihr ja.« Der Fotograf kam mit ungestümen Schritten durch die Tür geschneit, im Schlepptau einen Zwanzigjährigen, der zwei Scheinwerfer in seinen Händen balancierte. Er zeigte auf ein kleines Podest vor einer weißen Leinwand. »Ich bin Ed und ich werde heute dafür sorgen, dass ihr beiden fantastisch ausseht! Wir werden es simpel halten, ein paar ganz natürliche Bilder. Ich habe da eine ganz tolle Vorstellung.«

Owen lächelte erleichtert. Alles, was nichts mit Handschellen zu tun hatte, klang für ihn gut. »Prima«, erwiderte er und stieß die Luft aus.

»Und du ...« Jetzt drehte sich der Fotograf zu Lucy um und schlug theatralisch die Hände an seine Wangen. »Meine Güte. So etwas wie dich hatte ich schon lange nicht vor der Kamera.«

Lucy sah ein wenig verunsichert aus. »Ich bin ja auch kein Model«, erklärte sie defensiv. »Ich wollte das hier ja auch gar nicht.«

»Oh, meine Süße.« Ed ließ seine Hände sinken und sah sie an. »Ich meinte, so eine natürliche Schönheit habe ich seit Jahren nicht mehr gesehen. Also, meine Lieben. Rauf aufs Podest mit euch.«

Owen und Lucy erklommen gemeinsam das Podest und blieben dann ein wenig unschlüssig stehen. »Was sollen wir jetzt machen?«, fragte Lucy.

Der Fotograf lächelte. Dann drehte er sich zu seinem Assistenten um. »Mach mal Musik an. Ein bisschen Latino-Pop würde ich sagen. Und ihr, Kinder ...«, er zeigte auf Owen, dann auf Lucy, »... ihr braucht nur ihr selbst zu sein. Man sieht aus hundert Metern Entfernung, wie sehr ihr euch liebt.«

Lucy grinste und boxte Owen spielerisch auf den Arm. »Ach, Blödsinn. Von Liebe kann keine Rede sein. Ich bin nur hinter seinem Geld her.«

Owen drehte sich zu ihr um und fixierte sie für einen Moment. Dann schnellte seine Hand vor und er zwickte sie in die Seite. »Tja, und ich bin nur scharf auf sie, weil sie halbnackt ist«, gab er zurück.

Sie warf lachend den Kopf in den Nacken, dann zeigte sie auf seine Lederjacke. »Werden wir gleich herausfinden.« Sie zog ihm die Jacke von den Schultern und schlüpfte selbst hinein. »Und? Liebst du mich jetzt nicht mehr?«

Owen sah sie an und es traf ihn wie ein Blitz. Verdammt.

Doch.

Er liebte sie.

Vielleicht war sie der einzige Mensch auf der Welt, den er außer seiner Familie wirklich liebte. Natürlich auf eine rein platonische, geschwisterliche Art. Zumindest von der Taille aufwärts.

Aber ... es war glasklar. Er liebte sie.

»Okay, du hast mich erwischt.« Er ging einen Schritt auf sie zu und strich ihr die zerzausten Haare aus der Stirn. »Ich liebe dich in dieser Jacke sogar noch mehr.« Er beugte sich vor und gab ihr einen Kuss auf die Wange. »Wie man die nervige Freundin seiner Schwester halt so liebt.«

Sie riss den Mund auf. »Nervig? Wer von uns beiden ist nervig?« Sie hob die Augenbrauen. *Ich bin zwar reich und berühmt, aber ich bin so arm dran, weil mir eine fremde Frau ganz übel mitgespielt hat*«, ahmte sie ihn mit tiefer Stimme nach.

»Ach ja?« Er legte den Kopf schief und zupfte affektiert an seinem Shirt. »*Ich leide so darunter, dass ich so furchtbar schön bin*«, ahmte er ihre Stimme übertrieben piepsig nach. »*Weil ich doch eine unabhängige, kluge Frau bin und deshalb so gar nichts auf Äußerlichkeiten gebe.*« Er warf seine nicht vorhandene Mähne nach hinten. »*Aber meine Unabhängigkeit geht mir über alles. Deshalb werde ich den Teufel tun, mich wirklich auf einen anderen Menschen einzulassen.*«

Sie packte seine Oberarme, immer noch lachend. »Das nimmst du zurück.«

Er blieb gelassen stehen und betrachtete mit hochgezogenen Augenbrauen ihre Kampfversuche. »Ist das Krav Maga? Israelische Nahkampftechnik? Wow, ich habe wirklich Angst.«

148

Sie zerrte noch mehr an ihm, aber er stand mit leichtem Kopfschütteln und vollkommen entspannt da. »Sag mir einfach, wenn wir fertiggekämpft haben, ja, Kleines?«

»Du nennst mich nicht *Kleines*.« Sie schoss um ihn herum und sprang auf seinen Rücken. Während sie ihn mit den Armen umklammerte, brach er in Gelächter aus. »Alles klar da oben?« Er hob den Kopf, um sie anzusehen. »Kämpfen wir immer noch oder möchtest du getragen werden?«

Bevor Lucy antworten konnte, ließ das Klatschen des Fotografen sie beide innehalten. »Bravo. Chemie pur. Aber diese künstliche Location, das ist nichts für euch. Dieser Look ist viel zu billig für dich, Süße.« Er nahm sein Handy und tippte. »Ja, Claude? Wir brauchen einen urban-legendären Winterlook. Für die beiden, ja.« Er legte auf. »Wir setzen das Shooting draußen fort. Es liegt so schöner Schnee und wir haben einen fantastischen Innenhof hier in der Nähe, ganz bezaubernd.«

»Aber ...« Owen runzelte die Stirn. »Es geht doch nur um Bilder für einen Artikel über den Tourneeauftakt der Band.«

»Ja, bis eben ging es darum.« Der Fotograf strahlte. »Aber ab jetzt geht es um ein Covershooting.«

»Für das Cover?«, fragte Owen mit leicht belegter Stimme nach. »Das wird ein Covershooting?«

Der Fotograf nickte. »Romantisch. Weihnachtlich. Elegant.« Er sah Owen an, und für einen kurzen Moment vertrieb eine Spur von Mitleid die Begeisterung aus seinen Augen. »Das, was die Leute da draußen mit dir veranstalten, das ist nicht fair.« Er zeigte auf sich.

»Wir setzen dem heute etwas entgegen.« Er zeigte erst auf Owen, dann auf Lucy. »Seid ihr bereit?«

Die beiden nickten benommen.

Eine halbe Stunde später standen sie in einem verschneiten Innenhof mit romantischer Weihnachtsbeleuchtung. Die Sonne war bereits untergegangen und unzählige Lichterketten schmückten die roten Ziegelwände und Holzbänkchen, die zwischen den hohen Eichen standen. Gelbe Scheinwerfer tauchten die Szenerie in weiches Licht, und irgendwo hatte Ed sogar eine kleine Kunstschneekanone aufgetrieben. Owen hatte nur seine Lederjacke gegen einen warmen Winteranorak eingetauscht, aber Lucy hatte man in ein elegantes Winteroutfit gesteckt.

»Okay, keep it simple.« Ed sah sie auffordernd an. »Das Licht hier draußen ist absolut perfekt. Der Hintergrund stimmt. Ich stell hier alles ein, und wenn ich so weit bin, dann küsst ihr euch bitte. Aber dieses Mal ohne Ironie, ja? Ehrlich. Leidenschaftlich. Stellt euch vor, ich wäre gar nicht da.« Er grinste. »Für das Cover brauchen wir etwas ganz Besonderes. Kennt ihr den Kuss von Klimt?«

Owen schüttelte irritiert den Kopf, während Lucy nickte.

»Diese Art von Sinnlichkeit schwebt mir vor.«

Wenn Lucy genauso nervös war wie Owen, dann ließ sie es sich nicht anmerken. Sie sah zum Anbeißen aus: ihre langen, goldblonden Haare hingen in leichten Locken über ihre Schultern, zu Designerjeans und Stiefeln trug sie eine enge Daunenjacke und einen magentafarbenen Schal, der sie noch mehr strahlen ließ.

Sie ging auf Owen zu und legte ihm ihre Arme um den Hals. »Na dann.«

Owen war plötzlich atemlos. »Ich will das nicht«, brachte er mühsam hervor.

Ihr Gesichtsausdruck verdunkelte sich. »Na, vielen Dank auch.« Sie schnaubte. »Das hättest du dir vielleicht überlegen sollen, bevor wir in diesen ganzen Schlamassel hineingeraten sind. Aber das hier ist nicht wie beim Flaschendrehen, Owen. Du kannst nicht einfach abhauen und die Party verlassen, nur weil dir deine Kusspartnerin nicht gefällt.«

Er starrte sie an. »Du denkst, du ... gefällst mir nicht?« Er schüttelte unmerklich den Kopf. »Weißt du, dafür dass du einen Harvard-Abschluss in der Tasche hast, bist du wirklich erstaunlich dumm.«

Sie zuckte zurück. »Wow. Wie viele Beleidigungen kommen denn noch?«

Er schluckte. »Du bist ein As darin, mich falsch zu verstehen, Lucy Stevenson.«

»Und was meintest du?«

»Ich will dich *jetzt* nicht küssen«, wiederholte er. Sie verzog das Gesicht, aber bevor sie etwas sagen konnte, legte er eine Hand an ihre Wange und sah sie an. »Nicht so«, flüsterte er.

»Okay, Kinder. Ich bin so weit.« Ed nickte ihnen zu. »Wie heißt es so schön? Und ... Action.«

Lucy sah Owen mit großen Augen an. Er hob die Schultern und lächelte. Dann legte er seine Arme um ihren Körper und zog sie fest an sich. Die Bewegung kam so plötzlich, dass Lucy strauchelte und sich an seinem Hals festklammerte. Owens Griff verstärkte sich und bevor sie wieder einen sicheren Stand gefunden hatte, senkte er seine Lippen auf ihre.

Er hatte mit allem gerechnet – dass sie ihn wegstoßen oder lachen würde, dass sie sich in seinen Armen versteifte oder missbilligende Geräusche von sich gab. Aber nicht damit, dass sie seinen Kuss ohne jeglichen Widerstand erwiderte. Innig, leidenschaftlich, zärtlich.

Es war Lucy, die nach wenigen Sekunden ihren Mund öffnete, ihren Körper an seinen presste und ein kleines Stöhnen von sich gab, als seine Zunge das erste Mal vorsichtig ihre Unterlippe berührte. Es war Lucy, die ihre Lippen erneut auf seine drückte, als er sich wieder zurückziehen wollte.

Owen hatte in seinem Leben wirklich schon viele Frauen geküsst.

Aber trotzdem fühlte es sich mit Lucy an, als wäre es sein allererstes Mal.

Hinterher hätte Owen nicht sagen können, wie lang der Kuss gedauert hatte. Es konnte nur eine Minute gewesen sein oder eine kleine Ewigkeit. Er hörte das Blut in seinen Ohren rauschen und spürte immer noch ihre unglaublich weichen, warmen Lippen, als Lucy schon wieder einen halben Meter von ihm entfernt stand – mit leicht verhangenem Blick und anscheinend auf genauso unsicheren Beinen wie er. Sie sahen sich fast schüchtern an, dann trat Owen wieder einen Schritt auf sie zu, schob seine Hand in ihren Nacken und schloss erneut die Augen.

»Okay, Leute, danke. Das war's schon. Ihr seid wirklich Naturtalente.« Eds Stimme riss sie aus ihrer Versunkenheit und katapultierte sie wieder in die Welt des verschneiten Hinterhofs zurück. »Ehrlich, ich wünschte, ich könnte immer mit Leuten wie euch arbeiten. Ihr habt ganz genau verstanden, was ich im Sinn hatte.«

Owen zupfte Lucy mit einer sanften Bewegung den Schal zurecht und atmete tief durch. »Danke«, flüsterte er ihr zu. »Fürs Mitspielen.«

»Gern geschehen«, gab sie ebenfalls flüsternd zurück.

Auf dem Weg ins Hotel war Owen schweigsam und hielt Abstand. Er vermied es, Lucy zu nahe zu kommen und rutschte im Taxi ganz auf die andere Seite des Wagens. In der Hotellobby schlug er vor, noch ein Glas Wein zu bestellen. Er brauchte dringend etwas zu trinken. Erst nachdem sie jeder zwei Gläser getrunken und eine etwas angestrengte Unterhaltung über die Umweltpolitik in Massachusetts geführt hatten, konnte er Lucy wieder in die Augen sehen.

Aber es ließ sich nicht bestreiten. Etwas hatte sich geändert.

Sie hatten sich geküsst.

Auch wenn beide sich die größte Mühe gaben, so zu tun, als hätte es nichts zu bedeuten – sie konnten die Uhr nicht mehr zurückdrehen.

Das war für Owen glasklar.

***

»Lucy, gib es auf. Du kannst mich nicht dazu zwingen, einen Song zu komponieren.« Owen lehnte sich auf der Couch zurück, die Arme verschränkt, während Lucy versuchte, die Gitarre auf seinem Schoß zu platzieren.

»Also, um ehrlich zu sein: ich *kann* das schon.« Sie legte die Gitarre neben ihn und setzte sich auf den Couchtisch vor ihn. »Wir beide haben schließlich eine Abmachung. Ich habe beim Shooting mitgemacht, jetzt singst du auch. Ich habe sogar diese verbotenen Shorts getragen, falls du dich erinnerst.«

Oh ja. Er erinnerte sich. Der Anblick hatte sich in sein Gedächtnis eingebrannt. Egal, wie sehr er auch versuchte, dieses Bild wieder loszuwerden. Genau wie ihre weichen Lippen, die er sein Leben lang nicht mehr vergessen würde. »Aber sie nehmen die Hotpants-Bilder doch gar nicht«, wandte er ein.

Sie zuckte mit den Schultern. Sie wirkte nach dem Wein ein wenig beschwipst, ihre Wangen waren gerötet und ihre Augen glänzten. »Wenn du nicht wie ein feiger Lügner dastehen willst, wirst du das mit dem Song wohl oder übel durchziehen müssen«, beharrte sie.

Er hob die Augenbrauen. »Eigentlich stehe ich ja ohnehin wie ein feiger Lügner da. Also – was habe ich noch groß zu verlieren?«

»Meinen Respekt?« Sie hob die Augenbrauen. »Oder gehört der auch zu den Dingen, die du opferst?«

Owens Gesicht verdunkelte sich. »Ich bitte dich, Lucy. Wie soll ich etwas verlieren, was ich nie hatte? Du hast mich nie respektiert. Du hast mich doch schon immer für einen Versager gehalten. Ungebildet und oberflächlich.«

Sie fuhr unwillkürlich zurück. Dann erhob sie sich von dem Couchtisch und setzte sich auf die andere Seite in den kleinen Sessel. »Das meinst du jetzt nicht ernst, oder?«

»Doch, natürlich meine ich das ernst. Du mit deinen ganzen Ambitionen, mit den großen Plänen und deinem IQ von gefühlten zweihundert Punkten.« Er schnaubte. »Für dich bin ich doch nur eine Witzfigur. Das war doch schon immer so.«

»Du bist doch einfach nur bescheuert.« Ihre Augen sprühten Funken.

»Siehst du? Genau das sage ich doch. Du hältst mich für bescheuert.«

»Mit dir kann man einfach nicht reden.« Sie verschränkte die Arme. »Denkst du das wirklich?«

Er nickte. »Du hast in den letzten Jahren mehr als deutlich gemacht, was du von mir hältst.«

»Ich kann an den Fingern einer Hand abzählen, wie oft wir uns in den letzten Jahren gesehen haben!«, rief sie genervt aus.

»Ja, und wessen schuld war das bitte?«

Sie öffnete den Mund, schloss ihn dann wieder.

»Tja, das nehme ich mal als stummes Schuldeingeständnis.« Er lächelte ein wenig gequält. »Ich mache dir ja gar keinen Vorwurf. Ich *bin* ein Loser. Weißt du, was ich gemacht habe, als ich auf einmal Geld auf dem Konto hatte?«

»Ja.« Sie nickte. Ihr Gesicht zeigte immer noch keine Regung. »Du hast deiner Mutter ein Haus gekauft, bevor du auch nur einen einzigen Cent für dich ausgegeben hast.«

»Ja, das auch.« Er holte tief Luft. »Aber alles andere habe ich verschleudert. Oder verzockt. Am Computer, in Vegas, sogar auf der Pferderennbahn. Ich dachte, ich mache aus hunderttausend eine Million und dann bin ich frei.« Er verzog schmerzlich das Gesicht. »Fehlanzeige. Hey, aber was soll's? Du als gute Freundin der Familie weißt ja, dass das nur die verdammten Gene meines Vaters sind. Was Katie und Tony zu wenig haben, habe ich eben zu viel.«

155

»Owen, worüber zum Teufel redest du da eigentlich?« Ihre Stimme klang aufgebracht, aber aus ihrem Gesichtsausdruck konnte Owen immer noch nicht schlau werden. »Du bist einer der talentiertesten, begabtesten Musiker der Welt. Die Leute liegen dir zu Füßen. Okay, ich will dir zugestehen, dass diese Cherry-Sache ein bisschen unangenehm ist, aber das ist doch nichts, was deinem Strahlemann-Image auf lange Sicht schaden kann.« Sie schüttelte verwirrt den Kopf. »Du bist ein Star, Owen. Du stehst ganz am Anfang deiner Karriere. Du kannst die Zeit bei den *Boston Heights* einfach aussitzen und dann machen, was immer du willst.« Sie stieß die Luft aus. »Ich weiß, dass deine Mom immer diese blöden Sprüche macht und dich mit deinem Vater vergleicht. Aber das ist Schwachsinn. Du hast eine komplett gestörte Selbstwahrnehmung.«

Sein Lächeln wurde breiter. »An dir ist echt eine Politikerin verloren gegangen. Du solltest selbst kandidieren.«

Sie runzelte die Stirn. »Wieso?«

»Du redest und redest und man merkt gar nicht, dass du jeder Frage aus dem Weg gehst.«

»Und was war die Frage?«

»Hast du mich je respektiert oder war ich immer nur eine Witzfigur für dich?«

Sie starrte ihn an, ihre Hände umklammerten verkrampft eins der goldbestickten Zierkissen. »Was willst du hören?«

»Einfach nur die Wahrheit.« Er hielt ihren Blick mit den Augen fest.

Lucy schluckte. »Also ...«

»Jetzt komm schon. Das ist doch nicht so schwer. Du hältst mich für einen Versager, oder? Für jemanden, der sein Leben vergeudet und nichts Sinnvolles auf die Reihe kriegt. Stimmt es oder stimmt es nicht? Der die ach so wertvollen Ressourcen verschleudert, sich einen Dreck um andere schert und nur damit beschäftigt ist, sein Ego zu polieren.«

»Nein, verdammt noch mal.« Sie sprang auf. »Natürlich nicht, du bist keine Witzfigur für mich. Ich habe dich immer respektiert, bist du jetzt zufrieden? Du bist ein toller Mensch. Du bist klug und warmherzig und witzig und du bist eine Inspiration für deine Fans. Du bist einfach toll. Es gibt nur eine einzige Sache, die dir im Weg steht, und das bist du selbst.« Sie holte tief Luft. »Sing einen Song von dir oder lass es. Ich bin raus. Meinetwegen musst du dich nicht mehr an die Abmachung halten.« Sie griff nach ihrem Mantel und hastete zur Tür. »Ich muss an die frische Luft.«

»Lucy, jetzt warte doch mal …« Owen war ebenfalls aufgesprungen, aber da war die Hotelzimmertür schon hinter Lucy ins Schloss gefallen.

Verwirrt ließ er sich wieder auf das Polster sinken. Was um Himmels willen war denn das gerade gewesen? War seine Hysterie ansteckend?

Dann stahl sich ein kleines Lächeln in sein Gesicht. Sie hatte gesagt, dass er toll wäre. Hatte sie doch, oder? Und dass sie ihn immer respektiert hatte.

Er sah zu der Gitarre hinüber und nahm sie vorsichtig auf den Schoss. Er zupfte eine Saite an und wartete, bis der Klang verhallt war. Dann spielte er ein paar Akkorde.

Lucy hatte recht. Er stand sich wirklich selbst im Weg.

Aber vielleicht konnte er das ja ändern …

DREIZEHN

»Das ist wirklich lecker.« Ich drehte ein paar Spaghetti auf meine Gabel und streute noch eine extra Portion Parmesan darauf. »Gib es zu, es ist viel schöner, hier unten zu essen als immer nur im Hotelzimmer.«

Owen schnaubte leise. »Ich nenne so etwas Erpressung.«

»Ich nenne es lieber Verhandlungsgeschick«, gab ich ungerührt zurück. »Ich habe dir die Wahl überlassen: entweder ein Song auf dem Konzert oder Schluss mit dem Versteckspiel.« Ich hob die Schultern. »Du hast dich entschieden.« Ich kaute genüsslich, schluckte dann runter. »Ich bin nicht mit dir hierhergekommen, um mich mit dir im Hotelzimmer zu verstecken.«

Normalerweise wäre ich bei dieser Formulierung schon wieder rot geworden, aber jetzt hatte ich mich im Griff. Ich war Lucy Stevenson, die Frau, die im Kongo einen Kollegen innerhalb von vierundzwanzig Stunden aus dem Gefängnis geholt hatte. Lucy Stevenson, die mit einer Amnesty-International-Kampagne zwei Gefängnisse reformiert hatte. Lucy Stevenson, die aus einem provinziellen Grünen-Politiker einen Star der alternativen Szene gemacht hatte. Es war Zeit, dass ich die Dinge in die Hand nahm. Und Punkt eins bei der Bewältigung von Problemen war Realismus und absolute Ehrlichkeit.

Auf dem Spaziergang durch die verschneiten Straßen hatte ich eine Entscheidung getroffen. Ich musste aufhören, Owen als alten Freund zu sehen. Das hier war eine geschäftliche Vereinbarung, auch wenn ich nicht dafür bezahlt wurde. War ich ganz kurz davor, mich in Owen zu verlieben?

Natürlich.

Aber das hatte rein rationale Gründe.

Das hier war schließlich eine ungewöhnliche Situation.

Ich hatte damals in meinem Psychologie-Kurs vom sogenannten Brückenexperiment gehört. Ein Psychologe schickte zwei Probanden, die sich noch nie zuvor gesehen hatten, entweder gemeinsam auf eine gefährliche Hängebrücke oder auf eine sichere Steinbrücke. Die Gruppe, die auf der Hängebrücke war, gab viermal häufiger an, ein romantisches Interesse an der anderen Person entwickelt zu haben.

Dieser Trip in die Promiwelt New Yorks war meine wackelige Hängebrücke – genau wie es der Unfall meiner Mutter damals gewesen war. Das war die logische Erklärung dafür, warum ich mich damals als Fünfzehnjährige so Hals über Kopf in Owen verliebt hatte, obwohl wir überhaupt nicht zusammenpassten. Mein Leben war damals ein einziger Ausnahmezustand gewesen. Meine Mutter schwebte in Lebensgefahr, ich hatte keinen Halt und mein Adrenalinpegel war ständig im roten Bereich. Nachdem wir auf dem Rückweg von der Reha-Klinik Händchen gehalten hatten, nahm meine Vernarrtheit in Owen krankhafte Züge an. Ich fantasierte über eine gemeinsame Zukunft, dachte mir Namen für unsere gemeinsamen Kinder aus und überinterpretierte jede seiner Gesten. An einem Sonntagmorgen machte er mir French Toast, und ich dachte, das sei gleichbedeutend mit einer Liebeserklärung.

Klar, Owen hatte sich damals wie ein netter Kerl verhalten, schließlich war ich in einer furchtbaren Position gewesen. Während ich also gedacht hatte, wir würden langsam, aber zielsicher auf eine gemeinsame Zukunft und letztendlich auf den Hafen der Ehe zusteuern, hatte er einfach nur Mitleid mit mir gehabt. Dann, an einem verschneiten Tag im Januar, hatte Madison Scott bei uns am Küchentisch gesessen, ihre Beine auf Owens Schoss, und aus meinem Lieblingsbecher Kakao getrunken. Madison war die inoffizielle Teenager-Schlampe aus unserem Straßenzug, ein Jahr älter als wir und Gerüchten zufolge sexuell so erfahren wie ein Seemann.

Ich hatte sie angestarrt wie einen Geist und kein Wort herausgebracht.

Owen hatte die Frechheit gehabt, dieses Flittchen als seine Freundin vorzustellen.

Das war das Ende unserer kleinen Romanze, die sich nur in meinem Kopf abgespielt hatte.

Tja, und jetzt wiederholte sich die Geschichte.

Dieser ganze Trip verunsicherte mich. Ich kannte mich nicht aus in der Welt der Reichen und Schönen. Ich stieß an meine Grenzen und befand mich in vollkommen unbekanntem Terrain. Ich genoss den Luxus und verabscheute mich gleichzeitig dafür. Nur deshalb gingen meine Gefühle wieder mit mir durch.

Aber im Gegensatz zur fünfzehnjährigen Lucy war ich jetzt erwachsen. Ich war kein Opfer der Situation mehr. Ich konnte die Dinge einordnen und musste nicht meinen aufgewühlten Hormonen die Führung überlassen.

Owen flirtete also mit mir? Natürlich tat er das! Das war das, was Owen tat, wenn er mit Frauen zu tun hatte. Ich musste hier die Vernünftige sein, es nützte nichts.

Also hatte ich mir auf meinem Spaziergang ein paar einfache Dinge vorgenommen.

Erstens: Ich würde ab jetzt so wenig Zeit wie möglich mit Owen allein verbringen, schon gar nicht im Hotelzimmer.

Zweitens: Ich würde mich auf seine Imagekorrektur konzentrieren. Deshalb war ich hier und das konnte ich gut. Ich würde Owens Karriere wieder auf Kurs bringen, so wie es Elisa und Katie von mir erwarteten. Dann hatte ich meine Schuld von damals beglichen und das würde mich in meinem Leben wieder einen Schritt weiterbringen.

Drittens: Ich würde aufhören, die unterschwellige Spannung zwischen uns überzuinterpretieren. Owen ... war einfach so. Er sagte, er wolle mich *nicht so* küssen, und ich dachte sofort, er wolle mich dafür *irgendwie anders* küssen. Vielleicht war es genau das, was ihn zum Star machte. Dass man sich von ihm immer gleich so ... persönlich angesprochen fühlte.

Als ich zurück ins Hotelzimmer gekommen war, hatte Owen gerade ein Videospiel gespielt und die Gitarre hatte in der Ecke gestanden. Also hatte ich ihm erklärt, dass er sich mit mir in der Öffentlichkeit zeigen musste, wenn er sich unserem kleinen Song-Deal verweigerte. Owen hatte mich erstaunt angesehen, dann aber schließlich zugestimmt.

Jetzt saßen wir hier im Hotelrestaurant und ich hatte endlich das Gefühl, die Kontrolle über die Situation zurückerlangt zu haben. Das überwiegend ältere, gediegene Publikum in dem teuren Restaurant nahm bislang überhaupt keine Notiz von uns, und unser Tisch in einer Nische war ohnehin weitgehend vor neugierigen Blicken geschützt.

»Also, was steht morgen für uns auf dem Programm?«, wollte ich wissen.

»Wir haben ein Fantreffen mit Presse im *Tessinis*, wo wir abends das Eröffnungskonzert spielen.« Owen hob die Schultern. »Dort wird es vermutlich auch einen ziemlichen Presseauflauf geben. Dann sind wir durch mit den offiziellen Terminen.«

»Lief doch wie geschmiert.« Ich zeigte auf das iPhone, das neben Owen auf dem Tisch lag. »Und?« Ich hatte es bis jetzt nicht über mich gebracht, mir die Klatschportale anzusehen. Solange ich meinen Namen nicht schwarz auf weiß neben einem Bild von Owen gesehen hatte, war das Ganze nicht real. Aber es war Zeit, wieder in der Wirklichkeit anzukommen. Diese komische, kleine ... Blase, in der wir uns seit gestern bewegten, musste endlich platzen. »Was schreiben sie?«

Er sah erstaunt auf. »Sag nicht, du hast noch nicht nachgeschaut.«

Ich schüttelte den Kopf. »Du bist nicht der einzige Angsthase hier. Also, hast du geguckt oder nicht?«

Owen ließ seine Gabel sinken und griff nach dem iPhone. Dann tippte er kurz und reichte mir das Telefon. »Hier.«

Ich sah auf das Display und runzelte die Stirn. »Was haben die denn geraucht?«, murmelte ich. *Die schöne Menschenrechtlerin aus South Boston. Wenn jemand Owen Curtis auf den richtigen Weg bringen kann, dann sie.* Ich überflog den Artikel und musste grinsen. »Wow, die sind wirklich schnell.«

Er nickte. »Es läuft alles nach Plan.« Er nahm seine Gabel wieder in die Hand und aß seinen Salat weiter.

Am Ende des Raumes setzte sich ein Klavierspieler an den Flügel und begann, die typischen Soft-Jazz-Klassiker für gepflegte Unterhaltung zum Besten zu geben. Ich drehte noch ein paar Nudeln mit der Gabel auf und warf Owen einen prüfenden Blick zu. Ja, genau das hatte ich gewollt. Distanz. Jetzt zu Punkt zwei. Imagekorrektur für Profis.

»Weißt du, das Problem ist, dass du denkst, dass sich alles nur um dich dreht.« Nicht ganz zartfühlend, aber meiner Meinung nach hatte ich das gut auf den Punkt gebracht. »Es ist nichts Persönliches, was über dich geschrieben wird. Die Leute machen nur ihren Job. Genau wie du. Es würde dir sicher helfen, das wirklich zu begreifen.«

Owen hob den Kopf und fixierte mich. Dann legte er seine Gabel wieder zur Seite. »Ich wusste gar nicht, dass du neuerdings auch als Therapeutin arbeitest. Hat dich die Rettung der Welt nicht mehr ausgefüllt?«

Ich atmete tief durch. »Ich wollte nie die Welt retten, sondern nur einen Beitrag leisten und etwas Sinnvolles aus meinem Leben machen. Genau das will ich jetzt auch bei dir. Im Moment bin ich offenbar weit und breit die einzige Person, die sich traut, dir die Wahrheit zu sagen.« Ich nahm sein Telefon und streckte es ihm entgegen. »Das hier ist nicht real. Das hat nichts mit der wirklichen Welt zu tun.« Ich schüttelte den Kopf. »Klar, dein Image ist beschädigt, das verstehe ich. Aber es ist doch nur wie ein ... Kratzer im Lack eines Autos. Du bist gesund, hast Geld, hast deinen Beruf gefunden. Deine Zukunft liegt vor dir.«

»Habe ich der Therapiesitzung überhaupt zugestimmt? Ich meine, habe ich als Patient nicht auch meine Rechte?«, versuchte Owen, das Ganze ins Lächerliche zu ziehen.

Aber ich war nicht zu bremsen. »Könnte es nicht sein, dass die Leute nur so hämisch sind, weil du dich seit einer ganzen Weile wie ein Arschloch benimmst? Wie sollen die Leute dich ernst nehmen, wenn du dich ständig über deine eigene Band lustig machst?«

Für einen Moment flackerte sein Blick, dann grinste er wieder. »Frau Doktor, unsere Zeit ist leider schon wieder um. Wir sehen uns nächste Woche.«

»Nein, du hörst dir das jetzt an.« Ich griff über den Tisch und legte impulsiv meine Hand auf seine. Nur im Sinne des Plans, versteht sich. »Hör auf, dich selbst fertigzumachen. Ich habe keine Ahnung, was mit dieser Frau und dir gelaufen ist. Aber ich kenne dich gut genug, um zu wissen, dass dich nur dein Gewissen quält. Du machst dir selbst irgendwelche Vorwürfe und das blockiert dein ... ganzes System.«

»Ich rede nicht über diese Person.« Seine Stimme war kalt wie Eis.

»Warum nicht?« Ich holte tief Luft. Meine Strategie ging auf. Ich sah nicht mehr Owen vor mir, sondern eine Problemlage, die man lösen konnte. Meine Unsicherheit war wie weggeblasen. Genau wie meine Verlegenheit. »Meinst du, es wird besser, wenn du dich weiter versteckst?«

»Ich verstecke mich nicht.« Er zeigte auf das Restaurant. »Hier bin ich, mitten in der Öffentlichkeit.«

»Weil ich dich praktisch dazu gezwungen habe.« Ich schüttelte den Kopf. »Los, sprich es aus. Was ist es, was du dir nicht verzeihen kannst? Was ist so schlimm, dass es dich jede Sekunde quält?« Plötzlich sah ich wieder diese furchtbaren Handschellen vor mir und mein Gesicht wurde ganz heiß. Oh Gott, er würde doch jetzt nicht davon anfangen, was er mit dieser Frau getrieben hatte? Das war nicht das Gespräch, das ich führen wollte. Dem fühlte ich mich definitiv nicht gewachsen.

Owen musterte meine roten Wangen und grinste. »Was? Denkst du, ich bin ein Perverser? Ist das mein großes Geheimnis?«

Ich hielt seinem Blick nur mit Mühe stand. »Ist es das?« Meine Stimme klang piepsig.

»Du weißt doch immer alles. Gib dir die Antwort selbst.« Owen wollte aufstehen, aber ich hielt seine Hand fest, die immer noch unter meiner lag.

»Nein, das ist es nicht.«

»Was meinst du?« Auch seine Stimme war weit von der sonstigen Gelassenheit entfernt.

»Das ist nicht dein großes Geheimnis.« Plötzlich wusste ich es. »Diese Cherry hat dich reingelegt, und du hast nichts bemerkt und jetzt fühlst du dich wie ein Volltrottel. Das ist es, worüber du nicht hinwegkommst.

Es ist dir egal, was die Leute von dir denken, solange du nicht wie ihr Opfer dastehst. Du hast Angst, dass man sieht, wie verletzlich du bist. Du hast Angst, dass man deinen weichen Kern entdeckt, den du hinter dieser rauen Schale versteckst. Es ist dir lieber, dass dich die Leute für einen frauenfeindlichen Chauvi halten, als dass sie wissen, wie einfach es ist, dich zu verletzen.«

Owen hatte sich schon halb erhoben. Jetzt setzte er sich wieder hin und starrte mich an.

Ich schluckte. »Tut mir leid, wenn ich zu weit gegangen bin.«

Er schüttelte langsam den Kopf. »Nein, bist du nicht. Oder vielleicht schon, aber ...« Er sah mich an. »Ich ...«

»Entschuldigen Sie, Sir.« Ein älterer, weißhaariger Herr hatte sich unserem Tisch genähert, ohne dass wir es gemerkt hatten. Jetzt stand er in respektvollem Abstand vor unserer Nische. »Ich kann mir vorstellen, dass Sie gerne ungestört essen würden, aber meine Enkelin hat heute ihren sechzehnten Geburtstag und sie ist ein Riesenfan von Ihnen und Ihrer Band.« Er hob die Schultern. »Mit einem Autogramm wäre ich sicher ihr persönlicher Held.« Er lächelte nett und ein wenig verlegen und hielt Owen eine Serviette und einen Kugelschreiber hin. »Wären Sie so nett?«

Owen suchte meinen Blick. »Natürlich.« Er sah mich vielsagend an, als wolle er mir beweisen, wie falsch ich lag, was seinen Arschloch-Status anging. »Wie heißt ihre Enkelin denn?«

»Sie heißt Matilda.« Der Mann strahlte.

Ich sah an ihm vorbei und deutete auf einen Tisch, an dem ein Mädchen im Festtagskleid sich fast den Hals verrenkte. »Sieh mal, Owen. Da hinten ist sie ja.« Ich hob auffordernd die Augenbrauen.

»Wie süß.« Er schrieb etwas auf die Serviette und reichte sie dem Mann.

»Was ist denn der Lieblingssong Ihrer Enkelin?«, erkundigte ich mich.

»Oh, der Lieblingssong.« Der alte Mann sah ein wenig verlegen zu Owen. »Also, so direkt weiß ich das gar nicht.« Dann seufzte er erleichtert auf. »Doch, es ist dieser Song aus diesem Vampirfilm. Sie wissen schon. *Tausend Jahre Liebe* oder so.«

Ich grinste. »Sie meinen *A thousand years* von Christina Perri?« Owen und ich mussten uns das Lachen verbeißen wie Schulkinder im Gottesdienst. Natürlich hatte meine Frage darauf abgezielt, welchen Song der *Boston Heights* die Kleine am liebsten hörte. »Tja, wie es der Zufall will, kennt Owen diesen Song in- uns auswendig.«

Owen riss die Augen auf, weil er langsam begriff, was ich vorhatte und schüttelte unmerklich den Kopf. »Also, dann.« Er nickte dem Mann freundlich zu. »Dann wünschen wir Ihnen noch einen schönen Abend.«

»Ich dachte, du würdest deinem Fan vielleicht gerne ein Ständchen bringen?« Ich unterdrückte ein Grinsen, zeigte auf das Klavier und sah ihn unschuldig an. »Du bist doch sonst immer so *nahbar*, wenn es um deine Fans geht.«

Owen sah mich einfach nur schweigend an, die Miene unergründlich.

»Sag jetzt bitte nicht, dass du das Lied auf dem Klavier nicht spielen kannst.« Ich wandte mich wieder an den netten Großvater, der mit seiner Serviette in der Hand unschlüssig von einem Fuß auf den anderen trat. »Owen hat das Lied im vergangenen Jahr für seine Nichte gespielt. Als Geburtstagsständchen. So ein süßes Mädchen. Ich hoffe nur, dass sie mit ihren neun Jahren noch nicht den Vampir-Film gesehen hat«, plapperte ich weiter wie aufgezogen. »Die Sorge müssen Sie bei Ihrer Enkelin ja Gott sei Dank nicht mehr haben. Sie ist dafür ja alt genug.«

»Katie ist wirklich eine Klatschtante.« Owen schob so energisch den Stuhl zurück, dass er fast umkippte, und stand auf. Dann kam er zu mir herüber und beugte sich zu meinem Ohr herunter. »Wenn das hier eine Mutprobe sein soll, dann musst du dir schon etwas Schwierigeres ausdenken«, raunte er mir zu, und als ich zu ihm hochsah, merkte ich, dass seine Augen unternehmungslustig glitzerten.

Ich hätte nicht gedacht, dass er auf mein kleines Spielchen eingehen würde. »Na, dann mal los«, meinte ich möglichst unbeeindruckt.

Ich sah zu, wie Owen zu dem Pianisten hinüberging und ihm auf die Schulter tippte. Die beiden besprachen sich kurz, dann stand der junge Typ im schwarzen Anzug auf und machte mit einem Lächeln den Platz frei. Owen setzte sich und schlug testweise die ersten Akkorde der herzzerreißenden Schnulze von Christina Perri an, die mit diesem Song Millionen Teenagerherzen zum Schmelzen gebracht hatte – und ja, zum Teufel: meins auch. Aber das würde ich niemals zugeben! Ich drehte mich zu dem Tisch mit Matilda und ihrem Großvater um und sah, wie das Mädchen mit roten Wangen und strahlendem Lächeln zum Klavier hinüberschmachtete.

»Meine sehr verehrten Damen und Herren, entschuldigen Sie, wenn ich Sie beim Essen störe.« Owen
sprach über die Schulter, ohne die Akkordabfolge zu
unterbrechen. »Aber wie ich gerade gehört habe, haben
wir ein Geburtstagskind unter uns und ich möchte ihr
gerne mit ihrem Lieblingssong gratulieren.« Er zwinkerte dem Mädchen zu, das jetzt so aussah, als ob es
einer Ohnmacht nahe wäre. »Der Song ist für dich,
Matilda.«

Dann begann er mit unglaublich weicher Stimme zu
singen. Ich hatte erwartet, dass Owen die ganze Sache
ins Lächerliche ziehen würde, Grimassen schneiden
und sich über den Schmusesong lustig machen würde.
Aber das tat er nicht. Er sang ganz klar, deutlich, einfach und ... wunderschön.

Bei der Textzeile *One step closer* drehte er sich halb zu
mir um, und unsere Blicke trafen sich über den Raum
hinweg. Ich hatte das Gefühl, mein Herz würde stehen
bleiben, bevor es umso heftiger klopfte, sodass ich die
Umgebung um mich herum nur noch verschwommen
wahrnahm. Alles bis auf Owens Augen, die mich an-
sahen, als wäre dies mein Lied und als hätte er es eigens
für mich komponiert.

Als er mit dem Song fertig war, stand er auf, verbeugte sich leicht, ging zu Matilda und schüttelte dem strahlenden Mädchen die Hand. Ich konnte nicht hören, was
er zu ihr sagte, aber ihr Gesichtsausdruck zeigte, dass es
etwas war, was sie in ihrem ganzen Leben nicht vergessen würde. Dann kam Owen zu unserem Tisch zurück,
setzte sich und nahm ungerührt seine Gabel wieder in
die Hand.

»Zufrieden?«, fragte er und seine Augen funkelten vor Spott, Herausforderung und vielleicht noch etwas anderem, was ich nicht benennen konnte.

»Mehr als zufrieden«, gab ich zurück, aber meine Stimme klang so, als würde sie einer Fremden gehören.

»Tja, dann bist wohl das nächste Mal du dran, wenn es um Mutproben geht.« Er nahm einen Bissen von seinem Rucola-Salat, verzog das Gesicht und zeigte auf meine Pasta. »Gibst du mir was ab?«

»Ich dachte, du sollst vor Konzerten nach achtzehn Uhr keine Kohlenhydrate mehr essen?«, fragte ich mit hochgezogenen Augenbrauen. »Schließlich musst du doch morgen auf der Bühne wieder deinen Waschbrettbauch präsentieren.« Ich hatte selbst erlebt, wie die Fans durchdrehten, wenn Owen während eines Konzerts sein T-Shirt in die Menge warf.

»Du wirst es nicht glauben, Lucy, aber ich darf auch keine Kuschelballaden in Hotelbars singen, wenn es nicht mit dem Management abgesprochen ist. Ich darf eigentlich überhaupt nichts.« Er zog meinen Teller zu sich heran und rollte eine riesige Portion Spaghetti auf seine Gabel. »Aber du hast mir ja gerade erklärt, dass das keine realen Probleme sind und dass das alles nur in meinem Kopf stattfindet, richtig? Vielleicht habe ich mich einfach dazu entschlossen, auf dich zu hören.« Er schob sich die Gabel in den Mund.

»Dann würde ich sagen, dass du damit einen Menschen ganz besonders glücklich gemacht hast«, gab ich leichthin zurück, aber meine Stimme war immer noch belegt.

»Du meinst das Mädchen?«, erkundigte sich Owen.

»Ja«, log ich. »Wen denn sonst?«

Er zog meinen Teller ganz zu sich heran. »Ich habe keine Ahnung. Überhaupt keine Ahnung.«

»Dann helfe ich dir auf die Sprünge.« Ich schluckte. »Das war toll von dir, Owen. Richtig toll.«

Er schob mir seinen Salat herüber. »Dafür musst du jetzt den Salat essen.«

Ich lachte. »Ist das meine Mutprobe?«

Er schüttelte den Kopf. »Nein, Lucy Lou. Die kommt später.«

VIERZEHN

Owen

Okay, irgendwas passierte hier gerade. Irgendetwas, was Owen nicht einschätzen konnte, aber was verdammt gut und richtig war.

Er stand neben Lucy im Fahrstuhl und fühlte sich zum ersten Mal seit Langem wieder frei. Seit die ganze Sache mit Cherry passiert war. Oder vielleicht auch ... keine Ahnung. Seit er den Vertrag für die *Boston Heights* unterschrieben hatte. Er warf ihr einen kurzen Seitenblick zu, den sie natürlich sofort bemerkte und mit einem fragenden Lächeln quittierte.

»Na, überlegst du, wie du dich für die Piano-Nummer rächen kannst?«, erkundigte sie sich und hob dann die Schultern. »Egal. Das war es mir wert.«

Owen hob die Hand und drückte auf den Stopp-Knopf, woraufhin der Fahrstuhl mit einem sanften Pling zum Stehen kam. »Nicht direkt ... Rache«, gab er zurück.

Sie betrachtete stirnrunzelnd den Kippschalter, den er einfach umgelegt hatte. »Ich hoffe mal, du hast jetzt nicht eine Rettungsmannschaft hierher bestellt.«

Owen schüttelte den Kopf. »Nein, das ist so einer von diesen antiquierten Aufzügen mit Stopp-Knopf. Cool, oder?«

»Ich würde damit mal lieber nicht rumspielen. Die ursprüngliche Bausubstanz des Hotels stammt noch aus dem achtzehnten Jahrhundert. Du bist zwar vielleicht reich und definitiv berühmt, aber ich habe gehört, dass solche Scherze richtig teuer werden können. Außerdem: Falls das wirklich deine Rache sein sollte, muss ich dir sagen, dass Klaustrophobie nicht zu meinen zahlreichen Ängsten gehört. Mit dir im Fahrstuhl festzustecken scheidet demnach als Vergeltungsaktion aus.« Sie redete ohne Punkt und Komma, während Owen nur lässig grinste.

Jetzt ging er noch einen Schritt auf sie zu. »Okay, dann habe ich eine andere Mutprobe für dich.« Er stützte sich mit der Hand hinter ihr an der Wand des stehenden Fahrstuhls ab und kam ihr damit auf einmal gefährlich nahe. »Spielen wir doch einfach wieder. Wahrheit oder Pflicht?«

Sie schnaubte. »Ach, komm. Ich weiß, du spielst in einer Band, die schon im Disney Channel aufgetreten ist. Aber das müsste doch selbst für dich ein bisschen zu infantil sein.«

»Also kneifst du?«

Sie warf ihren Kopf zurück. »Pflicht.« Ihr Blick streifte sein Gesicht, blieb an seinen Augen hängen, wanderte tiefer, ruhte für den Bruchteil einer Sekunde auf seinen Lippen und kehrte zu seinen Augen zurück. »Warte, ich habe mich umentschieden.« Sie schluckte. »Wahrheit. Ich nehme lieber Wahrheit.«

»Wirklich?« Seine Augen hatten wieder dieses herausforderndes Glitzern. »Bleibst du dabei?«

»Hundertprozentig.« Sie nickte. »Wahrheit.«

»Okay.« Er holte Luft. »Was ist das für eine Geschichte mit dir und diesem Kerl?«

»Wen meinst du jetzt genau?« Sie lächelte süffisant. »Edward, den Vampir?«, setzte sie dann in Anspielung an den Song hinterher.

Owens Kopf neigte sich noch einen Zentimeter weiter zu ihr hinunter. »Wenn ich mich nicht dumm stellen darf, dann darfst du das auch nicht. Ist dieser Paul die Liebe deines Lebens?«

Ihre Augen verengten sich. »Ich glaube nicht an die große Liebe. Also – nein.«

Owen sah sie verwundert an. »Das musst du mir erklären.«

»Muss ich das?«, gab sie zurück.

»Ja, du hast schließlich Wahrheit gewählt.«

»Denk an die Regeln. Ich habe die Frage, die du mir gestellt hast, wahrheitsgemäß beantwortet.« Sie tauchte unter Owens Arm durch und stellte den Stopp-Kippschalter in die Ausgangslage zurück, woraufhin sich der Aufzug ruckelnd in Bewegung setzte. Einen kurzen Moment später hatten sie schon ihr Stockwerk erreicht. Als die Fahrstuhltüren aufglitten, sprang Lucy aus dem Lift.

Owen folgte ihr kopfschüttelnd. »Du weißt genau, dass du meine Frage nicht wirklich beantwortet hast«, rief er ihr nach.

»Ich habe die Spielregeln nicht gemacht und deshalb ...« Sie verstummte und blieb so abrupt stehen, dass Owen in sie hineinstolperte.

»Ah, du kannst es also gar nicht erwarten, mir dein Geheimnis mitzuteilen.« Er lachte, aber dann verstummte er, als er den Mann vor ihrem Hotelzimmer sah.

»Wer zum Teufel ist das?«, fragte er stirnrunzelnd, obwohl er ihn bereits erkannt hatte.

Lucy antwortete nicht. Sie blieb kurz stehen wie ein Reh im Scheinwerferlicht, dann lächelte sie nervös und ging mit energischen Schritten auf den Mann zu.

»Paul.« Sie blieb vor ihm stehen, tätschelte etwas unbeholfen seinen Arm und drehte sich dann zu Owen um. »Darf ich dir Paul McLaren vorstellen?« Sie hob die Schultern. »Was für eine Überraschung«, murmelte sie dann, öffnete die Zimmertür und hielt sie für die beiden Männer auf. »Damit hätte ich nun wirklich nicht gerechnet.«

»Also, Paul, mal ehrlich – was machst du hier?« Lucy hatte sich auf den Sessel in der kleinen Sitzecke gesetzt, die Beine hochgezogen und mit beiden Armen umschlungen.

Notgedrungen hatten Owen und Paul deshalb nebeneinander auf der Couch platznehmen müssen. Paul saß auf der Sofakante und sah sich unbehaglich im Hotelzimmer um. »Ich wollte mit dir sprechen. Persönlich.« Ein leicht aggressiver Unterton schwang in seiner Stimme mit.

»Aber dir ist schon klar, dass wir uns im Moment nicht gemeinsam sehen lassen können, oder?«, fragte Lucy nüchtern nach.

Owen betrachtete die beiden schweigend und versuchte, die Situation einzuschätzen. Wenn er das richtig sah, war Lucy nicht gerade erfreut, Paul zu sehen. Nachdem, was sie eben im Fahrstuhl gesagt hatte, verstand er diese Beziehung weniger denn je. Lucy war mit einem Mann zusammen, den sie nicht liebte? Das machte doch keinen Sinn.

Trotzdem fühlte Owen sich von Pauls Gegenwart eingeschüchtert. Nicht nur, dass dieser Typ Politiker war und sich für mehr Demokratie und Gerechtigkeit einsetzte. Paul war auch so furchtbar ... erwachsen. Er war höchstens ein paar Jahre älter, aber neben Paul fühlte Owen sich wie ein unreifer Teenager. Seine Stoffhose, sein Jackett, seine Haare. Selbst seine Brille. Vor allem aber sein gewinnendes, selbstbewusstes Auftreten, selbst in einer Situation wie dieser.

Paul seufzte. »Ich bin hier, weil ich den Eindruck hatte, dass wir einiges zu klären haben.«

»Ich wüsste nicht, was wir zu klären hätten«, gab Lucy freundlich zurück. »Ich verstehe, dass du diese ganze Aktion nicht nachvollziehen kannst und deshalb sauer auf mich bist. Das kann ich nicht ändern.«

Ach, er war sauer auf sie? Owen musste sich sehr beherrschen, um nicht zufrieden zu grinsen.

»Ich bin nicht sauer.« Paul beugte sich ein wenig vor. »Im Gegenteil. Ich bin hergekommen, weil ich mich bei dir entschuldigen möchte. Ich habe viel zu wenig Verständnis für deine Situation gezeigt.«

»Nein, das stimmt doch gar nicht.« Sie schüttelte den Kopf und warf Owen einen kurzen Seitenblick zu. »Ich kann dich verstehen, ehrlich. Es ging alles so schnell und wir hatten ja auch gar keine Zeit, darüber zu reden.«

Paul sah zu Owen hinüber. »Können wir das vielleicht auch unter vier Augen besprechen?«

»Paul, wir haben hier einen engen Zeitplan«, erwiderte sie ausweichend.

»Ich habe ein Zimmer hier im Hotel.« Pauls Stimme klang schmeichelnd. »Es ist im gleichen Gang.«

»Paul ...« Statt weiterzureden sah Lucy ihn einfach an.

»Okay, gut. Dann sage ich jetzt, was ich zu sagen habe.« Paul holte tief Luft. »Lucy, ich weiß, dass ich ein lausiger Partner war im letzten Jahr. Ich hatte vergessen, dass man an jeder guten Beziehung arbeiten muss. Ich habe mich viel zu sehr auf meine Kampagne konzentriert.«

»Aber das war doch auch gut so«, warf sie ein.

»Nein, war es nicht. Ich bin hier, um dir zu sagen, dass ich jetzt bereit bin für eine richtige, offizielle Beziehung. Dass ich dich liebe und brauche und mir ein Leben ohne dich nicht vorstellen kann.« Er stieß die Luft aus. »Es tut mir leid, dass ich so lange gebraucht habe, um das zu erkennen.«

Lucys Miene wurde weicher. »Ach, Paul«, meinte sie kopfschüttelnd.

Owen fühlte sich auf einmal erschöpft. Ausgelaugt. Mutlos und ohne jede Kraft. So war das, wenn zwei Leute eine richtige Beziehung miteinander führten. So war das Leben in der wirklichen Welt, von der Lucy immer sprach. Er hatte sich im Fahrstuhl zum absoluten Narren gemacht. Hatte er wirklich gedacht, Lucy würde in seine Arme sinken, ihr ganzes Leben über den Haufen werfen und bei ihm bleiben? Oder hatte er überhaupt nichts gedacht, sondern auf Autopilot geschaltet, wie immer, wenn er eine schöne Frau ins Bett bekommen wollte? Katie hatte mit ihren Warnungen so recht gehabt. Er war offenbar wirklich nicht in der Lage, eine Beziehung von oberhalb seiner Gürtellinie aus zu bestimmen.

Lucy gehörte zu Paul, und er würde nicht der sein, der ihr Leben ruinierte. Noch hatte er nichts Falsches getan. Noch war zwischen ihnen nichts passiert.

»Lucy, du kannst ruhig mit deinem Freund in sein Zimmer gehen«, erklärte Owen jetzt mit ruhiger Stimme. »Die Leute hier im Hotel sind wirklich gut in Security-Dingen. Ich halte es für nahezu ausgeschlossen, dass sich irgendwelche Reporter oder Fotografen rumtreiben.« Owen nickte ihr zu. »Danke, dass du die Sache hier so ernst nimmst, das ist wirklich ...«, er suchte nach einem Wort, »... professionell von dir.«

Ihre Augen verengten sich. »Professionell?«, äffte sie ihn nach. »*Professionell?*« Sie sprang von ihrem Sessel auf. »Komm, Paul. Ich bin hier offensichtlich nicht mehr erwünscht.«

Owen verdrehte die Augen. »Was soll denn das jetzt heißen?«

»Keine Ahnung.« Sie sah ihn an. »Wahrheit oder Pflicht?«

Owen runzelte die Stirn. »Wie bitte?«

»Wahrheit oder Pflicht«, wiederholte sie, ungeachtet der Tatsache, dass Paul schon zur Tür gegangen war und mit verständnislosem Ausdruck auf sie wartete.

»Wahrheit«, gab er zurück.

Sie öffnete den Mund, aber Owen war schneller. »Nein, Pflicht.« Er schluckte. »Lieber Pflicht.«

Sie schüttelte den Kopf, folgte Paul zur Tür und drehte sich dort noch einmal um. »Schreib deinen blöden Song, Feigling.«

Dann waren die beiden verschwunden.

Owen ließ sich wieder auf die Couch fallen und starrte zur Tür, durch die die beiden gerade gegangen waren.

Was hatte Lucy denn von ihm hören wollen? *Geh nicht, bleib bei mir?* Und wenn er es gesagt hätte, was dann? Er wusste, dass sie das Leben, das er führte, verabscheute. Warum sollte sie ihren perfekten Freund gegen ein Wrack wie ihn eintauschen, gebeutelt von Selbstzweifeln und unzufrieden mit den Entscheidungen, die er in seinem Leben getroffen hatte?

Nein, es war richtig gewesen, sie wegzuschicken – selbst wenn sie jetzt sauer auf ihn war. Katie hatte gesagt, er solle sie beschützen. Jetzt musste er sie eben vor sich selbst beschützen. Es war offensichtlich, dass er ihr nicht gleichgültig war. Sie versuchte, ihm zu helfen. Versuchte, seine berufliche Krise zu kitten. Es wäre wirklich kein angemessenes Dankeschön, wenn er jetzt ihr Leben ruinierte.

Er dachte an den Moment unten im Hotelrestaurant. Sie hatte ihm geraten, einfach nur er selbst zu sein. War es wirklich so leicht, wie Lucy es darstellte? Konnte er einfach aufhören, die Kunstfigur Owen Curtis zu sein? Einfach darauf pfeifen, was die anderen Menschen über ihn dachten und aufhören, sich zu verstecken? Das nächste Jahr durchziehen, sein Bestes geben und dann einen Schnitt machen, neu anfangen?

Vielleicht war das möglich. Nur, dass es ihm eben *nicht* egal war, was alle Welt über ihn dachte. Und dass es ihm vor allem nicht egal war, was Lucy über ihn dachte. Und was sie gerade tat und mit wem. Die Vorstellung, dass sie nur ein paar Zimmertüren weiter in den Armen eines anderen lag, brachte ihn fast um den Verstand.

Er sprang auf und holte seine Gitarre, spielte ein paar wütende und traurige Akkorde, zupfte hier und da eine Saite, wollte das Instrument am liebsten an die Wand werfen. Bis sich eine Melodie in seinem Kopf festsetzte, immer deutlicher, so deutlich, dass er sie fast summen konnte. Und dazu immer die gleiche Textzeile. *Stay with me. Stay with me. Stay with me.* Er fragte sich kurz, ob der Vampirfilm-Ohrwurm bei ihm ganze Arbeit geleistet hatte, aber selbst wenn – war er wirklich in der Position, sich über andere Künstler lustig zu machen? Er war doch ohnehin nie der coole Rockstar gewesen, der sein Image aufrechterhalten musste. Wenn er wirklich eine Witzfigur war – dann war das doch etwas sehr Befreiendes, oder? Es war eigentlich fast unmöglich, sich noch mehr zu blamieren.

Owen vergaß die Zeit, den Ort und den vollen Terminplan des nächsten Tages. Er vergaß alles um sich herum, nur nicht Lucys Gesicht. Nach ein paar Minuten stand er auf, um sich einen Zettel zu holen. Die Worte kamen wie von selbst und die Melodie strömte aus ihm heraus, als hätte sie nur darauf gewartet, dass er endlich einen Kanal für sie öffnete.

Owen hielt kurz inne und sah auf den fertigen Text.

Er hatte gerade einen Song geschrieben.

Den ersten seit Jahren.

Er hatte sich noch nie im Leben so seltsam gefühlt: traurig, eifersüchtig, einsam, stolz, aufgeregt und … komplett verwirrt.

FÜNFZEHN

Ich kochte innerlich vor Wut, aber das konnte ich mir vor Paul natürlich nicht anmerken lassen. Aber ich konnte mich auch nicht einfach ruhig hinsetzen und hier auf ach-so-glücklich machen. Ich tigerte also in seinem – deutlich kleineren – Zimmerchen hin und her, während Paul eine Flasche Wein öffnete und mich aufmerksam beobachtete.

»Okay, Lucy. Was ist hier los?«, fragte er schließlich und klopfte dann auf das Polster neben sich.

Ich blieb stehen und verschränkte die Arme. »Was bin ich, dein Hund? Soll ich schön Platz machen, oder was soll diese Geste?«

Er zuckte sichtbar zusammen. »So kenne ich dich ja gar nicht.«

Er hatte recht. So kannte ich mich auch nicht. Ich hatte bislang immer zu allem Ja und Amen gesagt, was Paul vorschlug. Weil ich so dankbar dafür war, dass er es überhaupt mit mir aushielt. Es hatte mir nichts

181

ausgemacht, wenn er keine Zeit für mich hatte. Im Gegenteil, es war mir sogar ganz recht gewesen. Paul hatte meine langen Single-Jahre beendet und mir das Gefühl gegeben, nicht ganz so anders zu sein als alle anderen.

Aber das alles hatte genau deshalb so gut funktioniert, weil ich nie diese überschäumenden Gefühle für Paul gehabt hatte. Wir passten zueinander, wir hatten einen ähnlichen Lebensrhythmus, die gleichen Ziele und ich hatte keine lästigen Gefühlsausbrüche, die meine Arbeit beeinträchtigten. Auch jetzt hatte es herzlich wenig mit Paul und seinem Überraschungsbesuch zu tun, wie ich mich fühlte. Dafür aber umso mehr mit Owen.

War es denn wirklich nötig gewesen, dass Mister Rockstar mich aus unserem gemeinsamen Zimmer warf? Er hatte es ja gar nicht abwarten können, mich loszuwerden! Ich war so eine dumme Kuh. Er war ein Profi. Natürlich hatte er mir unten am Klavier schmachtende Blicke zugeworfen. Das war doch unsere Abmachung, oder? Wir spielten für drei Tage das glückliche Pärchen, um von diesem kaputten One-Night-Stand abzulenken, und dann gingen wir wieder auseinander, als wäre nichts gewesen. Und ich? Ich schmachtete ihn an, als wäre ich wieder fünfzehn und er der coole, unerreichbare Owen, dem ich nicht das Wasser reichen konnte.

Blödes Brückenexperiment.

Offenbar klappte es auch, wenn man über den Versuchsapparat Bescheid wusste.

»Gut, dann komme ich eben zu dir.« Paul erhob sich mit einem schiefen Lächeln und kam auf mich zu. »Ich habe ehrlich gedacht, ich würde dir eine Freude mit diesem Besuch machen. Ich dachte ...«, er fuhr sich durch

182

seine perfekt sitzenden Haare, »... ich dachte, du wartest auf so etwas wie eine ... große Geste von mir.«

Ich runzelte die Stirn. »Habe ich den Eindruck vermittelt, dass ich mit unserer Beziehung unzufrieden wäre?« Ich seufzte, nahm ihn beim Arm und führte ihn zum Sofa zurück. Wir setzten uns nebeneinander, aber ich achtete darauf, dass wir Abstand hielten. »Es tut mir leid. Ich bin gerade etwas aufgewühlt. Wir haben heute ein Fotoshooting für eine Zeitschrift gemacht.«

»Wirklich?« Er sah mich erstaunt an. »Was denn für eine Zeitschrift?«

»Es war für den Rolling Stone. Für das Cover der nächsten Ausgabe«, erklärte ich. »Owen ist ja ziemlich berühmt.«

»Ja, weil er ein Trottel ist, der alles tut, was man ihm sagt.«

»Nein.« Ich schüttelte den Kopf. »Das stimmt nicht.«

Pauls Blick wurde misstrauisch. »Sag mal, was genau ist das zwischen euch?«

»Owen ist ein alter Freund. Unsere Mütter sind Freundinnen, meine Freundin Katie ist seine Schwester. Das weißt du doch alles.«

Er beugte sich unvermittelt vor und küsste mich heftig auf die Lippen. »Verdammt.« Er grinste. »Ich hatte keine Ahnung, dass ich so eifersüchtig werden kann. Das ist eine Seite an mir, die ich gar nicht kenne.« Er wollte mich in seine Arme ziehen, aber ich schob ihn von mir weg.

»Paul.« Ich schüttelte den Kopf. »Ich bin gerade echt nicht in Stimmung.«

Er stieß die Luft aus. »Ich bin gerade von Boston nach New York geflogen, um dich für einen Abend zu sehen.«

Ich rutschte noch ein Stück weiter weg. »Du weißt doch, dass ich keine Überraschungen mag.«

Er hob die Schultern. »Ich weiß jetzt ehrlich gesagt nicht, was ich machen soll.«

»Pass auf, Paul.« Ich schluckte. »Es ist spät. Lass uns einfach schlafen gehen, okay? Wenn ich wieder in Boston bin, dann reden wir darüber, wie es mit uns weitergehen soll.«

»Ich hatte immer gedacht, du willst diese Beziehung.« Paul griff nach meiner Hand und drückte sie. »Ich dachte, du weißt, was du willst.«

»Das dachte ich auch.« Ich hob die Schultern. »Vielleicht ist das nur einfach ein ungünstiger Zeitpunkt für mich.«

Seine Augenbrauen schoben sich zusammen. »Sag mal, machst du etwa gerade Schluss mit mir?«

Ich sah ihn an, dann schüttelte ich langsam den Kopf. »Ich weiß es nicht«, flüsterte ich. Ich wusste nur, dass ich im Moment nur an einen Mann denken konnte, und der saß gerade nicht neben mir auf dieser Couch. Ich stand auf, zog meine Stiefel aus und kletterte ins Bett – mit Strumpfhose, Rock und Pulli. »Ich bin todmüde.« Ich zog mir die Decke bis zu den Schultern und schloss die Augen.

Paul ging um das Bett herum und legte sich auf die andere Seite. Als ich die Augen wieder öffnete, lag er auf dem Rücken und starrte an die Decke. »Weißt du, Lucy,« er drehte den Kopf zu mir, »ich bin nicht der Einzige, der nie Zeit hatte, das ist dir klar, oder? Ich bin nicht der Einzige hier, der Workaholic-Tendenzen hat.«

Ich schloss die Augen wieder. »Ich weiß«, gab ich zurück.

Ich überlegte, wie es wäre, wenn ich jetzt einfach zu ihm herüberrücken würde. Ich würde meinen Kopf an seine Brust legen und mit der Hand sein Shirt hochschieben. Er würde erst einen dummen Spruch machen, sich dann aber doch ziemlich schnell auf meinen Stimmungsumschwung einlassen. Wir würden miteinander schlafen und ich hätte endlich meine Ruhe. Ich würde wieder wissen, wo ich hingehörte.

Nur, dass es nicht mehr stimmte. Ich gehörte nicht mehr zu Paul. Vermutlich hatte ich noch nie zu ihm gehört.

Es fühlte sich schon falsch an, neben ihm im Bett zu liegen.

Fast so, als würde ich damit jemanden ... betrügen. Jemanden, der vermutlich ein paar Zimmer weiter längst tief und fest schlief und keinen Gedanken an mich verschwendete.

»Kann ich dich etwas fragen?« Paul klang nicht mehr wütend, sondern eher resigniert.

»Klar.«

»Hatte ich überhaupt je eine wirkliche Chance bei dir?«, fragte er leise.

Ich stutzte. Das war eine merkwürdige Frage. »Wie meinst du das?«

»Ich habe das Gefühl, dass ich einen Teil von dir nie erreichen konnte.« Er hob seine Hand und strich mir sanft über die Wange. »Du hast dich nie über mich aufgeregt und hast mir nie eine Szene gemacht.«

»Ach, komm.« Ich stieß ärgerlich die Luft aus. »Wut ist doch kein Zeichen von Liebe.«

Er ließ seine Hand wieder sinken. »Owen hat vorhin irgendetwas gesagt, das dich geärgert hat, und du bist fast ausgeflippt. Willst du das abstreiten?«

»Nein. Ich habe mich über Owen geärgert. Was bitte schön beweist das?«

»Keine Ahnung.« Er schob sich wieder auf seine Seite des Bettes, drehte sich auf den Rücken und schloss die Augen. »Ich denke, es bedeutet, dass er dir wichtig ist.«

Ich wollte etwas sagen. Ihm erklären, dass er die Situation falsch verstanden hatte. Aber ... ich konnte nicht. Stattdessen drehte ich ihm den Rücken zu.

»Gute Nacht, Paul«, murmelte ich.

Als ich am nächsten Morgen aufwachte, war er weg. Kein Gruß, kein Zettel.

Ich war in meinem Leben selten so erleichtert gewesen.

***

»Würdest du bitte mal die Hand von meinem Hintern nehmen?«, zischte ich Owen zu, als wir den Backstage-Bereich betraten, in dem heute Nachmittag das *Meet & Greet* mit ausgewählten Fans und ein paar Leuten von der Presse vor dem ersten Konzert der Tour stattfinden sollte.

Owen schnaubte. »Spinnst du? Meine Hand liegt an deiner *Hüfte*, du hättest vielleicht an der Uni auch einen Anatomie-für-Anfänger-Kurs besuchen sollen. Aber es ist mir trotzdem eine Freude, sie von da wegzunehmen.« Er zog die Hand mit einem Ruck weg. »Besser?«

»Viel besser«, gab ich hitzig zurück.

Seit ich heute Morgen in unser Hotelzimmer zurückgekehrt war, gingen wir aufeinander los wie gereizte Stiere. Beim Frühstück hatte Owen mir die ganze Zeit irgendwelche blöden Sprüche um die Ohren gehauen, bis ich ihm klipp und klar gesagt hatte, dass ich sofort weg wäre, wenn er noch einen einzigen Kommentar zum Thema Paul abgeben würde. Daran hatte er sich gehalten. Jetzt herrschte zwischen uns ... Eiszeit.

»Weißt du, was mich echt nervt?« Ich sah ihn an, meine Stimme immer noch ein Flüstern. »Dass du so tust, als hättest du Grund dazu, auf *mich* wütend zu sein. Das ist doch echt eine Frechheit. *Du* schmeißt mich aus deinem Zimmer, nein, aus *unserem* Zimmer, und dann erwartest du auch noch, dass ich mich dafür entschuldige. Du tickst doch nicht ganz richtig.«

»Ich erwarte überhaupt nicht, dass du dich entschuldigst.« Er schnaubte. »Ich erwarte nur, dass du dich an deinen Teil der Abmachung hältst, wenn wir das hier gemeinsam durchziehen wollen.«

Ich stemmte die Hände in die Hüften. »Sag mal, geht's noch?« Meine Stimme war jetzt so laut, dass sich die Leute nach uns umdrehten. Schnell senkte ich sie wieder. »Okay, das ist mir jetzt echt zu blöd«, wisperte ich.

»Sehr erwachsen für einen PR-Profi.«

Ich warf die Hände in die Höhe. »Owen, worüber zum Teufel streiten wir hier eigentlich?«

»Ich ...« Er verstummte, als er sah, dass ein Kameramann und eine aufgetakelte Fernsehreporterin von irgendeiner Klatschsendung direkt auf uns zukamen. Owen sah mich an. »Also, machst du mit oder nicht?«

»Natürlich.« Ich verdrehte die Augen. »Das weißt du ganz genau.«

Die beiden erreichten uns und bauten sich direkt vor uns auf.

»Owen.« Die Frau nickte ihm zu, und es sah so aus, als würde sie gleich anfangen zu sabbern. Bah, was war das nur mit diesen Tussis und ihrer mangelnden Selbstbeherrschung? »Lass uns an deinem Glück teilhaben. Wir haben ja schon alle einiges über euch Turteltäubchen gelesen. Aber jetzt wollen wir es von dir noch mal direkt hören: Wie ist es, mit einer so intelligenten Frau zusammen zu sein?«

Owen warf mir einen Seitenblick zu, dann seufzte er und lächelte in die Kamera. »Nun, um ganz ehrlich zu sein, es ist gar nicht so einfach.« Er hob die Schultern. »Es ist ein wenig einschüchternd, mit jemandem seine Zeit zu verbringen, der sich auf die wirklich wichtigen Dinge im Leben konzentriert. Da kann man sich schon mal ein wenig oberflächlich vorkommen, wenn du weißt, was ich meine.«

Die Frau nickte und verzog das Gesicht. »Ja, ganz genau.« Sie seufzte theatralisch, während ihr Fuß ungeduldig auf dem Boden wippte. Das war definitiv nicht der Satz, den sie hatte hören wollen. Man konnte ihr ansehen, dass sie Owen am liebsten ein Kärtchen in die Hand gedrückt hätte, auf dem der Satz stand, den sie aufnehmen wollte.

»Okay, was liebst du denn besonders an deiner neuen Freundin?«

Owen sah mich wieder kurz von der Seite an. »Sie ist keine Frau, die Spielchen spielt. Sie würde mich nie betrügen.«

Ich holte tief Luft, stieß sie dann wieder aus. »Ja, das kann ich nur zurückgeben.« Ich funkelte ihn wütend an. »Bei Owen weiß man immer ganz genau, woran man ist.«

Die Reporterin sah uns etwas gereizt an. »Leute, ehrlich. Könnt ihr mir hier vielleicht mal was liefern, womit ich arbeiten kann? Owen, wir sind alle Profis. Würde es dich umbringen, wenn du dich auch so benimmst?«

»Tja, was soll ich sagen?« Er sah wieder mich an. »So ist das nun mal mit der wahren Liebe.«

Die Reporterin stöhnte auf. »Okay, dann gebt euch wenigstens einen Kuss, ja? Dann sind wir hier auch fertig.«

Owen sah mich an. »Lieber nicht.«

Ich schnaubte leise. Was war denn plötzlich in ihn gefahren? Ich riskierte hier alles, um ihm zu helfen, und er konnte sich nicht mal an die einfachsten Spielregeln halten?

Owen wandte sich wieder an die Reporterin. »Tut mir leid, aber ich kann die zuckersüße Lovestory heute leider nicht liefern.« Er holte tief Luft. »Mir ist klar geworden, dass es an der Zeit ist, einfach nur ich selbst zu sein. Deshalb muss ich leider sagen, dass die Beziehung mit Lucy Stevenson nicht mehr besteht.«

Ich schnappte nach Luft und stieß ihn unauffällig in die Seite. »Was wird das?«, raunte ich ihm zu.

»Ich höre auf deinen Rat«, gab er ebenso leise zurück. Dann sah er direkt in die Kamera. »Mir ist klar geworden, dass ich mich in den letzten Monaten nicht sehr kooperativ verhalten habe und vergessen habe, dass ich die große Chance nutzen will, als Musiker auf der Bühne zu stehen.« Er räusperte sich. »Ich würde mich auch gerne zu der Sache mit Cherry Bishop äußern.«

Mir klappte buchstäblich der Unterkiefer nach unten. Was zum Teufel ging hier vor? Warum hatte dieser

Idiot nichts davon mit mir abgesprochen? Ich versuchte, Owens Aufmerksamkeit auf mich zu ziehen. Ja, es stimmte. Ich hatte ihm geraten, einfach offen und ehrlich an die Sache heranzugehen. Aber doch nicht so – und vor allem nicht ohne Absprache mit seiner Band oder Jeff.

»Owen?« Ich zupfte an seinem Ärmel. »Können wir uns kurz unterhalten?«

Er sah mich an, dann schüttelte er den Kopf. »Ich muss das hier jetzt zu Ende bringen, Lucy.«

Die Reporterin witterte eindeutig eine Exklusivstory. War ihre Haltung eben noch desinteressiert und leicht genervt gewesen, war jetzt ihr ganzer Körper gespannt. »Also, *Cherry*«, begann sie und leckte sich über die Lippen, als wäre Owen ihr Dessert. »Was genau ist da vorgefallen?«

Owen schluckte, dann hob er energisch das Kinn. »Ich möchte nicht schlecht über andere Menschen reden und ich möchte kein böses Blut verbreiten. Fakt ist, dass ich mit Cherry Bishop eine Nacht verbracht habe, die allerdings nicht von großer Bedeutung war. Ich wusste zu diesem Zeitpunkt weder, dass Cherry für eine Escort-Agentur arbeitet, noch dass sie dort ein etwas ausgefalleneres … Spektrum anbietet.« Er holte tief Luft. »Es ist mir wichtig, hier in aller Deutlichkeit zu sagen, dass ich noch nie als Kunde die Dienste irgendeiner Frau aus diesem Gewerbe in Anspruch genommen habe. Ich möchte, dass jeder weiß, dass diese Nacht mit Cherry einfach nur eine Dummheit war, ich aber weder mit ihr noch mit ihrer Agentur irgendetwas zu tun habe. Gerade meinen weiblichen Fans möchte ich versichern, dass es mir leidtut, dass ich mit dieser Geschichte den Eindruck erweckt haben könnte, dass ich Frauen nicht im vollen Maß respektieren würde.«

Er drehte sich zu mir und sah mir in die Augen. »Genauso respektiere ich die Tatsache, dass Lucy ein anderes Leben lebt als ich und dass eine Beziehung mit mir zu einer Belastungsprobe geworden ist, die sie nicht aushalten sollte.« Er legte eine Hand auf sein Herz, und ich fragte mich, ob er nicht ein bisschen zu dick auftrug. Aber selbst ich konnte nicht sagen, ob er es ernst meinte oder nur spielte. »Durch die Liebe und den Respekt meiner Fans ist mir klar geworden, wie undankbar ich in der letzten Zeit gewesen bin. Ich habe mich nur auf das Negative in meinem Leben konzentriert, und damit ist jetzt Schluss.« Er wandte sich zu mir um. »Das verdanke ich Lucy.«

»Wow, eine süße Liebeserklärung.« Die Reporterin strahlte. »Wieso sagst du denn, dass eure Beziehung beendet ist?«

»Weil Lucy leider einen anderen liebt.« Er hob die Schultern und lächelte schief. »Aber wie heißt es so schön? Es gibt immer zwei Seiten einer Medaille. Jetzt kann ich mich voll und ganz auf die Musik und unsere Tour konzentrieren. Ein aufregendes Jahr voller neuer Herausforderungen liegt vor mir und ich freue mich darauf, wieder auf die Bühne zu gehen.«

»Ein tolles Statement.« Die Reporterin wühlte schon in ihrer Tasche nach ihrem Telefon. »Das hast du bis jetzt nur uns gesagt, oder? Dass es mit Lucy wieder aus ist und die Sache mit Cherry Bishop?«

Owen nickte. »Ja, so ist es.«

Sie griff nach seinem Ärmel. »Bitte, gib uns eine Stunde Vorsprung, ja? Gib eine Stunde lang keine weiteren Interviews und lass uns den Aufmacher.« Sie nickte ihm verschwörerisch zu. »Dann hast du was bei mir gut.«

Owen nickte. »Okay.«

Wir sahen zu, wie die Reporterin mit ihrem Kameramann hektisch den Raum verließ, während sie aufgeregt in ihr Handy sprach.

Ich musterte Owen. »Sie hätten dir in dem Film mehr Text geben sollen«, meinte ich lapidar. »Du bist der geborene Schauspieler. Der König der Heuchler. Wenn ich dich heute Morgen nicht in so angefressener Stimmung erlebt hätte, dann hätte selbst ich dir jedes Wort abgekauft.«

Er seufzte. »Ach, ich weiß im Moment selbst nicht mehr, was ich wirklich denke und was nicht. Aber ich kann dir nur sagen, dass deine Predigt gestern beim Essen auf fruchtbaren Boden gefallen ist. Ich werde mir nicht mehr selbst im Weg stehen. Ich werde mein Bestes geben, um meinen Vertrag zu erfüllen.«

Jeff, der gerade auf uns zugestürmt kam, hörte den letzten Satz und stieß genervt die Luft aus. »Junge, was hatten wir über Alleingänge gesagt? Ich habe gerade mitbekommen, dass du mal eben so die Trennung von deiner angeblichen Freundin bekanntgegeben hast. Sag mal, hat man dich als Kind zu heiß gebadet oder was um Gottes willen läuft bei dir schief?«

Auch dieses Mal flippte Owen nicht aus, sondern atmete einmal tief durch und lächelte dann entschuldigend. »Es tut mir leid, dass ich das vorher nicht abgesprochen habe. Aber gestern Abend ist Lucys Freund im Hotel aufgetaucht. Ich dachte, bevor die ganze Fake-Beziehung auffliegt, sollte ich die Dinge wieder geradebiegen.«

Jeff verschränkte die Arme. »Und was kommt als Nächstes?«

Owen hob abwehrend die Hände. »Nichts.« Er schüttelte den Kopf. »Ich habe meine Lektion gelernt, wirklich. Ab jetzt spiele ich nach deinen Regeln.« Er streckte Jeff die Hand entgegen. »Ich möchte mich bei dir entschuldigen. Du hattest recht. Ich habe absolut kindisch auf die Anschuldigungen von Cherry reagiert. Ich war unvorsichtig und ich habe damit das Image der Band beschädigt. Nimmst du meine Entschuldigung an?«

Jeff ließ die Arme sinken, griff dann verwirrt nach Owens Hand. »Sicher«, meinte er dann. »Okay.«

Ich fühlte mich auf einmal mehr als überflüssig hier. Meine Mission war offensichtlich beendet. Ja, ich gebe es zu. Ich hätte ehrlich gesagt nichts dagegen gehabt, noch ein einziges Mal das glückliche Pärchen zu spielen. Aber offensichtlich war das nicht mehr nötig.

»Wenn du möchtest, gebe ich noch weitere Interviews zu der Cherry-Sache«, bot Owen an. »Das entscheidest du. Ich hoffe, damit ist eine Klage wegen Vertragsbruchs vom Tisch.«

»Ich denke, das ist sie«, stimmte Jeff immer noch verwirrt zu.

»Könntest du für heute Nachmittag einen Flug für Lucy nach Boston buchen?«, erkundigte Owen sich dann. »Ich denke, unter den gegebenen Umständen ist es nicht sinnvoll, dass sie mich heute Abend zu dem Konzert begleitet.«

Ich versuchte, mir nichts anmerken zu lassen, aber es war gar nicht so einfach, sich in diesem Moment nicht zurückgewiesen zu fühlen. Da hatte ich gedacht, wir hätten uns am Morgen in den Haaren gelegen, weil Owen ein Gefühl von ... Eifersucht wegen der Sache mit Paul empfunden hatte. Aber das Gegenteil war der Fall. Er hatte nur nach einem Weg gesucht, die für ihn so unangenehme Situation mit mir so schnell wie möglich zu beenden.

Aber das war gut, alles war gut. Damit hatte ich meine Aufgabe erfüllt. Owen war wieder zur Vernunft gekommen, hatte sich mit Jeff ausgesöhnt und war sogar bereit, sein letztes Jahr bei den *Boston Heights* mit einer besseren Einstellung anzugehen. Das alles zählte ich mir in Windeseile auf – aber es half nichts. Übrig blieb das Gefühl, dass Owen mich so schnell wie möglich loswerden wollte, während ich ...

Ja, was eigentlich? Was wollte ich?

In meinem tiefsten Inneren regte sich eine kleine Stimme, die mir sagen wollte, was ich wirklich wollte. Aber ich würde ihr nicht zuhören. Ich kannte diese kleine Stimme. Es war genau die Stimme, die mir damals vor dem Unfall geraten hatte, mich extra hübsch zu machen, weil an jenem Tag vor vielen Jahren ein Klassenfoto geschossen werden sollte. *Ein Klassenfoto!* Fünf Minuten waren wir später dran gewesen als sonst. Fünf Minuten, die unser Leben für immer verändert hatten. Wären wir wie immer pünktlich in die Schule gefahren, wäre meine Mom nicht genau zu diesem Zeitpunkt die Leicester Avenue heruntergefahren, in dem der Lkw-Fahrer auf sein Handy geschaut hatte und auf ihre Spur gefahren war ...

Ich fühlte die alte Panik in mir aufsteigen und verbot mir, weiter darüber nachzudenken. Owen wollte mich nicht mehr hier haben? Wunderbar. Vielleicht würde er schon heute Abend mit dieser doofen Reporterin ins Bett steigen und sich zeigen lassen, was er bei ihr *gut hatte*. Vermutlich konnte er es gar nicht abwarten, endlich wieder irgendeine Frau flachzulegen. Eine, die ihn nicht mit ihrem Geschwätz über die globalen Probleme nervte und in Wollsocken und Thermounterwäsche herumlief statt in heißen Dessous.

»Es wäre sehr gut, wenn ich heute Nachmittag schon fliegen könnte«, stimmte ich zu und versuchte, meiner Stimme einen euphorischen Klang zu geben. »Das wäre wirklich fantastisch!«

Höchste Zeit, auf die Steinbrücke zurückzukehren.

Hängebrücken waren einfach nicht mein Ding.

SECHZEHN

Owen

Der Wagen des Musiklabels schob sich im dichten Nachmittagsverkehr durch die Straßen von New York.

Lucy warf Owen einen kurzen Seitenblick zu. »Du hättest mich doch wirklich nicht mit zum Flughafen begleiten müssen.« Sie schüttelte den Kopf, zog ihre Brille aus ihrem Etui und putzte sie umständlich. »Das ist euer erstes Konzert. Du solltest mit den Jungs im Backstage-Bereich sitzen und alles noch mal durchgehen oder was ihr sonst auch immer vor Konzerten macht.«

Owen sah an ihr vorbei aus dem Fenster des Wagens. Im Schneckentempo zogen die Häuserblocks an ihnen vorbei. Lucy hatte recht. Es war wirklich riskant, so kurz vor Konzertbeginn noch in der Gegend herumzugondeln. Aber gemäß seiner neuen Friedenspolitik hatte Owen Jeff ausdrücklich gefragt, ob etwas dagegenspräche, dass er Lucy noch zum Flughafen begleitete. Jeff hatte ihn merkwürdig angesehen, dann aber zugestimmt.

»Ach, man denkt immer, wir würden uns vor einem Aufritt wer weiß wie vorbereiten«, gab Owen zurück. »In Wirklichkeit sitzen wir einfach da, daddeln auf unseren Handys oder spielen Karten. Es ist ziemlich unspektakulär.«

»Na, dann.« Sie setzte ihre Brille auf und sah ebenfalls aus dem Autofenster.

Es hatte wieder angefangen zu schneien, diesmal noch heftiger, und die ersten Flocken bedeckten Bürgersteige und parkende Autos. Die Weihnachtsdekoration leuchtete an den Straßenecken in bunten, blinkenden Farben, und erst jetzt wurde Owen richtig bewusst, dass das Jahr bald zu Ende gehen und er in einer knappen Woche schon in Europa sein würde.

»Nur noch drei Tage bis Weihnachten«, brummte er, während er in den Schnee hinausstarrte. »Kannst du das glauben?«

»Nein, nicht wirklich.« Sie seufzte. »Ich habe noch kein einziges Geschenk.« Sie wandte sich zu Owen. »Bist du Weihnachten bei deiner Mutter?«, fragte sie in unverbindlichem Ton.

Owen nickte. »Ja, wir spielen Samstag noch ein Konzert in Washington, D.C. Dann haben wir am ersten Weihnachtsfeiertag frei und dann fliegen wir nach Paris.«

»Cool.« Sie nickte.

Owen räusperte sich und warf dem Fahrer einen nervösen Blick zu. »Weißt du, ich wollte dich unbedingt noch allein sprechen, bevor du fliegst«, erklärte er dann leise.

»Wieso?« Lucy war schon die ganze Zeit so furchtbar reserviert. »Wir haben doch alles miteinander besprochen, oder?«

Owen hätte sie am liebsten geschüttelt. Seit ihrer offiziellen »Trennung« vor der Reporterin hatte sie ihn kaum noch angesehen. »Bist du sauer auf mich?«, fragte er leise.

Sie hob die Schultern, ohne ihn direkt anzusehen. »Wieso sollte ich sauer auf dich sein?«

»Lucy.« Er klang so genervt, dass ihr Name fast wie ein Stöhnen klang. »Rede doch mit mir.«

»Nein, Owen. *Du* wolltest mit mir reden. Also – bitte.«

Er schluckte. »Also ...« Er verstummte wieder, warf dann wieder einen Blick auf den Fahrer, der sich auf den Verkehr konzentrierte. Er hatte mal von den Jungs in der Band gehört, dass es eine Verschwiegenheitsklausel für Mitarbeiter wie Fahrer und Caterer gab. Er hatte aber keine Ahnung, ob das wirklich stimmte. »Ich wollte mich bei dir bedanken, dass du mich nach New York begleitet hast.«

Ein merkwürdiger Ausdruck huschte über Lucys Gesicht. Enttäuschung? Unbehagen? Verwunderung? Dann lächelte sie. »Ach, es war ganz interessant, denke ich.« Sie hob die Schultern. »Nur schade, dass wir so wenig Zeit hatten. Ich wäre gerne noch zum Rockefeller Center auf die Schlittschuhbahn gegangen. Man hört ja immer so viel davon.«

Er sah wieder an ihr vorbei, aus dem Fenster. Dann sah er sie direkt an, und er spürte, wie sein Herz schneller schlug. »Vielleicht könnten wir ja in Boston mal zusammen Schlittschuhlaufen gehen?«

Sie runzelte die Stirn. »Wieso?«

Er schüttelte unmerklich den Kopf. »Schon gut, war eine dumme Idee.«

Sie hatten das Flughafengelände erreicht und der Fahrer fädelte sich auf der Spur für die Haltezone vor dem Terminal ein. Lucy öffnete ihre Handtasche, checkte kurz, ob sie Smartphone, Geldbörse und Schlüssel dabeihatte.

Er lächelte. »Und, alles dabei?«

Sie nickte. »Ja, alles dabei.«

Der Wagen hielt, Lucy griff nach ihrer Tasche und wollte sich verabschieden, aber Owen sprang schon aus dem Wagen. »Ich bin in fünf Minuten wieder da«, informierte er den Fahrer, der die Information mit einem gleichmütigen Nicken quittierte, den Motor aber laufen ließ.

Lucy stieg aus und sah Owen an, der schon ihre Reisetasche aus dem Kofferraum geholt hatte. »Du musst mich nicht mehr reinbringen.«

Er nickte. »Ich weiß.« Dann machte er sich auf den Weg zum Eingang.

Schweigend suchten sie nach dem richtigen Zugang. Vor der Sicherheitskontrolle hatte sich eine lange Schlange gebildet.

»Ich sollte mich lieber anstellen.« Lucy lachte nervös.

»Okay.« Er ließ die Tasche zu Boden sinken und sah sie an. »Ich weiß, dass ich mich in den letzten Tagen seltsam benommen habe«, begann er dann stockend. »Ich möchte nur, dass du weißt, wie viel es mir bedeutet, dass du das für mich getan hast.«

»Ach, komm, Owen. Du bist doch fast so etwas wie Familie für mich.«

Sein Blick wurde noch eine Spur intensiver. »Du meinst – wie ein ... Bruder?«

Sie erwiderte seinen Blick, dann zuckte sie die Achseln. »Wie Familie«, wiederholte sie ausweichend.

Er wollte etwas sagen, aber dann öffnete er nur seine Arme. »Darf ich ...?«

Lucy sah ihn mit einem merkwürdigen Blick an, dann schloss sie mit einem kleinen Schritt vorwärts die Lücke zwischen ihnen. Er zog sie an sich und sog den Duft ihrer Haare ein. Er kannte das Shampoo, sie hatte es schon damals benutzt. Kokos, ein Hauch Vanille. Er wusste, dass er sie jetzt gehen lassen musste. Dass es knapp werden könnte mit dem Flugzeug, aber seine Arme weigerten sich, sich von ihr zu lösen.

Er musste einen Weg finden, um zum Ausdruck zu bringen, was er empfand. Dass er dabei gewesen war, zu fallen. Dass er keinen Ausweg gesehen hatte, weil er in seiner Wut über sein beschädigtes Image stecken geblieben war. Dass es jemanden wie sie gebraucht hatte, um ihn aus diesem Albtraum zu befreien. Nein, nicht jemanden wie sie. *Sie*. Genau sie. Vor allem aber, dass er sie gehen ließ, weil er ihr Leben und ihre Beziehung zu Paul respektierte, obwohl er sie viel lieber noch länger um sich gehabt hätte.

»Hey, ich muss jetzt los.« Sie ließ die Arme sinken, dann lächelte sie. »Ich wünsche dir viel Glück für heute Abend.«

»Danke für alles, was du für mich getan hast.« Er fuhr sich verlegen durch die Haare. »Ich ...«, er suchte wieder nach den passenden Worten, »... meldest du dich mal bei mir, wenn du in Boston angekommen bist?« Er kam sich absolut lächerlich vor.

Sie hob verwundert die Augenbrauen, dann nickte sie. »Klar, mach ich.« Sie hob ihre Tasche vom Boden auf.

»Bis dann, Owen.« Dann drehte sie sich um und reihte sich in die Schlange vor der Sicherheitskontrolle ein.

Owen blieb noch einen Moment stehen, beobachtete, wie sie ihre Unterlagen für den Flug zusammensuchte. Er musste dringend los. Der Fahrer war bestimmt schon stinksauer. Jeff und die Jungs von der Band würden ihn zusammenstauchen, wenn er sich nicht sofort auf den Weg zum Veranstaltungsort machte.

Aber er stand hier, starrte Lucy hinterher und betete, dass sie sich noch einmal zu ihm umdrehen würde. Als er gerade gehen wollte, drehte sie den Kopf, warf ihm einen verwunderten Blick zu und gestikulierte dann Richtung Ausgang. Er nickte, sah sie noch ein letztes Mal an, während sie ein wenig vorwurfsvoll den Kopf schüttelte, ihn aber gleichzeitig mit diesem unvergleichlichen Lucy-Lächeln anstrahlte.

Und da wusste er es.

Er hatte sich etwas vorgemacht.

Es war egal, ob Lucy gut für ihn war. Es war egal, dass er definitiv nicht gut für sie war. Es war egal, dass ihre beiden Leben so wenig zusammenpassten wie Feuer und Eis.

Es war alles egal.

Denn als er hier stand und ihr nachsah, wusste er, dass sie einfach alles war, was er wollte.

***

»Gut, Jungs, ich verlasse mich auf euch.« Jeff sah die Mitglieder der *Boston Heights* eindringlich an. »Ihr müsst heute absolut fantastisch sein. Keine Patzer. Die Gitarre sauber und ohne Störgeräusche.« Er zeigte auf den

Drummer. »Dynamisch, okay?« Dann wandte er sich an Owen. »Und was haben wir heute von dir zu erwarten? Irgendwelche Überraschungen?« Er runzelte die Stirn. »Du wirst doch wohl nicht auf die Schnapsidee kommen und wirklich einen Song von dir singen?«

Owen schluckte, dann schüttelte er den Kopf. »Nein, ich bin durch mit dem Thema.«

»Na, umso besser.« Jeff gab ihm einen sanften Knuff auf die Schulter. »Ich war schon ganz kurz davor, mich nach anderen Sängern umzusehen, aber wie es aussieht, hast du die Kurve ja noch gekriegt.«

»Jap.« Owen nickte und versuchte, das aufsteigende Gefühl von Trotz herunterzuschlucken, das immer noch seine Kehle hochkroch, wenn Jeff mit ihm sprach wie mit einem Grundschüler. Er musste anfangen, zu seinen Entscheidungen zu stehen, wenn er sich wie ein Erwachsener fühlen wollte. Er hatte diesen Vertrag unterschrieben, und es war das einzig Richtige, jetzt dafür geradezustehen. Wenn diese scheußliche Eskapade mit Cherry ihn dazu gebracht hatte, sich endlich mit seiner Lage in der Band abzufinden und das Beste aus der Situation zu machen, dann musste er ihr fast dankbar sein.

Jeff verschwand in die hinterste Ecke des Backstage-Bereiches, und Mitch ließ sich neben Owen auf das Sofa fallen. »Hey, wie sieht es aus? Hast du was geschrieben?«

Owen wand sich ein bisschen. »Ja, irgendwie schon«, gab er dann zu.

»Lass doch mal hören.« Mitch sprang auf und war mit einigen großen Schritten bei seiner Akustikgitarre, die er so gut wie immer dabeihatte. Dann kam er wieder und legte sie Owen auf den Schoß.

Owen atmete tief durch. »Wir müssen gleich auf die Bühne. Bist du dir sicher, dass du jetzt einen Song hören willst, den wir gleich nicht mal spielen?«

Mitch nickte. »Absolut sicher.«

»Na gut.« Owen räusperte sich. Dann begann er das langsame Intro zu spielen, das er sich gestern im Hotelzimmer ausgedacht hatte. Er wunderte sich selbst, dass er den Text noch auswendig konnte, den er auf den kleinen Notizzettel gekritzelt hatte.

Als er mit dem Song fertig war, sah er unsicher hoch, nur um festzustellen, dass sich auch die anderen beiden Mitglieder der Band zu ihnen gesellt hatten.

»Das ist wirklich ein klasse Song.« Mitch nickte anerkennend. »Nicht gerade unser Stil, aber mir würde da eine Menge einfallen, was man dazu spielen könnte.« Er warf den anderen einen verschwörerischen Blick zu. »Was meint ihr? Sollen wir Jeff mal ein bisschen aus der Reserve locken?«

Owen überlegte. Ja, es war sicher eine verlockende Vorstellung, Jeff diesen Song vor den Latz zu knallen. Vielleicht war es kein Chart-Hit, aber es war definitiv ein Song, der sich sehen lassen konnte, und niemand war darüber erstaunter als Owen selbst. Auf der anderen Seite wollte er nicht schon wieder Konflikte. Nicht, wo er gerade den schwierigen Weg zurückgelegt hatte, um sich aus seinem eigenen Gefühlslabyrinth zu befreien.

Also schüttelte er den Kopf. »Danke, Jungs. Ich weiß das wirklich zu schätzen. Aber heute sollten wir uns einfach an das Programm halten.«

Mitch legte den Kopf schief. »Hat unser Großer jetzt doch Angst vor der eigenen Courage?«

Owen atmete tief durch. »Ja, habe ich. Außerdem denke ich an die Leute da draußen. Sie haben viel Geld bezahlt, um die Songs zu hören, die sie aus dem Radio kennen. Nennt mich verrückt, aber ich möchte gerne, dass sie heute gutgelaunt aus dem Konzert herausgehen.«

»Er ist erwachsen geworden.« Mitch lachte. »Das ist ja so niedlich!«

Owen erhob sich kopfschüttelnd. »Darauf können wir bei dir wohl noch eine Weile warten.«

»Ich würde mal sagen, die Kleine hat bei dir ganz schön was angerichtet«, rief Mitch ihm hinterher.

Owen drehte sich um und runzelte die Stirn. »Wie meinst du das?«

»Ich sage nur, dass Lucy ein ganz besonderes Mädchen ist«, erklärte Mitch. »Bist du dir sicher, dass ihr das alles nur gespielt habt?«

Owen seufzte. »Wenn es etwas gibt, was Lucy Stevenson nicht im Sinn hat, dann, sich mit einem Idioten wie mir einzulassen.«

»Tja, ich sag ja nur, was ich sehe«, gab Mitch achselzuckend zurück. »Ich finde, sie hat dich ganz schön angehimmelt.«

Owen lachte bitter. »Glaub mir, bevor Lucy jemanden *anhimmelt*, gibt es in den Tropen einen Schneesturm.«

»Wenn du meinst ...« Mitch sah immer noch skeptisch aus. »Ich kann dir nur sagen, wenn ich so ein Mädchen in meinem Leben hätte, würde ich sie nicht einfach kampflos aufgeben.«

Owen sah ihn verwundert an. Mitch war eigentlich nicht wirklich der Typ für so eine Aussage. Er konnte doch kaum einen halben Satz lang ernst bleiben und machte sich rund um die Uhr über alles lustig, was passierte.

»Danke.« Owen sah ihn immer noch misstrauisch an und wartete auf einen dummen Spruch, aber es kam nichts.

»Wir sollten noch mal die Set-Liste durchgehen«, schlug der Drummer vor. »Und ich würde wirklich gerne zur Abwechslung mein Shirt anbehalten. Wie seht ihr das?«

Den Rest der Zeit vor dem Konzert beschäftigten sie sich mit den Vorbereitungen.

Den Song von Owen erwähnte keiner mehr.

Als sie zwei Stunden später die Bühne vor der ausverkauften Halle betraten, pumpte das Adrenalin durch Owens Körper. Zum ersten Mal seit sehr langer Zeit konnte er es wieder richtig genießen, auf der Bühne zu stehen. Die Fans jubelten, die Mädchen kreischten – und Owen verbeugte sich in selbstironischer Geste und warf aus lauter Übermut noch vor der ersten Nummer sein Hemd ins Publikum.

Nichts hatte sich geändert – und gleichzeitig alles.

Warum hatte er die ganze Zeit nicht sehen können, was für ein Glück er hatte? Ja, er war eingeschränkt in seinen Freiheiten, und ja, die Jungs aus seiner alten Highschool machten sich lustig, weil er in dieser Casting-Band spielte. Aber er konnte seinen Lebensunterhalt mit der einen Sache bestreiten, die er wirklich liebte: Musik. Sein ganzes Leben hatte ihn zu diesem Moment geführt, und die Dankbarkeit, die er empfand, ließ ihn sogar die Songs lieben, die er singen musste. Die positive Stimmung der Band, die aufgeregte Gespanntheit, als sie zum ersten Mal die Songs des neuen Albums performten – das alles sprang auf das Publikum über, und schon nach drei Songs hielt es niemanden mehr auf den Sitzen.

Auch wenn Owen sich auf die Musik konzentrierte, konnte er doch einen Gedanken nicht abschütteln. Dass er an einem Scheideweg gewesen war. Dass er ohne Not sein ganzes Leben vermurkst hätte. Wenn Lucy nicht im richtigen Moment für ihn dagewesen wäre.

Mitten in einer Ballade konnte er sich das Lächeln nicht verkneifen.

Tja, sie war und blieb eben Lucy Neunmalklug.

Sie hatte ihn gerettet.

Das war wohl einfach ihre Art.

SIEBZEHN

»Oh mein Gott. Wie seht ihr beide denn aus?« Meine Mutter ließ mit einem schleppenden Lachen mein Smartphone sinken, auf dem ich ihr das Bild für das Cover des Rolling Stone gezeigt hatte. »Das muss aber ziemlich merkwürdig gewesen sein, oder nicht?«

Ich nickte seufzend. »Merkwürdig ist gar kein Ausdruck.« Ich war direkt vom Flughafen in Moms Wohnung gefahren, und jetzt saßen wir in ihrer gemütlichen Küche zusammen, tranken Tee und aßen Weihnachtsplätzchen, die ich unterwegs für uns gekauft hatte.

»Aber für Owen scheint die Sache ja richtig gut ausgegangen zu sein.« Sie hob die Schultern, die rechte weniger als die linke.

Sofort zuckte ich unwillkürlich zusammen. »Ist deine Seite wieder schlimmer?«, fragte ich betont beiläufig.

Meine Mutter verdrehte die Augen. »Das habe ich jetzt davon, dass ich fast draufgegangen wäre«, meinte sie gespielt vorwurfsvoll. »Du warst ja früher schon die

207

reinste Glucke, aber du musst echt lernen, mir ein bisschen Spielraum zu lassen, Lucy.« Sie hob ihre Hände. »Siehst du? Kein Zittern, keine epileptischen Anfälle, keine Stimmungsschwankungen. Wenn du mir noch mal unterstellst, ich würde zu langsam sprechen, dann bekommst du Weihnachten keine Geschenke!«

Ich lachte. »Ich bin schrecklich. Bitte entschuldige.«

Sie griff nach meiner Hand. »Ich weiß, dass du es nur gut meinst. Aber ich habe mich mit meinen Symptomen abgefunden. Die Dinge sind, wie die Dinge sind, und es bringst nichts, immer davon zu träumen, wie sie hätten sein können.« Sie zwinkerte mir zu. »Erzähl mir lieber mal, wie es war, mit unserem Rockstar-Hottie im gleichen Hotelzimmer zu schlafen.«

Ich schnaubte empört auf. »Du bist echt unmöglich. Immerhin geht es hier um Owen. Du weißt noch? Owen, der Blödmann?«

»Ja, Owen, der heiße Blödmann.« Meine Mutter hatte seit ihrem Unfall eindeutig einen Hang zur Tabulosigkeit entwickelt. Oder vielleicht war sie auch schon immer so gewesen.

Früher hatte sie immer davon geträumt, ihren Bürojob an den Nagel zu hängen und ihren Lebensunterhalt mit Yoga-Unterricht zu bestreiten. Ein Jahr vor ihrem Unfall hatte sie angefangen, eine Ausbildung zur Yoga-Lehrerin zu machen. Sie war immer sehr gesundheitsbewusst gewesen – sportlich und schlank. Es war mir früher ganz schön auf die Nerven gegangen, so eine durchtrainierte Mutter zu haben – besonders, weil man mich zu den meisten Sportarten nur mit vorgehaltener Pistole zwingen konnte. Nie hätte ich gedacht, dass ich mir die Zeiten sehnlichst zurückwünschen würde, in denen meine Mutter mich abends nach einem langen Tag dazu angetrieben hatte, an den Strand runterzufahren, um noch mal *ein halbes Stündchen* joggen zu gehen.

»Komm schon, erzähl deiner Mom ein paar schmutzige Einzelheiten. Was weißt du von dieser Cherry?«

Ich schüttelte strafend den Kopf. »Du bist unmöglich.«

Meine Mom nahm ihre Teetasse und trank konzentriert einen Schluck. Okay, gut. Ihre Hand zitterte tatsächlich nicht. Und ja, ich hatte eine Kontrollmacke, das war mir klar, vielen Dank. »Weißt du, mein Schatz, das ist das Schöne, wenn man dem Tod von der Schippe gesprungen ist.«

Ich konnte es nicht leiden, wenn sie solche Sachen sagte. »Mom, bitte.«

»Es bringt doch nichts, immer darum herumzureden, Lucy. Das Leben ist zu kurz, um sich mit Andeutungen zufrieden zu geben, und ich bin neugierig. Also – wie hast du dich denn nun mit Owen verstanden?«

Ich seufzte und knabberte an einem Keks, während ich nach den richtigen Worten suchte. »Es war eigentlich ziemlich ... nett.«

»Oho.« Mom grinste. »Ziemlich nett. Ich schlage das mal kurz in meinem Lucy-Wörterbuch nach.« Sie tat so, als würde sie in einem Buch blättern. »Ziemlich nett in Lucy-Sprache bedeutet ... oh mein Gott!« Sie riss die Augen auf. »Da steht, es bedeutet, dass du dich in Owen verknallt hast!«

Ich stöhnte. »Mom, bitte. Du weißt, dass ich Owens Lebensstil verabscheue.«

»Ja, ich weiß aber auch, dass du damals ganz verrückt nach ihm warst.«

»Blödsinn.« Ich schüttelte empört den Kopf. »Ich war nie verrückt nach Owen Curtis.«

»Es wird nicht besser, wenn du seinen Vor- *und* Nachnamen benutzt«, feixte meine Mutter weiter. »Ich weiß übrigens ziemlich genau, wie es in meinem kleinen Mädchen aussah, als ich damals aus der Reha nach Hause kam. Auch wenn mein Gehirn ganz schön Schaden genommen hat, mein Herz ist noch intakt.« Sie legte den Kopf schief. »Und du weißt ja, man sieht nur mit dem Herzen gut, denn ...?« Sie sah mich auffordernd an.

»Das ist mir echt zu albern.«

»Na, komm schon, sag es!«, beharrte sie lachend.

Ich musste gegen meinen Willen mitlachen. Meine Mutter hatte einen ganz eigenen Charme und man konnte sich ihrer Offenheit wirklich nur schwer entziehen.

»... denn alles Wesentliche ist für das Auge unsichtbar«, leierte ich ihr Lieblingszitat aus dem Kleinen Prinzen herunter.

»So ist es.« Sie hob wieder die Tasse, setzte sie dann aber mit einem viel zu lauten Klirren auf der Untertasse ab. »Kein Wort«, sagte sie warnend und zeigte auf die Untertasse. »Kein einziges Wort über meine Feinmotorik, oder ich setze dich vor die Tür, Weihnachten hin oder her.« Sie sah mich forschend an. »Was ist damals zwischen euch passiert? Ich meine, zwischen Owen und dir. Willst du mir das nicht endlich erzählen?«

»Nichts ist passiert zwischen Owen und mir«, gab ich zurück, dieses Mal noch patziger. Wieso schafften es

210

Mütter immer wieder, einen innerhalb von Minuten in einen trotzigen Teenager zurückzuverwandeln?

»Zwischen dir und Owen ist also alles easy und ihr hattet und habt kein angespanntes Verhältnis, richtig?«

»Ja.« Ich nickte erleichtert. »Ganz genau so ist es.«

»Dann wird es dir ja auch nichts ausmachen, dass wir dieses Jahr Weihnachten im Hause Curtis feiern.«

Ich sah sie an, als hätte sie den Verstand verloren. »Wie bitte?«

»Elisa hat vorhin angerufen. Sie will sich bei dir erkenntlich zeigen, weil du die Sache mit Owen so toll gemanagt hast. Ich habe ihr natürlich gesagt, dass das nicht nötig ist und wir Weihnachten eigentlich gerne unter uns sind ...«

»Gott sei Dank!« Ich stieß erleichtert die Luft aus.

»Aber dann hat sie mich davon überzeugt, dass es eigentlich ganz nett wäre, wenn wir mal wieder einen Tag zusammen verbringen. Ob nun Weihnachten ist oder nicht. Ihre Eltern sind in diesem Jahr auf einer karibischen Insel und sie hat regelrecht gebettelt ...«

»Mom, das geht nicht!« Ich war wirklich aufgebracht, obwohl ich selbst nicht genau verstand warum. »Außerdem – was wäre, wenn ich Pläne mit Paul gemacht hätte?«

Sie sah mich forschend an. »Hast du denn für Weihnachten Pläne mit Paul gemacht?«

Ich hielt ihrem Blick einen Moment stand, dann sah ich auf meine halbvolle Teetasse hinunter. »Nein, habe ich nicht.« Ich seufzte. »Es läuft gerade nicht so gut mit Paul, wenn du es genau wissen willst.«

»Weil er dich in New York überraschend besucht hat?«

Ich starrte sie an. »Sag mal, hast du einen Detektiv auf mich angesetzt oder arbeitest du neuerdings mit dem FBI zusammen?«

»Mir der NSA, mein Schatz. Ich denke, wenn, dann müsste das schon die NSA übernehmen«, scherzte sie.

»Mom!«

Sie lachte ausgelassen. »Nein, es ist ganz unspektakulär. Elisa hat vor dem Konzert noch mit Owen telefoniert und da hat er es erwähnt.«

»Hat er das.« Ich umklammerte meine Teetasse. Dieses Gespräch war überraschend ... nervenaufreibend. »Ja, stimmt. Paul ist nach New York gekommen, um mit mir zu reden.« Ich zupfte an meinen Haaren herum, ließ die Hand aber schnell wieder sinken, als ich das Grinsen meiner Mutter sah. Sie kannte jede Geste und jeden Blick von mir und konnte sie leider auch problemlos deuten. Also konnte ich auch gleich sagen, was Sache war. »Ich werde die Sache mit Paul beenden.«

Sie tat mir nicht den Gefallen, überrascht auszusehen. »Aha.«

»Ja, ich denke, es ist besser, wenn ich mich jetzt voll und ganz auf meinen Job konzentriere. Diese Kampagne ist wirklich wichtig für mich, und es ist ziemlich unprofessionell, Privates und Berufliches zu vermischen.«

»Sicher.« Sie nickte mit wissendem Blick. »Das ist sicher der einzige Grund.«

Ich verschränkte die Arme. Mist, schon wieder so eine Geste. Unauffällig ließ ich die Arme wieder sinken. »Sag, was du zu sagen hast.«

»Oh, ich habe eine Menge zu sagen, aber ich bin mir ziemlich sicher, dass du nichts davon hören willst.«

»Doch, ich will es hören.« Ich atmete tief durch. »Auch wenn es vermutlich nicht stimmt.«

»Wirklich?« Sie musterte mich mit durchdringendem Blick. »Bist du endlich bereit für dieses Gespräch?«

Mir wurde etwas flau im Magen, aber ich nickte.

Meine Mutter seufzte tief. »Gut, dann reden wir.« Sie lächelte mich warm an. »Das Leben war nicht immer fair zu dir, meine Kleine.« Ich wollte etwas einwenden, aber sie hob abwehrend die Hände. »Nein, lass mich das sagen. Nach meinem Unfall hattest du viel zu viel Verantwortung. Du musstest alles für mich organisieren, und das hast du großartig gemacht. Ich kenne niemanden, der so ein Talent dafür hat, Probleme zu meistern. Aber manchmal habe ich das Gefühl, dass du in dem Zustand von damals ... stecken geblieben bist. Natürlich ist es großartig, dass du dich für die Menschen einsetzt, die sich nicht selbst helfen können. Politische Gefangene, hungernde Kinder, Opfer von Umweltkatastrophen. Aber wann fängst du endlich an, dein eigenes Leben zu leben?«

Ich starrte sie an. »Was meinst du damit?«

»Warum bist *du* nicht der Paul McLaren der Kampagne? Warum gehst du nicht selbst in die Politik? Oder wirst Ärztin. Oder Anwältin. Warum kämpfst du nicht deinen eigenen Kampf?«

Ich holte tief Luft. »Das ist nicht fair. In unserer Welt muss es nun mal auch PR-Strategen wie mich geben, die sich auf die richtige Seite stellen. Die sich mit den Medien auskennen, aber nicht alle Werte über den Haufen werfen, um sich beliebt zu machen. Ohne mich hätten die Leute, die etwas bewegen wollen, schlechtere Chancen. Das ist doch auch etwas wert, oder?«

»Das stimmt.« Sie sah mich an und ihre Augen schimmerten feucht. »Aber was willst *du*, Lucy? Was wünschst du dir für dein Leben?« Sie hob die Schultern. »Manchmal habe ich das Gefühl, dass du bei all deinen Hilfsprojekten vergisst, dass du auch noch ein eigenes Leben hast.«

»Aber ...«

»Schatz, du musst lernen, loszulassen. Lass den Dingen ihren Lauf. Alles im Leben hat eine höhere Bedeutung. Gut, vielleicht habe ich nicht mehr den Körper, den ich früher hatte.« Sie zwinkerte mir zu. »Ganz sicher habe ich nicht mehr die Figur, die ich früher hatte. Aber das ist okay. Mehr als okay. Wenn du mich fragst, ob ich früher glücklicher war, dann würde ich sagen: Nein. Ich weiß jetzt so vieles viel mehr zu schätzen. Einen Sonnenuntergang am Strand, einen Eisbecher, ein Schaumbad. Diese Wohnung, die ich immer so schäbig fand. Ich liebe sie. Sie ist mein Rückzugsort und mein Zuhause.«

Ich sah mich in der kleinen Küche um. Es war wirklich urgemütlich hier. Vor dem winzigen Balkon hatte meine Mom Tannenzweige zusammengesteckt, in denen sternförmige Lichterketten leuchteten. Auf der Fensterbank davor wuchsen unzählige Kräuter in buntbemalten Übertöpfen, die ihren frischen Duft verbreiteten. In der Ecke stand ein gemütliches Sofa, die Stühle hatten wunderbar weiche, bunte Bezüge, und neben dem Kühlschrank hing *das Bord*: eine riesige Magnettafel, auf der Mom alle möglichen Notizen, Listen und Zettel aufgehängt hatte, um ihrem Gedächtnis auf die Sprünge zu helfen, falls es mal wieder einen kleinen Aussetzer hatte.

»Ich bin wirklich glücklich. Neulich war ich sogar verliebt.«

Ich schloss ein wenig genervt die Augen. »Du bist ständig verliebt.«

»Ja, aber dieses Mal könnte es sogar etwas werden.« Sie machte ein verschwörerisches Gesicht. »Aber ich will lieber noch nicht zu viel verraten. Die Frage, die sich mir viel öfter stellt, ist, ob *du* glücklich bist.«

»Klar bin ich glücklich.« Ich lächelte. »Natürlich bin ich das.« Ich wollte sie nicht mit meinen düsteren Gedanken belasten. Sie hatte schon genug zu tragen, auch ohne eine neurotische Tochter, die mit ihren Angstzuständen nicht klarkam. Sie sollte nicht wissen, dass ihr Unfall mir so zugesetzt hatte. »Also, war das deine Weihnachtsansprache?«

»Noch nicht ganz.« Meine Mutter sah mich fest an. »Du solltest dir endlich deine wahren Gefühle eingestehen.«

»Meine Gefühle.« Ich verdrehte die Augen. »Geht es noch ein bisschen genauer?«

Sie griff wieder nach meinem Smartphone und rief das Foto von Owen und mir auf. »Ich rede davon«, meinte sie mit einem leicht süffisanten Lächeln und hielt mir das Display entgegen wie ein Beweisstück. Wie immer sprang mir für einen Moment das Herz aus der Brust, als ich sah, wie Owen und ich uns geküsst hatten. »Du stehst auf diesen Kerl. Vermutlich schon wesentlich länger, als dir selbst bewusst ist. Nimm dein Leben in die Hand und sag es ihm.«

»Du denkst, ich stehe auf Owen?« Ich machte ein Geräusch, das irgendwo zwischen empörtem Schnauben und genervtem Stöhnen lag. »Das ist Unsinn. Owen steht wirklich für alles, was ich im Leben ablehne. Er ist oberflächlich, ein Aufreißer, lebt nur für Geld und Ruhm. Du müsstest mal die Mädchen sehen, mit denen er so abhängt, und dann die Sache mit dieser Band.« Ich schüttelte entschieden den Kopf. »Es gibt wohl keinen Menschen auf der Welt, der weniger zu mir passt als Owen Curtis.«

Meine Mutter sah mich lange an, dann zuckte sie mit den Schultern. »Dann habe ich mich wohl geirrt.« Sie tippte sich an die Schläfe. »Wir wissen ja, dass da drinnen nicht alles so läuft, wie es sollte. Da sind Irrtümer wohl erlaubt.«

»Hör auf damit!«, rief ich empört.

»Schon gut.« Sie nahm sich einen Keks. »Dann hast du ja sicher noch weniger dagegen, wenn wir Weihnachten bei Elisa feiern.« Sie sah mich bittend an. »Sie will dir etwas zurückgeben, und das kann ich gut verstehen.«

Ich wusste ohnehin, dass ich ihr das nicht abschlagen konnte. »Okay, gut.« Ich lächelte ein wenig verkrampft. »Feiern wir Weihnachten bei den Curtis. Das wird bestimmt toll.«

»Ja, das wird es.« Meine Mutter grinste. »Und vor allem ... interessant.«

Ich warf ihr einen scharfen Blick zu. »Du wirst mich ja wohl nicht in Verlegenheit bringen, oder?«

Sie grinste. »Wozu hat man Mütter, wenn sie einen nicht in Verlegenheit bringen?«

Ich stöhnte auf. »Na dann, frohe Weihnachten.«

Sie griff wieder nach meiner Hand und drückte sie. »Das wünsche ich dir auch, mein Schatz. Von ganzem Herzen.«

ACHTZEHN

Owen

»Mom, findest du das nicht ein bisschen übertrieben?«

Elisa Curtis sah von der Trittleiter herunter auf ihren Sohn, der verschlafen an der Wohnzimmertür lehnte – mit einem riesigen Kaffeebecher und einem Donut in der Hand.

»Nein, mein Junge.« Sie stieg vorsichtig die Leiter hinunter. »Ich finde das nur angemessen.«

Owen sah auf das goldene Spruchband, auf dem *Merry Xmas - You are our christmas angel* stand. »Wer verkauft denn bloß solche Girlanden?«, fragte er und rieb sich über die verschlafenen Augen.

Elisa stemmte die Hände in ihre Hüften. »Also, jetzt komm schon. Ich finde, wir müssten noch viel mehr für Lucy tun. Ich weiß immer noch nicht, wie sie es geschafft hat, aber sie hat in weniger als zweiundsiebzig Stunden alle deine Probleme gelöst. Sie hat für dich sogar die Option rausgehandelt, demnächst einen eigenen Song auf einem Konzert zu singen. Wenn das kein Spruchband wert ist, dann weiß ich auch nicht.«

»Hast ja recht«, murmelte Owen. »Ich bin nur ein bisschen übermüdet.«

Elisa warf einen letzten, prüfenden Blick ins Wohnzimmer. Alles war an seinem Platz: der prunkvoll geschmückte Weihnachtsbaum, die bis zum Rand gefüllten Weihnachtssocken am Kamin, der gedeckte Frühstückstisch mit Rührei, Speck, Croissants und diversen Kuchen und Keksen. Dann betrachtete sie ihren Sohn und seufzte missbilligend. »Owen, es ist neun. Tony rückt gleich mit seinem Clan an, und Lucy, Natalie und Katie sind sicher auch bald da. Könntest du dir bitte etwas anziehen, was ein bisschen weihnachtlicher ist als dein alter Pyjama?«

»Ich bin gestern erst um zwei Uhr nachts angekommen«, rechtfertigte Owen seinen Aufzug. »Nur, damit ich heute pünktlich hier bin.«

»Schön. Ein guter erster Schritt. Trotzdem könntest du dich anziehen, und wenn wir schon dabei sind: Du könntest noch etwas für mich tun und ein bisschen netter zu Lucy sein.«

Owen verschluckte sich fast an seinem Kaffee. »Ich *bin* nett zu Lucy.«

»Dann sei noch netter.«

Owen stöhnte leise auf. Seine Mutter hatte ja keine Ahnung, wie nett er gerne zu Lucy wäre! »Willst du mir auch noch Vorschriften machen?«

»Ja«, erwiderte seine Mutter schlicht.

»Oh Mann.« Owen verdrehte die Augen.

»Es gibt noch eine ganze Menge mehr, was ich zu dem Thema gerne sagen würde«, setzte seine Mutter hinzu.

Das Schrillen der Türklingel rettete Owen aus der Situation. »Das sind bestimmt Tony, Leslie und die Kids.

Jetzt muss ich wohl doch im Schlafanzug Weihnachten feiern.« Owen sprang erleichtert zur Tür. Er riss sie auf, sank auf die Knie und breitete seine Arme aus, um seine Nichten darin aufzufangen. »Hallo, meine Süßen«, rief er aus ... und erstarrte, als er erkannte, wem er da die Tür geöffnet hatte.

»Hallo, Owen.« Natalie Stevenson grinste von einem Ohr zum anderen, während sich die Wangen ihrer Tochter Lucy bei Owens Anblick rosa färbten.

»Oh, ihr seid es.« Owen kam verlegen wieder auf seine Füße. »Ich hatte gedacht, es wären meine Nichten. Also, mein Bruder Tony mit seiner Bande.«

Natalie trat entschlossen auf Owen zu. »Tut mir leid, dann wirst du wohl erst mal mich umarmen müssen.« Sie zog ihn herzlich an sich.

»Ja, und mich«, erklang die Stimme von Katie hinter ihnen. Sie quetschte sich an Lucy vorbei, die immer noch unschlüssig auf der Fußmatte stand. »Hey, Bruderherz. Schickes Weihnachtsoutfit.«

Owen ließ Natalie los und schloss nun seine Schwester in die Arme. »Tja, was soll ich sagen? Wir Rocker haben eben Stil.« Natalie und Katie verschwanden schwatzend im Inneren des Hauses, um Elisa zu begrüßen, während Lucy immer noch von einem Fuß auf den anderen trat.

»Hi.« Owen fuhr sich durch die Haare. »Komm doch rein.« Gott, ging es noch förmlicher? Das war doch Lucy! Warum benahm er sich auf einmal wie der Kronprinz eines nicht näher benannten europäischen Landes in einem Netflix-Weihnachtsfilm? »Schön dich zu sehen«, setzte er mit seiner normalen Stimme hinzu und breitete erneut seine Arme aus.

219

»Hi.« Ihre Umarmung war fast scheu. »Ich ...« Sie schluckte. »Deine Mutter wollte, dass wir kommen.«

»Ja, ich weiß.« Was sollte das denn heißen? Dass sie gegen ihren Willen hier sein musste? »Komm doch rein«, wiederholte er wie eine Platte, die einen Sprung hatte.

Verdammt, das lief nicht gut. Sie hatten keinen Kontakt mehr zueinander gehabt, seit sie sich am Flughafen in New York verabschiedet hatten. Das war jetzt immerhin drei Tage her. Owen hatte sein Telefon nicht aus den Augen gelassen - schließlich hatte Lucy gesagt, dass sie sich melden würde. Aber das hatte sie nicht getan. Was eigentlich nur bedeuten konnte, dass er sich diese ganze neue Vertrautheit zwischen ihnen nur eingebildet hatte. Immerhin war Lucy Profi. Vermutlich sah sie ihr Verhältnis eher nüchtern. Oder sie hatte schlichtweg keine Zeit gehabt, weil sie die ganze Zeit mit diesem bescheuerten *Paul* verbracht hatte.

»Danke.« Auch Lucy klang förmlich, als sie mit gesenktem Kopf an Owen vorbeiging, um ihre Stiefel auszuziehen - dieses Mal kompakte, braune Winterboots ohne Absatz und Schnickschnack. Als sie wieder hochsah, fiel ihr Blick auf das Spruchband, das direkt im Flur neben der Treppe hin. Sie grinste schief. »Oh.«

»Ja, oh.« Er hob die Schultern. »Das ist erst der Anfang. Wenn ich Mom richtig verstanden habe, steht das ganze Weihnachtsfest unter dem Motto *Lucy, die Heilige*. Immerhin hast du den Saulus der Familie in einen Paulus verwandelt, und das alles, ohne auch nur ein Dankeschön zu verlangen.«

Sie sah ihn zum ersten Mal direkt an, seit sie hier war. »Du hast dich bedankt, Owen. Mehrmals.«

Er hatte plötzlich Schwierigkeiten, Luft zu bekommen.

Das erneute Türklingeln rettete ihn ein zweites Mal. »Das ist nun aber wirklich Tony mit seiner Familie«, erklärte er Lucy und drehte sich zur Tür um. Kaum hatte er geöffnet, stürzten sich seine beiden Nichten mit einem glücklichen Aufschrei auf ihn.

»Onkel Owen«, kreischte die sechsjährige Coleen und sprang ihrem Onkel auf den Arm, während die neunjährige Maisie ihn mit ihren dünnen Armen umschlang.

»Hey, Mädchen.« Owen ging erneut in die Knie und sah die beiden skeptisch an. »Ist ja sehr schön, euch junge Damen kennenzulernen. Aber eigentlich hatte ich erwartet, dass heute meine kleinen Nichten zu Besuch kommen würden. Coleen und Maisie.«

»Ich bin doch Coleen«, quiekste die Kleinere mit unverhohlener Begeisterung.

Owen rieb sich über die Augen. »Das kann nicht sein. Ich träume wohl oder bin in der Zukunft gelandet. Coleen und Maisie sind ... winzig. Sie sind höchstens so groß.« Er hielt die Hand etwa einen halben Meter vom Boden entfernt.

Maisie schüttelte ein wenig tadelnd den Kopf. »Das sagst du jedes Mal, wenn du uns siehst.«

»Dann seid ihr es also wirklich?« Owen zog die Mädchen wieder in seine Arme.

»Na, Bruderherz?«, begrüßte ihn Tony grinsend. »Verdrehst du meinen Mädchen schon wieder den Kopf?«

Owen stand wieder auf, um seinen Bruder und seine Schwägerin Leslie zu begrüßen, die den kleinen Wayne auf dem Arm trug. Owen strich mit dem Finger sanft über das Mützchen des schlafenden Babys. »Was für ein wunderschöner kleiner Mann«, murmelte er. Dann schlug er seinem Bruder auf die Schulter. »Jetzt hast du aber genug damit angegeben, was du für tolle Kinder machen kannst, oder?«

Tony hob die Schultern. »Och, wenn's nach mir geht ...«

»Nein, wir sind komplett«, unterbrach ihn Leslie in gespielt tadelndem Ton. »Bring deinen Bruder bloß nicht auf dumme Ideen, Owen.« Sie hob die Hand zu einem Winken. »Hey, Lucy, wie schön, dich mal wiederzusehen.«

Owen fuhr herum. Er hatte nicht bemerkt, dass Lucy immer noch im Flur stand und die Begrüßungsszene beobachtet hatte.

Sie lächelte. Endlich!

Er lächelte zurück.

Und kam sich sofort vor wie ein verliebter Volltrottel.

Tony, der schon immer ein guter Beobachter gewesen war, pfiff leise durch die Zähne. »Kann es sein, dass ich hier irgendwas verpasst habe?«

Der Zufall kam Owen ein drittes Mal zur Hilfe, denn seine Mutter tauchte auf, um den Rest der Familie zu begrüßen, und dann stürmten die Kinder schon zum Kamin, um ihre Weihnachtssocken auszupacken.

Die nächsten zwei Stunden verbrachten alle im Taumel von Begrüßungen, Geschenken, Weihnachtspunsch, Frühstück, Plaudereien und wilder Toberei im Wohnzimmer. Irgendwann nötigte Elisa Owen, sich ans Klavier zu setzten und ein paar Weihnachtslieder zu spielen. Danach wurde es etwas ruhiger. Tony zog sich mit seiner Frau und dem Baby nach oben zurück, um sich ein Stündchen hinzulegen. Die beiden Mädchen kuschelten sich mit Lucy auf die Couch, um sich einen Märchenfilm anzusehen, und Elisa verschwand mit Katie und Natalie in der Küche, um den Truthahn und den Rest des Essens vorzubereiten.

Owen, der es mittlerweile geschafft hatte, sich kurz zu duschen und vernünftig anzuziehen, hatte auf einmal das dringende Bedürfnis, frische Luft zu schnappen. Er war schon ewig nicht mehr am Strand von South Boston gewesen, der nur ein paar Häuserblocks entfernt lag. Entschlossen zog er sich seine Stiefel und seine Jacke an und wollte sich gerade auf den Weg machen, als er sich plötzlich neben der Couch wiederfand.

»Hast du Lust, mit zum Wasser runterzugehen?« Er fragte Lucy so leise und beiläufig, dass sie erstaunt den Kopf drehte.

Sie schien zu zögern, doch dann nickte sie schließlich. »Klar, warum nicht. Ich sag nur kurz meiner Mom Bescheid.«

Wenige Minuten später waren sie unterwegs.

»Puh.« Owen atmete tief durch, als sie an dem fast menschenleeren Strand ankamen, der im Osten von South Boston in den alten Hafen mündete. »Danke, dass du mitgekommen bist. Ich brauchte mal eine kurze Pause von der heilen Familienwelt.«

Lucy runzelte die Stirn und ließ ihren Blick über den grauen Ozean streifen. Der kalte Wind zerrte an ihrem Mantel. »So was kann auch nur jemand sagen, der so eine perfekte Familie hat«, erwiderte sie nachdenklich.

Er lachte. »Ja, genau. Perfekt.« Seufzend zog er seinen Schal vom Hals, legte ihn ihr um die Schultern. »Du siehst aus, als würdest du gleich einfrieren.«

Sie kuschelte sich in die angewärmte Wolle. »Du weißt gar nicht, wie glücklich du sein kannst.«

»Ja, vor allem mit meinem Super-Dad.« Er schnaubte. »Weißt du, dass er mich vor einem halben Jahr besucht hat? Er ist den ganzen Weg von Colorado bis zu mir getrampt, angeblich, um mich zu sehen. Und weißt du, was er wirklich wollte?«

»Vermutlich Geld.« Sie hob die Schultern. »Gut, dein Dad ist vielleicht ein bisschen schwierig ...«

»Ein bisschen schwierig?« Er verdrehte die Augen. »Er hat Mom betrogen, ihr Geld gestohlen und uns alle nach Strich und Faden belogen. Als er endlich abgehauen ist, war das eine einzige Erleichterung.«

Sie blieb stehen und sah ihn verwirrt an. »Ich dachte immer, dass du ihn gernhast.«

»Von wegen.« Er stapfte weiter über den hartgefrorenen Sand, auf dem sich eine dünne Schneeschicht gebildet hatte.

Sie beeilte sich, ihn einzuholen. »Ich fand ihn immer furchtbar nett.« Sie lächelte verträumt. »Einmal hat er Katie und mich zu einer Limonade in eine Bar eingeladen und die ganze Zeit mit uns Stadt-Land-Fluss gespielt.«

»Und sich vermutlich dabei volllaufen lassen.«

Sie zog an seinem Ärmel, damit er langsamer ging. »Wieso bist du jetzt auf einmal so wütend auf deinen Vater?«

»Was kommt jetzt? Die nächste Therapiesitzung?« Gott, er packte das alles ganz falsch an. Wie konnte er nur so bescheuert sein? Er wollte ihr sagen, dass er sie gernhatte und sie etwas ganz Besonderes für ihn war. Stattdessen stritt er schon wieder mit ihr. Er zog sich die Mütze tiefer ins Gesicht, als müsse er sich schützen. »Tut mir leid. Es ist nur, weil alle ständig sagen, wie ähnlich ich ihm bin.«

»Du?« Sie lachte lauthals auf. »Deinem Vater? So ein Unsinn. Ich kenne niemanden, der ihm weniger ähnlich sein könnte. Dein Dad war sympathisch, aber er hatte keinerlei Verantwortungsgefühl.«

»Genau wie ich.«

Sie trat ihm in den Weg und griff nach seinen Ärmeln. »Hör auf damit, Owen.« Sie sah ihn eindringlich an. »Du bist ein Star. Absolut erfolgreich. Und trotzdem so bodenständig und nett.«

Er hob eine Augenbraue. »Du findest mich ... nett?«

»Nein, lass das.« Sie schüttelte genervt den Kopf. »Keine Spielchen. Nicht heute.«

»Tja, was soll ich sagen? Vielleicht habe ich die Spielernatur auch von ihm geerbt.« Die Wut löste sich auf und er lächelte.

»Ich mag deinen Dad wirklich.«

Owen sah sie forschend an. »Wirklich?«

Sie nickte. »Ja, er ist cool. Okay, er hat es im Leben vielleicht nicht groß zu etwas gebracht, und als Vater ... naja. Immerhin hat er ja ab und zu Unterhalt für euch bezahlt, oder?«

»Ja, aber auch nur, weil meine Mutter ihn wieder und wieder daran erinnert hat. Seit wir aus der Highschool raus sind, war damit allerdings Schluss. Er hat seinen letzten Job hingeworfen und lebt jetzt in einem Hippie-Trailerpark den Traum des selbstverwalteten Lebens.«

Sie zog Owens Schal enger um sich. »Nur weil jemand Fehler hat, heißt das ja nicht, dass man ihn nicht lieben kann.«

»Ich denke nur, dass man es sich sehr genau überlegen sollte, bevor man die Verantwortung für jemanden übernimmt«, meinte Owen nachdenklich. »Wenn man mit jemandem eine Familie gründet, dann muss man doch vorher wissen, ob man das packt oder nicht.«

»Bei meinem Vater war es ganz anders.« Sie warf Owen einen kurzen Seitenblick zu, als wolle sie sich vergewissern, ob er sich auch dafür interessierte. »Damals, als das mit Mom passiert ist, da hat er mir sofort angeboten, mich zu sich nach London zu holen, wusstest du das?«

Owen schüttelte den Kopf. »Nein, ich hatte keine Ahnung.«

»Vielleicht kam ich mir deshalb immer so unverschämt vor, weil ich das Angebot angenommen habe, bei euch zu bleiben. Mein Vater war mir immer furchtbar fremd. Nett und höflich. Er hat noch nie meinen Geburtstag vergessen, weißt du? Er hat immer für mich bezahlt. Mehr als das Nötigste.« Sie schluckte. »Aber ich habe überhaupt keine Beziehung zu ihm. Überhaupt keine.« Sie zuckte die Achseln. »Als er nach England gegangen ist, da war ich vier.« Die Schneeflocken wurden größer. Sie mussten langsamer gehen, vorsichtig, um auf der frischen, dünnen Schneeschicht nicht auszurutschen. Sie räusperte sich. »Vielleicht wäre es für meine Mutter leichter gewesen, wenn ich damals nach England gegangen wäre. Vielleicht hätte sie dann nicht so viel Druck gehabt, möglichst schnell wieder gesund zu werden.«

Owen blieb abrupt stehen und starrte Lucy an. »Das glaubst du doch nicht wirklich, oder?«

»Doch, schon.« Sie hob die Schultern. »Einer der wichtigsten Faktoren für eine neurologische Genesung ist die Vermeidung von Stress.«

Owen kam mit einem langen Schritt auf sie zu, nahm ihr Gesicht in seine Hände und sah sie eindringlich an. »Okay, ich habe dir in den letzten Tagen immer zugehört und ich habe auf deinen Rat gehört. Aber jetzt hörst du mir mal zu.« Lucys Augen weiteten sich so schreckhaft, dass Owen seine Hände wieder sinken ließ, aber er sprach trotzdem weiter. »Du musst aufhören, dir einzureden, dass du eine Last bist. Das bist du nicht und das bist du nie gewesen. Schon gar nicht für uns. Es war ein Segen, dass du dieses halbe Jahr bei uns gewohnt hast.

»Ja klar«, meinte sie.

»Hey, Sarkasmus ist *mein* Fachgebiet«, warf er ein, dann wurde er wieder ernst. »Mein Dad war gerade erst seit ein paar Jahren endgültig weg, Tony hat sich aufs College vorbereitet und Mom war so ... wütend. Wütend und irgendwie planlos.« Er schluckte. »Dann kamst du, und auch wenn das gemein klingt: Plötzlich war uns allen wieder klar, wie glücklich wir uns schätzen konnten. Du hast so viel Wärme und Gutes in unsere Familie gebracht, und der Tag, an dem du ausgezogen bist, war für uns zugleich der Glücklichste und der Traurigste überhaupt. Der Glücklichste, weil deine Mutter endlich wieder nach Hause konnte. Der Traurigste, weil du wieder gegangen bist.«

Lucy stand bewegungslos da, sagte kein Wort.

Aber Owen war noch nicht fertig. »Ich denke oft daran, wie unmöglich ich mich dir gegenüber benommen habe. Ich war so unglaublich unreif. Ich hatte keine Ahnung, wie man jemanden ... tröstet, und wenn es an mir liegt, dass du dich damals nicht willkommen gefühlt hast, dann tut es mir ehrlich leid. Ich mit meinen blöden Sprüchen. Meine Mutter und Katie sind so toll darin, für jemanden da zu sein und ...«

»Du warst der Einzige, der diese Zeit für mich erträglich gemacht hat.« Es schneite jetzt so stark, dass die Flocken ihr ins Gesicht fielen, auf die Kapuze, auf den Schal, auf die schmalen Schultern. Sie sah erschrocken aus, als hätte sie etwas gesagt, das sie nicht mehr zurücknehmen konnte.

»Wie meinst du das?« Seine Stimme war nur ein Flüstern.

Lucy rieb sich über die Oberarme. »Owen, mir ist kalt. Ich würde lieber umdrehen.«

Ohne zu zögern, schlüpfte Owen aus seiner Winterjacke und legte sie Lucy um die Schultern. »Nein. Erst musst du mir sagen, wie du das gemeint hast.«

»Komm, Owen, lass den Unsinn. Nur in diesem Pullover holst du dir hier draußen eine Lungenentzündung.«

»Dann sag mir, was du gemeint hast, und wir gehen sofort zurück.«

Sie schnaubte genervt. »Bitte. Du warst damals der Einzige, der mich getröstet hat, verstehst du?« Sie senkte den Kopf. »Ich weiß, das klingt furchtbar. Undankbar und egoistisch. Aber es war einfach grauenhaft, dass deine Mutter und deine Schwester ständig mit dem Thema angefangen haben. Ich wollte die Zeit einfach nur durchstehen. Und auch, wenn du es vielleicht abstreiten wirst: Du warst furchtbar nett zu mir. So nett, dass ich ...« Sie brach erschrocken ab. »Du warst toll, okay?«, blaffte sie ihn dann an, schlüpfte aus seiner Jacke und warf sie ihm zu. »Und jetzt komm. Zurück nehmen wir ein Taxi.« Sie drehte sich nicht nach ihm um, ging zügig auf den Taxistand am Ende des Strandes zu, fiel auf der Hälfte der Strecke sogar fast in einen Dauerlauf.

Owen folgte ihr in einigem Abstand – mit einem breiten Grinsen im Gesicht.

Das hier war offensichtlich ein Weihnachtsfest, das einige Überraschungen bereithielt.

NEUNZEHN

Mein Herz klopfte wie verrückt, als ich mir in Elisas Haus die Stiefel auszog und meinen Mantel aufhängte, und es klopfte auch noch, als ich mich wieder zu den Mädchen auf das Sofa setzte, als ob nichts gewesen wäre. Owen und ich hatten auf der kurzen Taxifahrt kaum ein Wort gesprochen, und ich hatte keine Ahnung, wie ich mich ihm gegenüber verhalten sollte.

Verdammt. Warum konnte ich bloß nie meine Klappe halten? Warum musste ich alte Wunden aufreißen? Zwei Minuten länger und ich hätte Owen da mitten am Strand im Schnee anvertraut, dass ich damals so verliebt in ihn gewesen war wie Julia in ihren Romeo. Warum hatte ich damit angefangen? Ich hatte nicht die geringste Lust, das bemitleidenswerte Mädchen zu sein, dass sein Herz an einen Rockstar-Playboy verlor. Ich meine verloren hatte, natürlich. *Hatte!* Vergangenheitsform!

Meine Güte noch mal.

Der Märchenfilm war fast vorbei, und es roch schon herrlich nach gebratenem Fleisch. Owen hatte sich mit

Katie an den Tisch gesetzt und sie unterhielten sich angeregt über etwas, was ich von hier aus nicht verstehen konnte. Als der Film vorbei war, drehte sich Maisie mit einem forschenden Blick zu mir um. »Wo warst du denn mit Onkel Owen?«, fragte sie, als hätte ich ihr liebstes Spielzeug ausgeliehen, ohne vorher um Erlaubnis zu bitten.

»Wir waren am Strand, aber es hat so sehr angefangen zu schneien, dass wir gleich wieder umkehren mussten«, erklärte ich wahrheitsgemäß, musste aber blöderweise feststellen, dass selbst bei so einer harmlosen Frage meine Wangen ganz heiß wurden.

Maisie sprang auf und rannte zum Fenster. »Dann können wir ja gleich einen Schneemann bauen!«, rief sie begeistert aus.

»Na, vielleicht eher ein Schnee...baby«, meinte Owen lachend, der sich zu ihr gesellt hatte, die Hände auf ihren Schultern. »Aber erst mal essen wir jetzt. Eure Grandma kocht seit Tagen, um uns alle sattzukriegen.«

Er schickte die beiden Mädchen nach oben, um den Rest ihrer Familie zusammenzutrommeln, und plötzlich waren wir schon wieder allein im Raum. Katie schien spurlos verschwunden zu sein. Ich kam langsam zu dem Schluss, dass es eine wirklich, wirklich dumme Idee gewesen war, dieses Weihnachtsfest gemeinsam zu verbringen. Ich meine – jetzt mal ehrlich. Zu Weihnachten heulten selbst hartgesottene Menschen bei rührseligen Werbespots oder niedlichen Postkarten. Da war es sicher nicht klug, direkt das Objekt seiner jugendlichen Begierde vor sich zu haben.

»Und? Wie geht es Paul?« Owen hatte den Kopf nicht zu mir umgedreht, als er das fragte. Er starrte immer noch hinaus auf die fallenden Schneeflocken, die Stimme vollkommen unbeteiligt.

»Gut.« Ich setzte mich wieder auf das Sofa und hoffte, dass Elisa uns bitten würde, den Tisch zu decken. Erst als ich saß, fiel mir auf, dass ich eigentlich auch in die Küche hätte gehen können. Aber jetzt wieder aufstehen und weggehen – das hätte wie eine Flucht gewirkt.

Owen drehte sich langsam zu mir um, kam auf das Sofa zu und setzte sich behutsam neben mich. »Feiert Paul mit seiner Familie Weihnachten?«

Ich seufzte leise. »Gut möglich.«

»Du weißt es nicht?« Sein Blick war auf einmal längst nicht mehr so unbeteiligt.

»Nein, weiß ich nicht«, gab ich zu.

»Und warum nicht?«

Ich verdrehte die Augen. »Was soll das werden, Owen?«

»Ich mache nur ein wenig Konversation.«

»Aha.« Ich würde den Teufel tun und Owen erzählen, dass ich mit Paul Schluss gemacht hatte. Wir waren am Abend vorher zusammen essen gegangen, und Paul hatte wieder auf dem Bild herumgeritten, das jetzt von mir durch die Medien geisterte. Ich hatte es nicht geplant, aber plötzlich hatte ich mich sagen hören, dass ich eine Auszeit bräuchte. Paul hatte nach einer Schrecksekunde erwidert, dass wir dann auch gleich richtig Schluss machen könnten und schon fünf Minuten später gefragt, ob er sich trotzdem darauf verlassen könnte, dass seine Rede rechtzeitig fertig werden würde. Tja, er war eben, wie er war.

Ich hatte meinen neuen Beziehungsstatus bislang nur meiner Mom gegenüber erwähnt – das war das Gute daran, wenn man eine heimliche Beziehung führte. Auch die Trennung verlief dann unbemerkt. Aber wenn ich Owen jetzt davon erzählen würde, würde er vermutlich sofort denken, dass ich mich seinetwegen getrennt hatte.

»Also, alles in Ordnung mit euch?«, hakte Owen wieder nach. »Friede, Freude, Eierkuchen?«

»Ja.« Ich hob die Schultern. »Bis auf die Eierkuchen. Paul ernährt sich ausschließlich vegan.«

Owen grinste zufrieden, und ich hatte schon wieder das unangenehme Gefühl, dass er ganz genau wusste, dass ich log. »Wie schön.«

»Und du?« Mein Ton war auf einmal angriffslustig. »Hast du in den letzten Tagen mit irgendwelchen Frauen geschlafen?«

Owen, der sich gerade eine Weihnachtsmandel aus der Schale auf dem Couchtisch stibitzt hatte, verschluckte sich und bekam einen Hustenanfall, der sich gewaschen hatte. »Wie bitte?«, fragte er vollkommen fassungslos, als er wieder zu Atem gekommen war.

»Na, diese Reporterin war doch ganz scharf auf dich.« Es gefiel mir, wie unbehaglich Owen sich bei diesem Gespräch plötzlich fühlte. Das hätte ich schon viel eher machen müssen: einfach den Spieß umdrehen. »Ich habe mich schon immer gefragt, wie so was eigentlich geht. Ich meine, diese ganzen kurzen Affären und One-Night-Stands – funktioniert das denn? Für alle Beteiligten?«

Owen sah sich leicht verstört im Zimmer um, als würde er nach einem Fluchtweg suchen. »Ob das *funktioniert*?«

»Ja, ich meine, sind diese Arrangements zufriedenstellend?«

Er hob eine Augenbraue. »Fragst du mich gerade nach meinen Qualitäten als ... Liebhaber?«

Ich ignorierte die Tatsache, dass ich rot anlief wie eine Tomate. Genauso wie das Gefühl, in diesem Gespräch in eine viel zu gefährliche Richtung abgebogen zu sein. Ich meine, ging es noch abgefahrener? Wir saßen hier, fast in Hörweite unserer *Mütter* vor einem kitschig geschmückten Weihnachtsbaum, und ich hatte nichts Besseres zu tun, als Owen über sein Sexleben auszuquetschen. »Und wenn es so wäre?«

Er räusperte sich. »Du machst mir gerade ein bisschen Angst.«

»Ist das deine Antwort?«

»Ich habe ja noch nicht mal die Frage verstanden!«

Ich holte tief Luft. »Ich kann mir einfach nicht vorstellen, wie das geht. Sagst du den Frauen all die netten Dinge, die sie gerne hören wollen, und dann ... was? Dann küsst du sie einfach, oder sie dich? Und dann sagst du: Hey, Babe, wollen wir jetzt vielleicht mal in mein Hotelzimmer gehen?«

Ja, da war er wieder, der altbekannte, spöttische Owen-Blick. »Eins kann ich dir versichern. Ich habe noch nie in meinem ganzen Leben zu einer Frau gesagt: *Hey, Babe, wollen wir jetzt vielleicht mal in mein Hotelzimmer gehen.«*

»Also, stimmen die ganzen Geschichten gar nicht?« Ich sah ihn an und betete, dass er mich einfach anlügen würde. Ich wollte hören, dass er die letzten Jahre einsam und verzweifelt in seinem Nobelapartment gesessen und nur von *mir* geträumt hatte. Ja, ich hatte einen gehörigen Eierlikör-Schwips, und außerdem roch Owen so unglaublich gut. So langsam verlor ich in seiner Gegenwart einfach die Nerven.

Owen erwiderte meinen Blick, dann schüttelte er ganz langsam den Kopf. »Nein, es stimmt leider. Ich hatte viel zu viele Affären.«

»Oh.« Ich seufze. »Okay, ich verstehe.«

»Ich glaube nicht, dass du das verstehst.« Seine Stimme klang dunkel. »Es hat nichts mit Liebe oder so zu tun. Man geht aus, man trinkt, man trinkt noch mehr.« Er schluckte. »Ich schlafe nicht mit Fans, ehrlich nicht. Schon gar nicht mit den jüngeren. Es sind Frauen aus dem Business. Es ist unpersönlich, es ist wie ... Bowlen gehen.«

Ich schloss ein wenig angewidert die Augen. »Ein sehr bildlicher Vergleich.«

»Soll ich dich anlügen?«

Ja, sollst du! Bitte! »Nein, natürlich nicht.« Dieses Gespräch wurde wirklich immer bizarrer. »Es ist also so etwas wie eine Angewohnheit, oder? Ein ... Hobby?«

»So in etwa, ja.«

»Und ist es etwas, was du auch ... lassen könntest?« Das Eis, auf dem ich mich hier bewegte, war verdammt dünn. Es sah nicht so aus, als ob es mich noch lange tragen würde.

Owen rückte ein Stückchen näher, so dass sich unsere Oberschenkel leicht berührten. Sein Atem ging etwas schneller. »Aus welchem Grund sollte ich das tun?«

»Wenn du dich verlieben würdest.« Meine Stimme war nur ein Flüstern.

»Ja, dann könnte ich es ohne Probleme lassen.« Sein Bein drückte gegen meines und ich widerstand dem

Impuls, von ihm wegzurücken. »Was ist mit dir?«, fragte er, ebenso leise wie ich.

»Du meinst, ob ich mit vielen Frauen schlafe?«, versuchte ich einen lahmen Witz. »Eher nicht. Ich bin ja nicht mehr auf dem College.«

Er lachte leise, dann wurde er wieder ernst. »Was ist, wenn du dich verliebst?«

Ich hörte die Mädchen oben lachen und kreischen. In der Küche klapperte Geschirr, aber es kam mir alles sehr weit weg vor. »Ich weiß gar nicht, ob ich mich wirklich verlieben kann«, gab ich zögernd zu. »Ich stehe morgens um fünf Uhr auf und ich arbeite wie verrückt. Abends habe ich nur noch die Kraft, mir ein Fertiggericht in die Mikrowelle zu schieben. Obwohl ich weiß, wie ungesund die Strahlung dieser Teufelsmaschinen ist. Bei den Spätnachrichten schlafe ich vor dem Fernseher ein und am nächsten Morgen geht der ganze Wahnsinn wieder von vorne los. Es mag für dich verrückt klingen, aber das ist nun mal mein Leben. So habe ich es mir ausgesucht und deshalb habe ich weder Zeit noch Energie für solche ... Spielchen.« Mist. Die letzten Worte waren mir gegen meinen Willen herausgerutscht. »Ich meine, deshalb habe ich meine Prioritäten eben zurzeit anders gesetzt.«

Owen sah mich forschend an. »Von was für Spielchen redest du da?«, fragte er leise.

»Ach, komm schon, das weißt du ganz genau. Dieses ganze Geflirte und Abgechecke. Dieses ganze Spiel. Das ist einfach das, was wir alle tun, um uns von der Sinnlosigkeit des Lebens abzulenken. Am Ende ist es nicht mal etwas Persönliches.« Ich merkte, dass ich mich um Kopf und Kragen redete. Aber was sollte ich sonst sagen? Dass Owen der einzige Mann war, in den ich mich wirklich verlieben könnte? Und dass mir das gerade alles eine Scheißangst machte?

»Glaub mir.« Sein Blick hielt meinen fest, und plötzlich hatte ich das Gefühl, kaum mehr atmen zu können. »Das hier ist persönlich. Sehr persönlich sogar.«

»Hey, ihr beiden, was treibt ihr denn da?« Unsere Köpfe flogen herum, als Katie uns mit einem skeptischen Blick von der Wohnzimmertür aus ansah. »Alles in Ordnung bei euch?«, fragte sie, die Stirn gerunzelt, der Ausdruck besorgt.

Ich kannte diesen Blick. Es war der Blick, den Katie offenbar nur für ihren Zwillingsbruder reserviert hatte. Der Blick, der fragte, warum er nicht ebenso vernünftig und unbescholten leben konnte wie der Rest der Familie. »Was habt ihr beide denn bloß schon wieder?«, setzte sie hinterher und stemmte die Hände in die Hüften, als wolle sie uns davor warnen, mit unserer miesen Stimmung das Weihnachtsfest zu sabotieren.

»Wir haben gar nichts«, erklärte Owen mit einem Lächeln. »Wir ... diskutieren nur etwas aus.« Er sah wieder mich an. »Etwas, das schon seit Jahren überfällig ist.«

»Das müsst ihr jetzt erst mal aufschieben«, erklärte Katie resolut. »Das Essen ist fertig.«

»Oh, okay.« Sofort sprang ich auf. »Soll ich noch den Tisch decken oder irgendwas?«

Katie schnaubte leise, aber dennoch hörbar. »Dafür kommst du jetzt ein bisschen zu spät. Es ist alles fertig.«

Was war denn nur mit Katie los? War sie etwa diesmal sauer auf ... *mich*? Ich ging kurz im Kopf die Liste der möglichen Verfehlungen durch, die Katie normalerweise wütend machen konnten. Aber ich hatte sie in den letzten achtundvierzig Stunden weder in eine politische Diskussion verwickelt noch zu wenig Interesse gezeigt, wenn es um ihren Job oder ihre Schüler ging. Darüber hinaus hatte ich der Familie gerade einen riesigen Gefallen getan, indem ich mit Owen nach New York geflogen war. Vielleicht sollte ich Katie unauffällig auf das Spruchband im Flur hinweisen. Ich war hier doch schließlich der *Weihnachtsengel*!

»Also, kommt ihr jetzt oder braucht ihr eine Extra-Einladung?« Katie starrte uns immer noch mit flammendem Blick an.

Auch Owen war von ihrer Attacke offenbar ein wenig verwirrt. »Hast du irgendwelche Drogen genommen, Schwesterchen?« Er schüttelte tadelnd den Kopf. »Wo bleibt denn deine Fairness? Gerade zu Weihnachten sollte man illegale Rauschmittel immer geschwisterlich teilen.«

Katie lächelte gequält. »Wie gesagt, das Essen ist fertig.« Damit verschwand sie wieder in die Küche.

»Was ist denn mit Katie los?«, fragte ich verwirrt.

Owen hob die Schultern. »Keine Ahnung.«

»Müsstest du das nicht wissen? So zwillingsmäßig?«, zog ich ihn auf.

»Tja, ich denke, Katie hat mich schon seit einer ganzen Weile aus ihrem Kopf verbannt.« Er rollte mit den Augen. »Du bist nicht die Einzige, die etwas gegen meinen Job hat.«

Ich runzelte die Stirn. »Wie kommst du nur immer darauf, dass ich etwas gegen deinen Job hätte? Und wieso um Gottes willen denkst du, dass Katie etwas gegen deinen Job hat? Sie ist irre stolz auf dich.«

»Dann hat sie eine merkwürdige Art, das zu zeigen.« Er erhob sich. »Und du übrigens auch«, setzte er halblaut hinzu. Dann streckte er mir die Hand entgegen. »Komm, gehen wir lieber rüber. Sonst schimpft Katie uns richtig aus.«

Ich sah ihn kurz an, dann auf seine Hand, dann griff ich danach und ließ mich von ihm von der Couch hochziehen. Er umschloss meine Hand mit festem Griff. »Aber das Gespräch ist noch nicht beendet.«

»Das über Katie?«, fragte ich.

Er blieb stehen und drehte sie um. »Komm schon, Lucy. Es passt nicht zu dir, wenn du dich dumm stellst.«

Ich biss mir auf die Unterlippe. »Ich weiß nicht, was du dir da einredest.«

»Eine ganze Menge, fürchte ich.« Sein freches Grinsen mit einem Hauch von Spott war zurück. »Ich bilde mir da gerade ehrlich gesagt eine ganze Menge ein.«

ZWANZIG

Owen

Beim Essen vermied Owen es, sich weiter mit Lucy zu unterhalten, aber er konnte sich kaum auf das laufende Gespräch konzentrieren. Immer wieder gingen ihm die Worte von Lucy durch den Kopf. Was zum Teufel hatte sie damit gemeint, dass er Spielchen mit ihr spielte? Was ging nur in ihrem Kopf vor, dass sie überhaupt auf die Idee kam, er könnte mit ihr spielen?

Vorsichtig warf er einen Blick zu ihr. Im gleichen Moment sah sie zu ihm hinüber, und eine zarte Röte kroch ihr in die Wangen. Wenn sie nur nicht so verdammt zauberhaft wäre! Diese Mischung aus Verletzlichkeit und Entschlossenheit, diese süße Unsicherheit und ihr Wille, die ganze Welt zu retten – das machte sie zu einer absolut unvergleichlichen Person.

Zum ersten Mal in seinem Leben gestattete Owen sich den Gedanken, was wäre, wenn er sich wirklich auf jemanden einlassen würde. Wenn er den Mut hätte, sich zu einem anderen Menschen zu bekennen und sich nicht hinter lockeren Beziehungsarrangements zu verstecken. Er war nicht sein Dad. Es war nicht in Stein gemeißelt, dass er einer Frau das Herz brechen musste.

Was, wenn er es wäre, der die Mauer durchdringen könnte, die Lucy um sich herum errichtet hatte? Wenn nur dieser blöde Paul nicht wäre. Owen hatte sich immer an einen einfachen Grundsatz gehalten: Frauen in Beziehungen waren für ihn tabu. Aber ... war er nicht gerade dabei, sämtliche Lebensprinzipien über Bord zu werfen? Da kam es auf eins mehr oder weniger doch gar nicht an. Was hatte er schon zu verlieren, wenn er ihr einfach sagte, was gerade in ihm vorging? Was, wenn sie seine Gefühle tatsächlich erwiderte und wirklich dachte, er wolle nur mit ihr spielen? Was, wenn er sie wirklich halten könnte, berühren, umarmen, küssen ...

»Schatz, möchtest du noch ein bisschen Kartoffelbrei?« Seine Mutter warf ihm einen ihrer berühmt-berüchtigten Blicke zu. Er sah auf seinen Teller und merkte zu seiner Überraschung, dass er leer war. Er hatte ein riesiges Stück Truthahn, eine große Portion Kartoffelbrei und ungefähr sieben verschiedene Gemüsesorten gegessen, ohne es überhaupt mitzubekommen. Hatte er gekaut? Hatte er geschluckt? Er hatte keine Ahnung.

»Nein, Mom, ich bin schon satt«, erwiderte er und zwang sich zu einem Lächeln, das vermutlich an einen Zombie erinnerte.

»Ich finde ja, du bist viel zu dünn«, erwiderte seine Mutter mit einem ärgerlichen Stirnrunzeln. »Warum musst du bloß so viel trainieren? Das kann doch nicht gesund sein. Irgendwann siehst du so aus wie dieser Werwolf.«

»Du meinst Taylor Lautner«, warf Maisie mit Begeisterung ein, und ihre Augen leuchteten. »Kannst du nachher noch mal das Lied für mich singen, Onkel Owen? Bitte, bitte, bitte?«

Wieder trafen sich Owens und Lucys Blicke für einen Moment, und Owen musste schwer schlucken. *One step closer ...*

Er nickte. »Klar, das mache ich später. Kein Problem.«

Sie hatten mittlerweile alle aufgegessen, und wie durch Zauberhand standen für die Erwachsenen Kaffeetassen und für die Kinder Eisschälchen auf dem Tisch.

Owen hatte wieder überhaupt nichts davon mitbekommen. Er hätte sich selbst am liebsten eine kräftige Ohrfeige verpasst, aber das hätte vermutlich eine Menge Fragen aufgeworfen. Okay, noch mal langsam. Über was dachte er hier eigentlich gerade nach? Wollte er wirklich dieses Fass aufmachen? Wollte er wirklich, dass Lucy über seine heimlichsten Gefühle Bescheid wusste? Er konnte sich schon gut vorstellen, wie Miss Neunmalklug darauf reagieren würde. Sie würde ihm vermutlich ganz ausführlich auseinandersetzen, dass er sich das alles nur einbildete, weil er ein paar Tage lang so hatte tun müssen, als ob er in sie verliebt wäre.

Was ja auch irgendwie stimmte. Nur, wo war der Unterschied zwischen Realität und Einbildung? Wo war der Unterschied, wenn Lucy alles war, woran er denken konnte, und wenn er auf einmal nur noch den Wunsch hatte, mit ihr allein zu sein, um sie endlich richtig zu küssen?

»Äh, Owen?« Katie wedelte mit der Hand vor seinem Gesicht herum. »Sag mal, was ist eigentlich los mit dir?«

Noch mal verdammt. Offenbar hatten sich alle vom Tisch erhoben, ohne dass er es bemerkt hatte. Nur Katie saß noch neben ihm und betrachtete ihn mit einem merkwürdigen Blick. »Die Kinder wollen in den Garten gehen und ein bisschen im Schnee spielen«, informierte sie ihn.

»Oh, da bin ich dabei«, rief er sofort erleichtert aus. Eine Abkühlung konnte ihm wirklich nur guttun. Vielleicht würden sich seine Gedanken ja wieder sortieren, und er konnte endlich aufhören, wie ein hirnloser Trottel durch die Gegend zu laufen.

»Na, dann. Hopp, hopp.« Katie sah ihn an, als ob sie noch etwas sagen wollte, aber dann schüttelte sie nur den Kopf. »Wir Mädels machen uns so lange eine Flasche Wein auf und überlegen, wie es mit deinem Leben weitergehen soll«, setze sie provokativ hinzu.

»Ja, super, macht das.« Owen hatte schon wieder nicht richtig zugehört.

»Okay, kleiner Bruder.« Katie seufzte. »Ich, die ich schon achtzehn Minuten länger auf der Welt bin und mich dementsprechend viel besser hier auskenne, mache mir langsam ernsthaft Sorgen um dich. Was ist denn eigentlich los mit dir?«

Er sollte nicht mit Katie darüber reden. Das war sicher ein Fehler. Er wusste ja selbst noch nicht, was dieser merkwürdige Gefühlsaufruhr zu bedeuten hatte. Es war doch Jahre her, seit er das Thema Lucy zu den Akten gelegt hatte. »Willst du das wirklich wissen?« Oje. Er würde sich sein eigenes Grab schaufeln.

»Natürlich will ich das.« Katie zog ihn wieder an den Tisch zurück. »Setz dich hin und erzähl mir endlich, was bei dir gerade abgeht.«

Er setzte sich und sah sich um, aber alle anderen waren im Wohnzimmer und damit außer Hörweite. »Es geht um Lucy«, flüsterte er.

»Ja, ich weiß. Diese Heiligenverehrung, die Mom da durchzieht, ist schon ein bisschen schräg. Aber man muss Lucy zugutehalten, dass sie sich in die Sache echt reingehängt hat. Sie hat alles mitgemacht, ohne Wenn und Aber. Auch wenn ich verstehe, dass du genervt bist, weil Mom so tut, als ob sie dir eine Niere gespendet hätte ...«

»Ich bin nicht genervt«, unterbrach Owen sie, immer noch im Flüsterton. »Ich bin ... eher ein bisschen durcheinander.«

Katie verzog den Mund. »Nein.«

»Wie bitte?« Er starrte sie an.

»Nein, Owen. Mach das nicht.« Sie schüttelte langsam und nachdrücklich den Kopf. »Lass die Finger von ihr.«

»Sag mal ...« Er setzte sich etwas aufrechter. »Was soll das denn heißen?«

»Ich bin nicht blöd, Owen. Ich sehe dieses Hin und Her doch genau. Aber ich sage dir: Lass es. Lucy ist nichts für dich. Du brauchst jemanden, der stabil ist. Jemanden, der mit beiden Beinen auf dem Boden steht. Jemanden, der dir Halt gibt. Auch wenn Lucy so wirkt, als ob sie alles im Griff hätte – sie ist nicht gerade ein Beziehungsgenie.«

»Das trifft sich gut. Das bin ich nämlich auch nicht«, entgegnete Owen leicht gereizt.

»Ganz genau. Auf den Punkt wollte ich jetzt kommen.«

»Woher willst du wissen, dass Lucy nicht genau die Richtige ist?«, fragte Owen mit einer gewissen Schärfe in der Stimme.

Sofort änderte Katie den Tonfall. »Lucy ist ... keine Ahnung. Sie ist eben Lucy. Sie ist süß und aufopferungsvoll, und wenn sie einen mit diesen großen Puppenaugen ansieht, dann denkt man, sie wäre wirklich ein kleiner Weihnachtsengel. Sie hat diese ganzen Ziele, und glaub mir, ich bewundere sie wirklich für ihren Einsatz. Sie ist zielstrebig, entschlossen, aber auch ... ein wenig sonderbar.«

»Wow.« Er sah jetzt wirklich verwirrt aus. »Wer solche Freunde hat, braucht keine Feinde mehr.«

»Ach, komm, Owen. Du weißt, wie wichtig ihr mir seid, du und Lucy. Ich will, dass es euch gut geht. Euch *beiden*.«

»Das heißt dann im Umkehrschluss, dass ich auch nicht gut genug für sie bin?« Owens Stimme war mühsam beherrscht, aber seine Augen funkelten seine Schwester wütend an.

Sie atmete tief durch. »Es geht doch nicht darum, *gut genug* für jemanden zu sein. Es geht darum, dass ihr euch vermutlich in etwas reinsteigert, was euch beiden wirklich schaden könnte. Oder denkst du wirklich, du würdest mit Lucy in den Sonnenuntergang reiten? Ein Haus kaufen, heiraten, Kinder bekommen, bis dass der Tod euch scheidet?«

Ja, genau das war es, was Owen sich im Moment wünschte, auch wenn er wusste, wie bescheuert das klang. »Natürlich nicht«, entgegnete er. »Ich wollte sie um ein Date bitten und nicht um den Rest ihres Lebens.«

»Hör nur ein einziges Mal auf meinen Rat, Bruderherz.« Katie sah ihm fest in die Augen. »Lass es.«

»Ich weiß nicht, ob ich das kann.«

»Dann lass es um ihretwillen. Sie hat einen Freund, das weißt du. Man mischt sich nicht in eine laufende Beziehung ein. Das tut man einfach nicht. Sie ist nicht auf der Suche, okay?«

»Ich war auch nicht auf der Suche.« Er hob die Schultern. »Aber jetzt ist es einfach passiert.«

»Nichts ist passiert.« Sie stand auf und warf ihm einen letzten Blick zu. »Nichts ist passiert, und das sollte auch so bleiben. Wenn du mit deinen Nichten im Schnee spielen willst, dann solltest du dich lieber beeilen.«

»Bin ja schon weg.« Owen erhob sich kopfschüttelnd, holte seine Jacke und seine Stiefel und machte sich auf den Weg zur Terrassentür. Er war verwirrt. Er hatte noch nie erlebt, dass sich Katie in sein Liebesleben einmischte. Na ja gut, bislang hatte sie dazu auch keine Gelegenheit gehabt. Seine kurzen Affären waren immer schon vorbei gewesen, bevor sich jemand einmischen konnte.

Schnee.

Eine große Ladung Schnee.

Das war jetzt genau das Richtige.

Er konnte nur hoffen, dass ihm die süßen Biester eine Riesenladung ins Gesicht werfen würden.

EINUNDZWANZIG

»Achtung, Onkel Owen!« Die quietschenden Stimmen der Mädchen waren selbst durch die Glasscheibe laut und deutlich zu verstehen. Ich stand am Fenster neben dem Weihnachtsbaum und beobachtete verstohlen, wie Owen mit seinen Nichten im Schnee herumtollte.

Er schien vollkommen darin aufzugehen. Gerade hatte er die kleine Coleen Huckepack genommen und jagte hinter Maisie her, die quietschend und gackernd durch den Garten tobte. Am Rande der kleinen Rasenfläche hatten die drei einen winzigen Schneemann gebaut, der ein wenig windschief wie ein Gartenzwerg herumstand.

Ich hatte nicht gewusst, wie gut Owen mit Kindern konnte. Klar, Katie hatte öfter mal erwähnt, dass seine Nichten ihn anbeteten wie einen Gott, aber es war etwas ganz anderes, das mit eigenen Augen zu sehen. Was für Qualitäten steckten noch in Owen, die ich in all den Jahren nicht gesehen hatte? Ich konnte nicht aufhören, daran zu denken, wie er vorhin einfach Ja gesagt hatte.

Einfach ja, dass er jederzeit mit den ganzen Frauen aufhören könnte, wenn er sich wirklich verliebte. Ob das
die Wahrheit war?

»Sieh ihn dir an.« Elisa war zu mir ans Fenster getreten. Sie hielt die Weinflasche hoch und zeigte fragend
auf mein Glas. »Willst du noch?«

Ich nickte, immer noch ein leicht dämliches Lächeln
im Gesicht. »Gerne.«

»Unser Owen ist schon ein toller Kerl.« Elisa sah ver-
sonnen zu ihrem Sohn hinaus. »Die Mädchen sind ganz
verrückt nach ihm.«

»Kann ich gut verstehen«, sagte ich verträumt, hätte mir aber sofort danach die Zunge abbeißen können.
»Ich meine, er ist ein toller *Onkel*«, stellte ich richtig.

»Ja.« Elisa betrachtete mich nachdenklich. »Ähm,
Lucy, darf ich dich etwas fragen?«

Ich nickte. »Natürlich.«

Sie sah aus, als wüsste sie nicht, wie sie anfangen sollte.
»Es geht um Owen. Und dich. Gewissermaßen.«

»Klar, frag einfach.«

Sie stellte die Flasche Wein und ihr Glas ab, stützte
sich mit den Händen auf der Fensterbank ab und sah
nach draußen. »Er kann jetzt keine Ablenkungen ge-
brauchen, weißt du?«

Ich runzelte die Stirn. Wo war die Frage? »Natürlich
nicht«, stimmte ich ihr zu.

»Ich meine, seine Band geht auf Welttournee. Morgen früh sitzt er im Flugzeug nach Europa. Dann geht
es weiter nach Asien. Vier Monate lang wird er unterwegs sein.« Sie seufzte. »Es hing am seidenen Faden. Ich
habe mir mein Leben lang Sorgen um ihn gemacht. Er

war seinem Vater von Anfang an so ähnlich. Schon als Kleinkind.« Sie seufzte. »Aber jetzt ist er endlich nicht mehr in Gefahr, sich selbst zu sabotieren. Er kann ja nichts dafür, dass er immer alles abbricht. Sein Vater hat ihm diesen ganzen Mist ja vorgelebt.«

Ich sah sie verwundert an. »Wieso immer alles abbricht? Ich kenne kaum jemanden, der so zielstrebig auf sein Berufsziel hingearbeitet hat wie Owen.«

»Berufsziel?« Sie stieß die Luft aus und lachte dann leise. »Ja, so kann man das natürlich auch nennen. Reich werden und nichts tun. Das wünschen sich wohl die meisten Jugendlichen.« Sie schüttelte den Kopf. »Nein, nein, Lucy. Der Junge hatte einfach mehr Glück als Verstand. Ohne Jeff ...« Sie seufzte wieder. »Sagen wir einfach, es war haarscharf.«

»Das ist jetzt aber nicht fair«, erwiderte ich heftig, zuckte dann aber selbst zusammen. Was hatte ich für ein Recht, Elisa so anzugreifen? An Weihnachten, in ihrem Haus? Die Frau, die mir Zuflucht gewährt hatte, so wie die Herbergsleute der schwangeren Maria? Ich lächelte sie entschuldigend an. »Also, worüber wolltest du mit mir reden?«

»Du weißt ja, dass Owen schon immer eine kleine Schwäche für dich hatte, nicht wahr?«

Ich lachte auf. »Nein, da musst du dich irren. Owen war schon immer ein bisschen genervt von mir. Er nennt mich Lucy Lou, das sprich ja wohl Bände.«

»Tja, was sich neckt ...« Sie wiegte vielsagend den Kopf.

»Elisa, wir sind einfach nur Freunde.« Ich musste lachen, weil Owen sich von den Mädchen hatte niederkämpfen lassen und jetzt auf dem Rasen einen Schneeengel machte. Er war vermutlich schon pitschnass, trotzdem strahlte er über das ganze Gesicht. Das war es, was ich an ihm schon immer so gerngehabt hatte. Diese ... Hingabe. Dieses Leben im Hier und Jetzt.

»Okay, ich sage es jetzt einfach.« Sie tätschelte meinen Arm, als wolle sie damit die folgenden Worte abmildern. »Lucy, du musst ein bisschen Distanz zu Owen halten. Du weißt ja, wie Männer sind.« Ich wollte etwas einwerfen, aber sie sprach schon weiter. »Du bist vielleicht die Einzige in seinem Leben, die sich ihm nicht gleich an den Hals geworfen hat. Du weißt ja nicht, was in den letzten Monaten los war. Die Fans haben vor seinem Apartmenthaus kampiert und gewartet, bis er rauskam. Selbst hier vor der Tür lungern ab und zu ein paar Mädchen herum, weil sich herumgesprochen hat, dass Owen regelmäßig zu Besuch kommt.« Sie seufzte. »Natürlich ist es für Owen äußerst reizvoll, dass er bei einer Frau wie dir nicht so leichtes Spiel hat. Du weißt schon. Der Jagdinstinkt.« Jetzt drehte sie sich ganz zu mir um und ihr Blick wurde wieder streng. »Aber er ist immer noch Owen. In mancher Hinsicht wird er wohl immer bleiben wie sein Dad, verstehst du? Wenn er jetzt mit der Band alles richtig macht, kann er danach sicher einen guten Job beim Musiklabel bekommen. Ich habe schon mit Jeff gesprochen. Er hat angeboten, dass sie Owen als Talentscout unterbringen, wenn er für die Musik zu alt wird.«

Ich starrte Elisa an wie eine Außerirdische. »Wieso sollte er für die Musik zu alt sein?«

»Ach, komm. In ein paar Jahren interessiert sich niemand mehr dafür, wie er über die Bühne tanzt, da muss man auch mal realistisch sein.«

Tiefes Mitleid für Owen erfüllte mich. Wie schrecklich, wenn die eigene Mutter nicht an einen glaubte. Wie traurig, dass Elisa überhaupt nicht zu begreifen schien, was er tagtäglich in seiner Band leistete. »Ich glaube, wir sollten das Gespräch jetzt lieber beenden«, erklärte ich etwas steif.

»Ja, gut, wahrscheinlich interpretiere ich da viel zu viel hinein. Du bist ein vernünftiges Mädchen, Lucy. Deshalb hat Owen ja jetzt auch alles richtig gemacht. Du wirst nicht die sein, für die er alles hinwirft und sein Leben ruiniert.« Sie sah wieder zu Owen hinaus. »Ich denke ja nicht nur an ihn, mein Schatz«, setzte sie hinzu. »Die vielen Male, die sein Dad mich betrogen hat – das hat Narben hinterlassen, die ich keinem wünsche. Owen wird sich nicht ändern. Selbst wenn er eine Affäre mit dir anfängt und dafür seine Karriere aufs Spiel setzt – am Ende wird er doch wieder zu einer anderen gehen. Nur du hast dann alles verloren: deinen Freund, deinen Job, deine Reputation und deine Karriereaussichten.«

Ich machte den Mund auf, klappte ihn dann wieder zu. Es war nicht zu leugnen. Elisas Heiligenschein hatte heute ein paar heftige Kratzer abbekommen. Ein paar ziemlich heftige Kratzer. Trotzdem hatte sie vielleicht recht mit dem, was sie sagte.

Sie legte mir einen Arm um die Schultern. »Du bist eine wunderschöne und kluge Frau, Lucy. Wahrscheinlich habe ich mir ganz unnötig Sorgen gemacht. Aber wenn du erst selbst Mutter bist, dann wirst du das verstehen.«

»Klar, kein Problem.« Meine Beine fühlten sich plötzlich so an, als könnten sie mich nicht mehr tragen.

»Achtung, hier kommen drei Yetis!« Owen und die beiden Mädchen hatten die Terrassentür aufgerissen und stürmten mit einem Schwall frischer Schneeluft herein. Owen warf mir einen strahlenden Blick zu, den ich eher verhalten erwiderte.

Er legte fragend den Kopf schief. »Na, was habt ihr denn? Macht ihr wieder Pläne, wie man meine verlorene Seele retten könnte oder warum guckt ihr so ernst?« Gott, er wusste ja nicht, wie nah er an der Wahrheit dran war!

Elisa schüttelte missbilligend den Kopf. »Was du schon wieder denkst. Gebt mir mal eure Jacken. Ich hänge sie gleich auf. Ihr seid ja pudelnass.« Sie verschwand, die Arme voller nasser Wintersachen.

Owen musterte mich genauer. »Alles in Ordnung mit dir, Lucy?«, fragte er leise.

»Ja, alles bestens.« Ich legte eine Hand auf meinen Magen und zwang mich zu einem Lächeln. »Das übliche Weihnachtsproblem. Viel zu viel Essen.«

Owens Nichten kicherten, während sie sich aus ihren Schneehosen schälten. Ihre Wangen glühten, und sie plapperten glücklich vor sich hin. Owen stellte die nassen Stiefel ordentlich auf die Fußmatte vor der Terrassentür. Dann drehte er sich wieder schwungvoll zu mir, aufgetankt von frischer Luft und guter Laune. Er sah mich an, runzelte die Stirn und griff mir mit einer Hand unters Kinn. Ich zuckte bei der unerwarteten Berührung zusammen, und er schüttelte missbilligend den Kopf.

»Lucy Lou, soll man an Weihnachten so ein Gesicht ziehen?«, fragte er mit gespielter Oberlehrerstimme.

Die Mädchen näherten sich neugierig, als wären wir beide Schauspieler in einer Theateraufführung. Er winkte die beiden noch ein bisschen näher an mich heran, und sie folgten kichernd der Aufforderung. »Guckt mal, Mädels. Sieht Lucy nicht ein bisschen aus wie der ...«, er machte eine Kunstpause, »... Weihnachtsgrinch?«

Die beiden schüttelten immer noch kichernd die Köpfe, wofür ich ihnen sehr dankbar war. »Nö, gar nicht.«

»Hah«, meinte ich in Owens Richtung. »Es sind zwar deine Nichten, aber sie halten zu mir.«

»Dann meint ihr also, so sieht ein richtig glücklicher Mensch aus?«, fragte Owen die beiden Mädchen und schüttelte dann demonstrativ den Kopf, um ihnen die Antwort vorzugeben.

Die beiden schüttelten auch sofort eifrig die Köpfe. »Nein«, riefen sie im Chor.

»Wollt ihr meine Assistentinnen in einem gewagten, wissenschaftlichen Experiment sein?«, setzte er nach, und die beiden Mädels jubelten zustimmend.

Ich warf Owen einen missbilligenden Blick zu. »Echt jetzt, Owen? Kinder für seine Zwecke instrumentalisieren? Ist es das, was sie euch Musikern beibringen?«

Er nickte ernst. »Jap. Die ganze Zeit.« Dann machte er das Time-out-Zeichen. »Wir haben eine kurze Besprechung. Wenn du uns kurz entschuldigen würdest?« Er zog die gackernden Mädchen in die Ecke des Raumes und die drei diskutierten heftig. Dann ging Owen zur Musikanlage, wühlte kurz in den CDs und kurz darauf erklangen die unverkennbaren Klänge von Santanas Gitarre und der Song *Smooth* erfüllte das Wohnzimmer.

»Wir sind übereingekommen, dass dir nur noch eine einzige Sache helfen kann, um in Weihnachtsstimmung zu kommen.« Er seufzte. »Das scheint die einzige Lösung zu sein.« Er musste laut sprechen, um die Musik zu übertönen. »Maisie hat zwar vorgeschlagen, dich mit Tequila abzufüllen, aber das war mir dann doch zu drastisch.«

»Habe ich nicht«, quietschte Maisie und sie und ihre Schwester bekamen schon wieder einen neuen Lachanfall.

Owen kam auf mich zu und streckte mir seine rechte Hand entgegen. »Tanz mit mir.«

»Wow.« Ich verdrehte die Augen. »Du bist ein wirklich bescheidener Mann.«

Er nickte und legte die Stirn in Falten. »Aber das ist auch schon mein schlimmster Fehler.« Er hob die Augenbrauen. »Und vielleicht noch die Tatsache, dass ich ein viel zu fantastischer Tänzer bin.«

»Tja, vielleicht hättest du mir nicht allzu viele Details aus deinem Westküstenleben anvertrauen dürfen«, erwiderte ich. »Jetzt fürchte ich, es ist nicht jugendfrei, dich einfach tanzen zu lassen.«

Er griff sich ans Herz. »So gehst du mit meinen tiefsten Geheimnissen um?«

Ich hob die Schultern. »Die Gefahr, dass du im Eifer des Gefechts deine Hose ausziehst, ist einfach zu groß«, raunte ich ihm zu.

Er verdrehte die Augen. »Kinder, soll ich euch sagen, was Lucy mir gerade zugeflüstert hat?«

Ich sah ihn warnend an. »Das wagst du nicht.«

Er streckte seine Hand wieder aus. »Dann tanz mit mir.«

Ich hob entschuldigend die Schultern. »Tut mir leid, Mister Curtis. Meine Tanzkarte ist schon voll.«

Er drehte sich zu den Mädchen um und zeigte anklagend mit dem Finger auf mich. »Sie ist doch der Grinch. Was soll ich tun?«

Die Mädchen kamen auf uns zugehüpft. Sie umrundeten uns hüpfend, und Owen begann in die Hände zu klatschen und »Tanzen, tanzen« zu skandieren, was die Mädchen natürlich sofort mitmachten.

»Owen!« Seine Mutter musste fast schreien. »Es ist Weihnachten.«

»Ich weiß, Mom. Mit dir tanze ich auch noch, aber erst ist Lucy dran.« Er packte mich ungestüm und zog mich an sich. »Tanz mit mir, Weihnachtsengel.«

Ich warf einen Blick zu Elisa. Hatte sie mir nicht gerade noch klipp und klar gesagt, dass wir mit diesem ... *was auch immer* zwischen uns aufhören sollten?

»Owen, lass das.« Ich machte mich von ihm los, während die beiden Mädchen schon begeistert um uns herumhopsten.

Owen beugte sich zu mir herüber »Du schuldest mir noch einen Tanz.« Seine Lippen berührten fast mein Ohr, und mir lief ein Schauer über den Rücken.

Ich sah ihn an. »Das wüsste ich aber.« Die anderen waren aus der Küche herübergekommen, um zu sehen, warum im Wohnzimmer das Partyfieber ausgebrochen war.

Ich hätte mich am liebsten unsichtbar gemacht, als ich die fragenden Blicke in meinem Rücken spürte. »Komm schon, Owen.« Ich schüttelte den Kopf. »Das ist doch Quatsch.«

Aber seine Arme umschlossen mich wieder. »Immerhin hast du mich abblitzen lassen, als ich dich zu meinem Highschool-Ball einladen wollte.«

Ich löste energisch seine Hände von meinen Hüften. »Du hast sie doch nicht mehr alle.« Ich nahm nur schemenhaft wahr, dass Tony seine Frau zum Tanzen aufforderte und Katie mit ihren Nichten einen wilden Indianertanz aufführte.

»Das ist mal wieder typisch, dass du so etwas vergessen hast.« Owen tippte mir leicht an die Stirn. »Darin befinden sich alle Daten zu Klimawandel und Energiepolitik, aber du erinnerst dich nicht mehr an diesen Abend auf dem Dachboden.«

»Oh, ich kann mich noch sehr genau daran erinnern.« Ich schnaubte empört. »Daran, dass du dich über mich lustig gemacht hast, weil mich nur so ein Idiot wie Julian zu meinem Ball eingeladen hat. Und dass die Mädchen dafür bei dir Schlange standen.«

Er sah mich fragend an. »Ich glaube nicht, dass wir vom gleichen Abend reden.«

»Oh, doch, mein Lieber.« Ich funkelte ihn wütend an. »Wo wir schon gerade beim Thema sind. Madison Scott? Echt jetzt? Musstest du wirklich mit einer Schlampe wie Madison Scott ins Bett gehen?«, zischte ich so leise, dass nur er es hören konnte.

Der schnelle Song war zu Ende, und plötzlich war es viel zu still im Raum, während Owen mich musterte, als würde er mich zum ersten Mal sehen. Dann erklangen weichere, lateinamerikanische Rhythmen, bevor wieder die Gitarre einsetzte.

Owen schluckte, dann streckte er die Hand aus. »Ich bleibe bei meiner Version der Geschichte«, beharrte er mit rauer Stimme. »Du schuldest mir einen Tanz.«

Ich schloss für einen Moment die Augen, öffnete sie wieder und hob die Schultern. Dann legte ich meine Hand in seine. »Okay, ein Tanz.«

Er zog mich mit seinem freien Arm an sich, während er meine Hand festhielt und zusammen mit seiner auf seiner Brust platzierte. Ich konnte durch den dünnen Baumwollstoff seines Shirts sein Herz schlagen hören. Ohne ein weiteres Wort begannen wir zu tanzen.

Owen war ein wirklich großartiger Tänzer. Er führte mit so einer weichen Entschlossenheit, dass ich mich seinen Bewegungen mühelos anpassen konnte. Für einen Moment vergaß ich alles um mich herum, vergaß seine Familie, meine Mom und die neugierigen Augen, die uns beobachteten. Ich schloss meine Augen und legte meinen Kopf an seine Schulter. Ich nahm plötzlich alles so intensiv wahr, als wäre ich auf Drogen. Seine Hand an meinem Rücken, sein klopfendes Herz, den schwachen Duft seines Duschgels, sein Atem an meiner Stirn. Ich verbot mir, an irgendetwas anderes zu denken, bis die letzten Akkorde des Songs verklungen waren.

Owen blieb stehen und sah auf mich herab. »Danke.« Zögernd ließ er meine Hand los, dann löste er auch seine andere Hand von meinem Rücken und trat einen Schritt zurück.

»Jetzt ich, jetzt will ich mit dir tanzen«, schrie Maisie begeistert und warf ihre kurzen Arme um Owens Taille. »Darf ich auf deinen Füßen stehen?«

Wie im Nebel bekam ich mit, wie die anderen weitertanzten. Ich durfte mich nicht auf die Gefühle einlassen, die gerade in mir explodierten. Ich durfte es einfach nicht! Ich war ganz kurz davor, mein Herz zu verlieren. Aber die Gefahr, es nicht in einem Stück zurückzubekommen, war wirklich zu groß. Himmel, wenn selbst

Owens Mutter nicht glaubte, dass er zu einer normalen Beziehung fähig war – wie sollte ich es dann glauben?

Ich ging zu meiner Mutter hinüber, die mit dem Baby auf dem Sofa saß und mit dem Fuß im Takt der Musik wippte. »Hey, Mom.« Ich hockte mich vor sie und sah sie bittend an. »Mir geht es nicht so gut. Ich gehe schon mal vor in deine Wohnung, okay?« Zu Weihnachten schlief ich immer bei meiner Mutter in meinem alten Zimmer. »Ich will jetzt keine Aufbruchsstimmung verursachen, alle haben gerade so viel Spaß. Ich schleiche mich einfach weg, ja?«

Meine Mutter sah mich besorgt an. »Aber mit dir ist alles in Ordnung?«

»Ja, klar.« Ich verdrehte die Augen. »Nur zu viel gegessen. Erklärst du es den anderen?«

Sie nickte. »Sicher. Leg dich schon mal hin. Ich komme bald. Vielleicht können wir uns dann ja noch einen Film ansehen, okay?«

Ich verließ das Haus der Familie Curtis, als wäre dort ein Feuer ausgebrochen.

Genauso fühlte es sich auch an.

ZWEIUNDZWANZIG

»Sie ist nach Hause gegangen?« Owen starrte Lucys Mutter an, als würde er den Sinn der Worte nicht begreifen. »Wie – nach Hause? Wohin nach Hause?« Er zeigte auf den Weihnachtsbaum, unter dem die gefüllten Socken lagen. Bis jetzt hatten nur die Kinder ihre Geschenke ausgepackt. »Sie hat noch nicht mal ihre Weihnachtssocke angesehen.«

»Ich nehme sie ihr mit«, bot Natalie an und schlüpfte in ihren Mantel. »Sie ist nicht in ihre Wohnung gefahren, sondern sie übernachtet heute bei mir.« Sie wuschelte Owen durch die Haare. »Nimm es nicht persönlich. Lucy wollte euch nicht stören und keine Aufbruchsstimmung verbreiten. Es ging ihr einfach nicht so gut. Ihr seht euch ja sicher noch mal in den nächsten Tagen.«

Owen schüttelte traurig den Kopf. »Nein, leider nicht. Für mich war es das mit Weihnachten. Wir fliegen morgen früh um sechs nach Europa.« Er seufzte. »Die Ferien sind vorbei.«

Natalie sah ihn genauer an. »Und weiß Lucy das?«

Er hob die Schultern. »Ich weiß nicht. Sie war heute nicht gerade gesprächig.«

Natalie seufzte tief. »Lucy steht im Moment unter immensem Druck. Sie sagt zwar, dass die Trennung von Paul keine beruflichen Konsequenzen für sie hat, und diese McLaren-Kampagne ist etwas, woran sie wirklich glaubt. Aber mal ehrlich – wie sollen Paul und sie jetzt miteinander weiterarbeiten, als wäre nichts passiert?« Sie musterte Owen genauer. »Hey, alles in Ordnung, du bist ja auf einmal ganz blass. Geht's dir auch nicht gut?« Sie schürzte besorgt die Lippen. »Gott, ich hoffe, ihr beiden habt euch nicht einen Virus eingefangen.«

Owen schüttelte langsam den Kopf. »Nein, nein, mir geht es gut.« Er holte tief Luft. »Lucy hat sich also von Paul McLaren getrennt?«

»Oh.« Das schlechte Gewissen stand Natalie Stevenson ins Gesicht geschrieben. »So habe ich es verstanden, ja«, meinte sie dann ausweichend. »Aber was weiß ich schon? Ich dachte ...« Sie brach kopfschüttelnd ab. »Tut mir leid. Ich wusste nicht, dass Lucy so ein Geheimnis daraus macht.«

»Nein, mir tut es leid.« Er seufzte. »Ich wollte Sie nicht ausquetschen.« Er ging zum Weihnachtsbaum und nahm eine der Socken, die vorhin vor dem Kamin gehangen hatten. »Hier. Würden Sie ihr das bitte geben und ihr sagen, dass es mir leidtut?«

Natalie runzelte ihre Stirn. »Was tut dir leid?«

»Eine ganze Menge.«

Nachdem Natalie gegangen war, machte sich auch Tony mit seiner Familie auf den Rückweg. Während Owen ein wenig halbherzig half, das Wohnzimmer aufzuräumen und die Geschirrberge in die Küche zu tragen, konnte er sich auf nichts anderes konzentrieren als auf die Sache mit Lucy und Paul.

Warum zum Teufel hatte sie ihn angelogen? Warum war sie einfach abgehauen, nachdem sie miteinander getanzt hatten? Hatte er sich nicht ziemlich weit aus dem Fenster gelehnt – mit der Erinnerung an diesen Abend auf dem Dachboden, als er ihr sein Herz zu Füßen gelegt hatte? Und dann ihre Behauptung, dass er sich das alles nur eingebildet hatte und schlussendlich noch die Erwähnung von *Madison Scott*. Wie passte das zusammen?

Er wurde einfach nicht schlau aus Lucy. Aber es konnte doch nicht sein, dass er ihr vollkommen gleichgültig war, oder? Auch wenn das Puzzle noch kein stimmiges Bild ergab – deuteten nicht die Einzelteile darauf hin, dass sie zumindest genauso verwirrt war wie er? Er musste ihr zumindest sagen, dass er keine ... Spielchen spielte, bevor er abfuhr. Er musste ihr klarmachen, dass er dabei war, sich in sie zu verlieben. Nein, nicht dabei war. Dass es längst passiert war, mit Haut und Haar.

Er stellte einen weiteren Stapel benutzter Teller neben dem Geschirrspüler ab und legte seiner Mutter einen Arm um die Schultern, die gerade dabei war, am Spülbecken eine Auflaufform sauber zu schrubben. »Mom, ich muss noch packen, bevor ich morgen früh fliege. Ist es in Ordnung, wenn ich mich jetzt auf den Weg mache?«

Sie drehte sich halb zu ihm um. »Natürlich, mein Schatz. Geh nur.«

Katie, ebenfalls mit Geschirr beladen, kam in die Küche und warf ihrem Bruder einen fragenden Blick zu. »Du willst jetzt schon gehen, um zu ... packen?«

»Ja.« Er nickte, wich ihrem Blick aber aus. »Genau.«

»Ach, Owen.« Sie stellte die Sachen ab, kam auf ihn zu und packte ihn an den Kordeln seines Kapuzenpullis. »Geh nicht zu ihr.«

Er schüttelte nur den Kopf. »Ich habe keine Ahnung, wovon du redest.«

»Kannst du nicht dieses eine Mal auf mich hören?«

»Ich höre doch immer auf dich, Schwesterchen.« Er lächelte unverbindlich. »Deshalb bestelle ich mir jetzt ein Taxi, fahre brav in mein Apartment, packe meine Sachen und werde eine tolle Show auf unserer Europa-Tour abliefern.« Er umarmte seine Schwester. »Hör endlich auf, dir ständig Sorgen um mich zu machen.«

Sie drückte ihn kurz an sich. »Was soll ich machen? Du bist und bleibst nun mal mein kleiner Bruder.«

Eine Viertelstunde später stand Owen vor dem Apartmentblock, in dem Lucy aufgewachsen war und starrte nach oben. Mist. Warum ging sie nicht an ihr Handy? Konnte es sein, dass sie schon schlief? War sie etwa wirklich krank?

Klar, er könnte klingeln, aber er hatte wenig Lust, die Sache erst mit Lucys Mutter auszudiskutieren. Er war schon ewig nicht mehr hier gewesen und er konnte sich auch nicht genau erinnern, in welchem Stock die Wohnung der Stevensons lag. Wieder nahm er sein Handy heraus und drückte ungeduldig auf die Wahlwiederholungstaste.

»Owen?« Lucy klang eher überrascht als erfreut. »Ist alles in Ordnung?«

»Hey.« Was zum Teufel tat er hier eigentlich? Hatte er sich heute nicht schon genug aufgedrängt und zum Narren gemacht? Wollte er wirklich, dass sie ihn für einen bescheuerten Stalker hielt?

»Hey.« Sie stieß die Luft aus. »Wie geht's?«

»Prima.« Gott, er fror sich hier gerade alles ab, er war durcheinander und er hatte tatsächlich noch nicht gepackt, obwohl in ein paar Stunden sein Flugzeug ging und er die nächsten Monate auf fremden Kontinenten verbringen würde. Warum konnte er es nicht einfach gut sein lassen?

Ganz einfach. Weil es nicht ging. Weil Lucy ihn ansah, wie sie ansah. Weil sie die Dinge sagte, die sie sagte. Weil sie ihn gefragt hatte, warum er mit anderen Frauen schlief. Weil sie mit dieser Madison-Scott-Sache angefangen hatte.

Nein, er konnte es nicht gut sein lassen. Er musste erst aus ihrem Mund hören, dass sie kein Interesse an ihm hatte.

»Lucy, ich stehe hier unten auf der Straße vor der Wohnung von deiner Mom.«

Für eine ganze Weile hörte er nichts, dann öffnete sich im vierten Stock ein Fenster und Lucys Kopf erschien. »Willst du hochkommen?« Sie sprach immer noch ins Telefon, leise und beherrscht.

»Ja.« Sein Atem ging viel zu schnell, genau wie sein Herzschlag.

»Okay.«

Ihr Kopf war wieder verschwunden. Kurz darauf hörte er den Summer der Haustür und stürzte zum Eingang, um sie aufzudrücken. Er traute sich nicht, das Licht anzumachen, als würde er etwas Verbotenes tun. Im Halbdunkel erklomm er die Stufen, ohne zu wissen, was ihn dort oben erwarten würde.

Er hatte gerade den dritten Stock erreicht, als ihm eine Gestalt in einem weißen Nachthemd entgegenkam. Wie ein Engel, ging es ihm durch den Kopf. Sie sah wirklich so aus wie ein Engel. Kurz vor ihm blieb sie stehen und im Schummerlicht konnte er sehen, wie sie sich auf die Unterlippe biss. Dann kam sie einen letzten Schritt auf ihn zu und schlang ihre Arme um seinen Hals.

»Du hättest nicht herkommen sollen«, murmelte sie, während sie sich so nah an ihn drängte, dass er durch den dünnen Stoff ihres Nachthemds jede Rundung ihres Körpers spüren konnte. »Das war eine blöde Idee.«

Während sein Verstand noch vollkommen überfordert von dieser unerwarteten Wendung war, war sein Körper augenblicklich in höchster Alarmbereitschaft. Er war sich sicher, dass sie seine Erektion spüren musste, doch sie wich nicht zurück, im Gegenteil. Sie presste sich nur noch enger an ihn.

»Warum nicht?«, brachte er mühsam hervor.

»Weil ich mich nicht von dir verabschieden wollte«, erwiderte sie heiser.

»Das habe ich gemerkt.« Seine Hände fuhren ihren Rücken hinauf, vergruben sich dann in ihren blonden Haaren. »Aber ich habe keine Ahnung, warum nicht.«

»Weil ich nicht will, dass du weggehst.«

Sieben schlichte Worte, leise und gepresst an seinem Ohr – und sein Herz setzte für den Bruchteil einer Sekunde aus.

»Lucy.« Er hob sie hoch und sie schlang ihre Beine um seinen Körper. War das wirklich die gleiche Frau, die sich heute geweigert hatte, mit ihm zu tanzen? Er stolperte ein paar Stufen die Treppe hinauf, bemüht, nicht mit lautem Gepolter zu Boden zu gehen. Lucy strampelte sich frei, suchte mit den Füßen Halt auf dem Boden, griff nach seiner Hand und zog ihn hinter sich her.

»Komm«, raunte sie ihm zu, und ein kleines Lachen entschlüpfte ihrer Kehle. »Aber sei leise.«

Kurz darauf hatten sie die Wohnung erreicht. Lucy legte ihren Finger auf die Lippen und deutete auf das Wohnzimmer, aus dem das leise Murmeln des Fernsehers drang. *Mom*, formten ihre Lippen lautlos und sie zog ihn weiter in ihr altes Kinderzimmer. Leise und vorsichtig schloss sie die Tür und lehnte sich dann ein wenig atemlos dagegen. »Hi.«

»Hi.« Er schüttelte verwirrt den Kopf. »Ich bin ein bisschen ... überrumpelt.«

Sie lachte auf, schlug sich dann die Hand vor den Mund. »Sorry, wir müssen leise sein. Ich habe keine Lust, meiner Mutter zu erklären, warum du hier bist.« Sie streckte ihre Hand aus und fuhr damit leicht über seine Brust. Owen hatte das Gefühl, dass etwas in seinem Inneren explodierte. Sie lächelte. »Also, warum bist du überrumpelt?«, fragte sie und hob die Augenbrauen.

»Ich dachte, ich müsste dich erst überreden, mit mir zu sprechen.«

Sie schüttelte im Zeitlupentempo den Kopf. »Ich will auch nicht mit dir sprechen.«

Er runzelte die Stirn. »Nicht?«

Sie schüttelte wieder den Kopf. Dieses Mal nachdrücklicher. »Nein.« Dann trat sie einen entschlossenen Schritt auf ihn zu und legte ihre Hand an seine Wange. »Das hier wollte ich schon machen, seit du mich bei diesem Shooting geküsst hast«, murmelte sie und presste ihre Lippen auf seine.

Owen reagierte sofort und zog sie mit einer fließenden Bewegung an sich. Ihr Kuss war so leidenschaftlich, dass ihm der Atem stockte. Dann fuhr er zusammen, als er spürte, dass ihre Hände zu seinem Gürtel glitten. Schwer atmend löste er sich von ihr, nahm ihre Hände in seine und sah sie an. »Wer bist du und was hast du mit Lucy gemacht?«

»Ich bin eine erwachsene Frau, ungebunden und niemandem Rechenschaft schuldig«, erwiderte sie und warf ihren Kopf in den Nacken. »Ich krieg dich einfach nicht mehr aus dem Kopf, Owen. Deshalb gibt es nur eine Lösung.« Sie hob die Schultern und lächelte, jetzt doch wieder so verlegen und süß wie immer. »Wir müssen es eben ... tun.«

Die kindliche Formulierung brachte ihn vollkommen aus dem Konzept. Himmel, diese Frau war wirklich der Inbegriff der Widersprüchlichkeit. Owen beugte sich zärtlich zu ihr hinab, ließ seine Lippen spielerisch über ihre Wange gleiten, küsste sie dann ganz vorsichtig und innig auf den Mund, als wäre sie zerbrechlich.

»Dann ist es wirklich aus mit Paul?«, vergewisserte er sich.

Sie nickte. »Aus und vorbei.«

»Und warum?«

Sie löste sich von ihm und sah ihn gespielt strafend an. »Du redest ja schon wieder.«

»Ich bin auch noch lange nicht fertig. Wenn du nicht über Paul reden willst, bitte. Aber was hast du mit der anderen Sache gemeint? Mit der ... Madison-Sache?«, flüsterte er zwischen zwei Küssen.

Augenblicklich spürte er, wie sich ihr Körper versteifte. »Ach, das war bloß ein blöder Spruch«, wehrte sie ab. Sie schob seine Jacke von seinen Schultern, zog sie ihm aus und warf sie auf ihren Schreibtischstuhl. Dann umklammerte sie seine Taille und ging rückwärts zu ihrem Bett. Lachend ließ sie sich darauf fallen und zog ihn mit sich hinunter. Das Bett quietschte, und sie mussten lachen.

»Tut mir leid, das Bett ist es nicht gewöhnt, dass mehrere Leute darauf liegen«, wisperte sie und zupfte an seinem Shirt. »Aber da muss es jetzt wohl durch.«

Owen schloss die Augen und ließ sich bereitwillig den Kapuzenpulli über den Kopf ziehen. Sofort schmiegte sich Lucy an seinen nackten Oberkörper. Das Nachthemd rutschte ihr von einer Schulter, und Owen sog scharf die Luft ein, als sie an sich herabsah und dann lachend auch den anderen Träger herabschob, sodass sie ebenfalls von der Taille aufwärts nackt war. Er zog sie auf seinen Schoß und hielt sie ganz fest in seinen Armen, endlich Haut an Haut, während er kleine Küsse auf ihrem Gesicht und ihren Haaren verteilte.

»Gott, Lucy.« Er stöhnte auf. »Du glaubst nicht, wie lange ich mir das schon gewünscht habe. Wie oft ich mir das schon vorgestellt habe.« Er schluckte. »Und wie viel Angst ich gleichzeitig davor habe«, flüsterte er kaum hörbar.

Wenn Owen gedacht hatte, dass er für diesen Abend schon genug Überraschungen erlebt hatte, dann täuschte er sich gewaltig. Lucy machte ein Geräusch, dass einem genervten Schnauben verdammt nahekam. Dann atmete sie tief durch und griff wieder nach seinem Gürtel. »Wir sollten lieber nicht reden.« Ihre Hände öffneten seine Gürtelschnalle, dann den Reißverschluss seiner Jeans, langsam und verführerisch.

Owen hatte Schwierigkeiten, sich auf irgendetwas anderes zu konzentrieren als auf ihre Hände. Aber irgendetwas stimmte nicht. Irgendein Gedanke ließ sich einfach nicht aus seinem Kopf vertreiben. Wieso beantwortete sie keine seiner Fragen? Wieso reagierte sie so merkwürdig auf alles, was er ihr endlich sagen wollte?

»Lucy, jetzt warte doch mal.« Er griff nach ihrer Hand und hielt sie fest. »Wieso willst du nicht mit mir reden?« Er vergrub seine Hand wieder in ihren wundervoll weichen Haaren und zog ihr Gesicht sanft zu seinem. »Ich meine, so gerne ich auch mit dir schlafen möchte, und glaub mir, das möchte ich wirklich, wirklich, wirklich gern ...«, er holte tief Luft, »... noch lieber will ich wissen, was mit dir los ist. Das ist nämlich nicht ganz einfach zu durchschauen.«

Sie kletterte von ihm herunter und sah ihn ärgerlich an. »Hey, ich bin doch schon hier mit dir im Bett. Halbnackt. Zu allem bereit. Du kannst dir also das Flirten sparen.«

Owen fuhr zurück, als hätte sie ihn geschlagen. »Sag mal, was genau machen wir hier eigentlich gerade?«, fragte er mit bemüht freundlicher Stimme.

»Wir schaffen diese elende Spannung zwischen uns aus der Welt«, informierte sie ihn trocken.

Owen runzelte die Stirn, schob ihr eine Haarsträhne aus dem Gesicht und sah sie fragend an. »Mehr ist das hier nicht für dich?«

Sie erwiderte ernst seinen Blick, ohne zu antworten. Dann atmete sie tief durch. »Mehr kann es einfach nicht sein, Owen. Tut mir leid.«

DREIUNDZWANZIG

Männer! Man konnte es ihnen einfach nicht recht machen. Hieß es nicht immer, sie hätten das ewige Gerede der Frauen satt? Dass es ihnen nur darum ginge, jemanden herumzukriegen? Wir hatten nicht gerade viel Zeit. In ein paar Stunden würde Owen nach Europa fliegen. Und er saß hier auf meinem Bett und wollte mich zu einem Gespräch zwingen, zu dem ich einfach nicht bereit war.

Heute war Weihnachten, wir waren hier, wir waren jung – na gut, so jung auch nicht mehr, aber trotzdem – und wir würden niemandem damit wehtun, wenn wir diese Nacht miteinander verbrachten. Aber: Jeder vernünftige Mensch konnte sehen, dass die Geschichte zwischen uns keine Zukunft haben konnte. Wir lebten in vollkommen verschiedenen Welten. Wir hatten so unterschiedliche Werte und Ziele, wir waren über nichts einer Meinung, und es gab in unseren Leben keine Berührungspunkte.

Bis auf die Tatsache, dass ich mich mit jeder Faser meines Körpers nach ihm sehnte. Das war mir mit einem Schlag klargeworden, als Owen vorhin vor dem Haus gestanden hatte. Ich wollte ihn, so, wie ich noch nie einen Mann gewollt hatte. Er brauchte nur in meine Nähe zu kommen und mein Körper stand in Flammen.

Ich hatte einen Entschluss gefasst: Ein einziges Mal wollte ich mit ihm zusammen sein. Ein einziges Mal wollte ich vergessen, dass Owen nicht zu mir passte. Ich hatte genug davon, das Fräulein Rühr-mich-nicht-an zu spielen. Denn mal ehrlich – wovor hatte ich eigentlich so fürchterliche Angst? Dass ich mich Hals über Kopf in ihn verlieben und er mich dann verlassen würde? Dass ich den Halt verlieren würde – so wie damals, als der wichtigste Mensch in meinem Leben auf einmal in Lebensgefahr schwebte?

Das würde mir mit Owen nicht passieren, denn ich wusste schließlich, worauf ich mich einließ. In ein paar Stunden würde er schon auf dem Weg nach Europa sein und wir würden uns eine ganze Weile nicht sehen. Es war okay, wenn Owen dann wieder mit anderen Frauen schlief. Es war alles gut. Ich war erwachsen. Ich durfte auch einfach mal ein bisschen Spaß haben. Das würde mich nicht in die Hölle und meine Mutter nicht zurück ins Krankenhaus bringen.

Owen sah mich immer noch an – mit einer Mischung aus Fassungslosigkeit und Erregung. »Es ist nicht ganz leicht, bei deiner Sprunghaftigkeit auf dem neuesten Stand zu bleiben«, informierte er mich mit rauer Stimme. »Vor zwei Stunden bist du noch ohne Abschied geflohen, obwohl du wusstest, dass wir uns ziemlich lange nicht wiedersehen würden und jetzt ...«

»Jetzt was?«

Er schluckte. »Das bist doch nicht du, Lucy. Du benimmst dich plötzlich wie eine ...«

»Wie eine *was* bitte?«, fragte ich förmlich. »Vielleicht wie eine Prostituierte? Das müsste ich dir dann einfach mal glauben. Im Gegensatz zu dir habe ich nämlich noch keine Erfahrungen mit dem horizontalen Gewerbe.«

Owen starrte mich an, dann drehte er sich weg, rutschte zur Bettkante und schüttelte den Kopf. »Weißt du was, Lucy? Ich sollte jetzt besser gehen.«

»Mein Gott, Owen.« Ich rappelte mich ebenfalls auf, zog mein Nachthemd wieder hoch und beobachtete kopfschüttelnd, wie er in sein Shirt schlüpfte. »Jetzt sei doch nicht so schrecklich empfindlich. Es ist ja nicht so, als ob du so etwas noch nie gemacht hast, oder? Ich meine, wenn sich hier jemand aufregen dürfte, dann ja wohl ich.«

Owen verschränkte die Arme, ohne mich anzusehen. »Ich glaube, es ist alles gesagt.«

Okay, irgendwas in meinem Kopf lief gerade gewaltig schief, aber es ließ sich nicht so leicht korrigieren. Bei mir brannten gerade sämtliche Sicherungen durch. Ich wollte auf keinen Fall, dass Owen jetzt ging. Aber ich konnte die wirkliche Nähe, die er mir anbot, einfach nicht zulassen. Wie denn auch, wenn ich wusste, dass er mich in wenigen Stunden wieder verlassen würde? Ich würde zerbrechen, wenn ich ihm zeigen würde, wie viel ich wirklich für ihn empfand. Ich würde ihn anbetteln, nicht zu gehen. Das konnte ich ihm einfach nicht antun.

Ich rückte langsam an ihn heran und schlang meine Arme von hinten um seinen Hals. »Jetzt komm schon, Owen.« Ich gab ihm einen Kuss auf die Wange und ließ meine Hand in den Ausschnitt seines Shirts gleiten. »Es ist doch Weihnachten.«

Owen schob meine Hand entschieden weg und sprang auf. »Ich habe es geschnallt, Lucy. Ich bin einfach nur eine Gelegenheit für dich. Okay. Aber weißt du was? An so etwas bin ich nicht interessiert.« Er schluckte hörbar. »Nicht mehr. Und schon gar nicht mit dir.«

Ich ließ mich auf den Rücken fallen. »Ach nein? Was willst du dann? Bist du heute Abend hierhergekommen, um mir deine Liebe zu gestehen, oder was?« Ich schnaubte. »Oder geht es nicht vielmehr darum, dass du von mir hören willst, dass *ich* verrückt nach dir bin, damit du dann sagen kannst, dass du leider gehen musst? Willst du, dass ich dir sage, dass ich dich liebe und du etwas ganz Besonderes für mich bist? Und was dann?« Ich schluckte. »Dann bringst du am nächsten Tag Madison Scott mit nach Hause?«

Er drehte sich zu mir um. »Also reden wir jetzt doch darüber?«

»Bitte.« Ich wickelte mich in eine Decke. »Wenn dein Ego es unbedingt hören muss, dann werde ich es dir sagen, Owen. Ich war damals verliebt in dich, okay? So verliebt, wie es nur Fünfzehnjährige sein können. Ich war in einer beschissenen Situation, aber das war mir egal, solange du bei mir warst. Wenn ich mit dir geredet habe, hatte ich keine Angst. Wenn du in der Nähe warst, dann hatte ich das Gefühl, alles würde wieder gut werden.«

Er starrte mich einfach nur an.

Ich kniff die Augen zusammen. »Was? Willst du jetzt ernsthaft behaupten, dass du es nicht gewusst hast?«

Er schüttelte langsam den Kopf. »Ich hatte keine Ahnung.«

Ich warf die Hände in die Höhe. »Das ist doch Schwachsinn, Owen. Alle Mädchen waren in dich verliebt. Alle. Wieso hätte ich da eine Ausnahme sein sollen?«

»Weil du Lucy bist«, erwiderte er langsam. »Weil du mir nie auch nur die geringste Hoffnung gemacht hast.«

»Was hätte ich denn tun sollen?«, fragte ich heftig. »Vielleicht in dein Zimmer kommen und mich ausziehen – so wie Madison Scott?«

Er atmete tief durch. »Lucy, bist du denn nie auf die Idee gekommen, dass ich das mit Madison nur gemacht habe, damit du endlich mal ... reagierst?«

»Ja, das wäre es für dich gewesen, was? Zwei Mädchen, die sich um dich prügeln.«

Er zog die Schuhe wieder aus, in die er schon geschlüpft war und rückte näher an mich heran. »Ich meine doch nur ein kleines Zeichen. Ich wollte doch nur ein Zeichen, dass du mich überhaupt bemerkt hast.«

Ich hatte keine Ahnung, was ich dazu sagen sollte. Tausend Gedanken und Fragen schossen mir durch den Kopf, und plötzlich hatte ich das Gefühl, nur mit Mühe die Tränen zurückhalten zu können. »Können wir einfach aufhören zu streiten?«, fragte ich mit dünner Stimme. »Bitte?« Ich holte tief Luft. »Einfach nur für einen Moment?«

Owen zögerte, dann nickte er. Er kam langsam und immer noch zögerlich auf das Bett zurück und sah mich an. Dann streckte er sich aus und hob einladend seinen Arm. »Kommst du zu mir?«

Ich rutschte vorsichtig ein Stück näher und kuschelte mich dann in seine Arme. Mein Kopf lag an seiner Schulter, meine Hand auf seiner Brust. Owen war so warm und er roch so gut, dass mir schon wieder nach Heulen zumute war. Konnte es sein, dass andere Menschen das hier hatten? Jeden Tag, jede Nacht? Einen Menschen neben sich, der sie festhielt und dabei so fantastisch roch, dass einem fast schwindelig vor Glück wurde?

»Kannst du noch ein bisschen bleiben?«, fragte ich nach einer Weile und hob meinen Kopf so, dass ich ihn ansehen konnte.

Er nickte, dann rieb er sich über die Augen. »Ich bin hundemüde«, gab er dann leise zu. »Ich glaube, es ist Tage her, seit ich zum letzten Mal ein paar Stunden am Stück geschlafen habe.«

»Geht mir auch so.« Ich kuschelte mich noch näher an ihn. »Owen?«

»Ja?«

»Wenn ich in der Lage wäre, jemanden zu lieben, dann ... wärst du es.«

Er sagte eine ganze Weile nichts, dann nickte er. »Danke.«

»Es tut mir wahnsinnig leid«, murmelte ich.

»Ach, Lucy.« Er lachte traurig. »Wenn ich du wäre, würde ich mir auch nicht vertrauen.«

Ich wollte ihm erklären, dass es nicht daran lag. Dass es nicht er war, dem ich misstraute, sondern ich selbst. Dass der Schritt mir einfach zu groß erschien, mich auf jemanden einzulassen, der mich so gut kannte. Der in mir lesen konnte wie in einem offenen Buch. Und der mich am nächsten Tag wieder verlassen würde.

»Ich sollte lieber meinen Handywecker stellen.« Owen schob mich sanft aus seinem Arm, und sofort hatte ich das Gefühl, dass es ohne seine Körperwärme eiskalt im Zimmer war – obwohl die Heizung auf Hochtouren lief.

Richtig. Er musste den Wecker stellen. Um einen Flug zu erwischen, der ihn sehr weit von mir wegbringen würde. Ich beobachtete ihn, wie er zu seiner Jacke ging, auf seinem iPhone herumtippte und dann wieder zu mir zurückkam.

»Ist mein Platz hier noch frei?«, fragte er mit einem leicht verlegenen Grinsen.

Ich rückte zur Seite, zog die Decke unter uns hervor, und Owen legte sich wieder neben mich, genau wie eben. Dann lagen wir wieder ineinander verschlungen da. Vorsichtig schob ich mein Bein über seines, mit langsamen Bewegungen, damit er nicht dachte, dass ich ihm schon wieder an die Wäsche wollte. Ich drehte mein Gesicht so, dass meine Stirn seine Wange berührte. Schob mich Millimeter für Millimeter weiter herauf, bis mein Mund fast in der Nähe seiner Lippen war. Gott, wie gerne ich ihn jetzt küssen wollte. Wie gerne ich ihm sagen wollte, wie sehr ich ihn vermissen würde ...

»Schlaf gut, Lucy.« Er schloss seine Augen und sein Atem wurde immer regelmäßiger.

Ich lag einfach nur da, starrte ins Leere und wusste, dass an Schlaf nicht zu denken war. Ich lauschte seinen Atemzügen, legte meine Hand auf seine Brust, um seinen Herzschlag zu spüren. Dann schaltete ich die Nachttischlampe aus und schloss ebenfalls die Augen.

»Wahrheit oder Pflicht?« Seine Stimme klang schon ganz verschlafen.

Ich holte tief Luft. »Wahrheit«, erwiderte ich schließlich fest.

»Hast du wirklich nicht gemerkt, dass ich dich damals zum Abschlussball einladen wollte?«

Ich schüttelte den Kopf. »Nein.«

Er sagte eine ganze Weile nichts, dann seufzte er. »Ich frage mich, was du noch alles nicht gemerkt hast, Lucy Lou.« Er zog mich noch ein wenig enger an sich. »Es ist eine erschütternde Erkenntnis, dass du nicht mal halb so schlau bist, wie ich immer dachte.«

Wieder schwiegen wir für eine Weile und wieder dachte ich, dass Owen längst eingeschlafen wäre. Dann drehte er sich zu mir, und ohne Vorwarnung, ohne Hinweis, ohne dass ich es hätte kommen sehen, legte er seine Lippen ganz zart auf meine und küsste mich, als ob ich das Kostbarste wäre, was es auf dieser Erde gab.

Und ohne dass ich irgendetwas dagegen tun konnte, rannen mir auf einmal diese verflixten Tränen über das Gesicht. Erst ein paar, dann immer mehr, während ich Owens Küsse erwiderte.

Ich hatte seit Ewigkeiten nicht mehr geweint. Kein einziges Mal. Genau genommen, nicht, seit ich damals bei Owen in der Reha-Klinik die Fassung verloren hatte. Ich hatte mich zusammengerissen, wenn die Trauer und die Angst ihre kalten Hände nach mir ausgestreckt hatten, und mir die Tränen verbissen. Ich hatte mir verboten, mich gehenzulassen. Aber jetzt, in diesem Moment, konnte ich die Tränen einfach nicht mehr zurückhalten.

Ich war doch wirklich ein verdammter, bemitleidenswerter Freak! Da lag ich mit dem schönsten Mann der Welt in meinem Bett und versuchte, ihn zu verführen. Und in dem Moment, in dem er anfing, mich zu küssen – bekam ich einen verfluchten Nervenzusammenbruch. Ich schluchzte gegen meinen Willen, und obwohl ich mich furchtbar für mein durchgeknalltes Verhalten schämte, ließ sich die Tränenflut einfach nicht stoppen.

Ich dachte, Owen würde weglaufen.

Ich dachte, er wäre entsetzt oder wieder schrecklich beleidigt.

Aber er schlang seine Arme ganz fest um mich, zog mich an sich und murmelte tröstende Worte in mein Ohr. Und während ich den Schmerz eines halben Lebens aus mir herausweinte, hörte ich nur noch seine Stimme, die immer wieder beruhigend murmelte: »Es wird alles wieder gut, Liebes. Es wird alles wieder gut, ich verspreche es dir.«

VIERUNDZWANZIG

»Hey, Owen, wach auf. Es ist schon gleich vier.«

Owen öffnete verwirrt die Augen und sah sich für einen Augenblick in Lucys Zimmer um, um sich zu orientieren. Dann drehte er den Kopf zu ihr und strich ihr mit den Fingerknöcheln über die Wange. »Hey, du.« Er beugte sich zu ihr hinüber, aber sie wich zurück.

»Ich habe dir ein Taxi bestellt«, informierte sie ihn. Sie hatte sich einen Morgenmantel übergezogen und sah mit ihrer schwarzen Brille so aus, als wäre sie schon seit Ewigkeiten wach. »Dein Handy hätte zwar auch in ein paar Minuten geklingelt, aber ...«

Er runzelte die Stirn. »Aber du konntest es nicht abwarten, mich loszuwerden?«

Oh Mann. Das war doch echt zum Durchdrehen mit dieser Frau. Hatte sie nicht noch vor ein paar Stunden schluchzend in seinen Armen gelegen und sich von ihm trösten lassen? Hatte sie sich damit nicht geöffnet und ihm gezeigt, dass sie doch Gefühle hatte? Einen ganzen

Haufen Gefühle sogar. Ein paar davon vielleicht sogar für ihn ... Aber jetzt saß sie hier neben ihm, konnte ihn kaum ansehen und war wieder so unnahbar wie die Eiskönigin.

»Ich will dich nicht loswerden«, erklärte Lucy. »Aber du hast gerade alles mit der Band geregelt und mit Jeff auch. Willst du das wirklich aufs Spiel setzen, weil du deinen Flieger verpasst?«

Er rappelte sich hoch und setzte sich neben sie. »Ja.« Er blickte ihr fest in die Augen. »Das würde ich ohne Zweifel und sofort aufs Spiel setzen.« Er machte eine Kunstpause und rückte noch ein bisschen näher. »Zumindest, wenn ich einen guten Grund dafür hätte.«

»Owen.« Sie schob ihn sanft Richtung Bettkante. »Du musst jetzt gehen, wirklich. Das ist wichtig für dich, und ich will dir nicht im Weg stehen.«

»Heißt das, das war's?« Er starrte sie ungläubig an. »Ich soll jetzt einfach gehen und so tun, als ob nichts zwischen uns passiert wäre?«

»Ja.« Sie nickte. »Sieh mal, ich habe heute einen echt schwierigen Tag vor mir. Paul hält in wenigen Tagen seine Rede, die Konferenz ist nicht vorbereitet. Ich habe jede Menge aufzuholen. Das ist möglicherweise die wichtigste Weichenstellung in meiner Karriere, und ich kann mich jetzt nicht ablenken lassen.« Ihr Blick wurde weicher. »Es ist einfach kein gutes Timing, okay? Wir müssen uns jetzt auf unsere Jobs konzentrieren, und wer weiß ...« Sie hob die Schultern. »Vielleicht können wir ja irgendwann wieder da anknüpfen, wo wir aufgehört haben.«

Er schüttelte den Kopf. »Ich will nicht weg.«

»Du musst aber.«

»Dann sag mir, dass es nicht vorbei ist.« Er sah sie bittend an. »Sag mir, dass wir uns wiedersehen, wenn ich zurückkomme.«

Sie schüttelte traurig den Kopf. »Ich weiß nicht, wie es dann weitergehen wird, Owen. Du sagst, du kannst dich ändern und ein Teil von mir glaubt dir das auch. Aber dann sehe ich, wie dein Leben abläuft – und ganz ehrlich: Ich weiß nicht, wie das mit uns funktionieren soll.« Sie senkte den Blick. »Vor allem weiß ich nicht, ob *ich* mich ändern kann. Ich habe mich so sehr daran gewöhnt, in Gefühlsdingen ... keine Risiken einzugehen, weißt du?«

»Also, das bin ich für dich? Ein Risikofaktor?«

Sie rückte zu ihm und schlang ihre Arme um seinen Hals. »Du bist der schönste Risikofaktor der Welt. Mehr kann ich dir im Moment nicht sagen.«

»Okay.« Er zog sie an sich, hielt sie einen Moment fest. Dann ließ er sie los und küsste sie auf die Wange. »Dann gehe ich jetzt.« Er stand auf und suchte seine Jacke und seine Schuhe.

»Hey, Owen?« Sie biss sich auf die Unterlippe. »Danke.« Er sah sie irritiert an. »Wofür?«

»Dass du mir das von ... damals erzählt hast. Das bedeutet mir wirklich viel.« Sie schluckte. »Genau wie ... du.«

Er zögerte. Er wollte nicht gehen. Vielleicht würden sie sich nie wieder so nahekommen. Aber wenn er diesen Flug verpasste, dann war alles umsonst gewesen. Dann würde er vor dem Nichts stehen. Er zog den Reißverschluss seiner Jacke zu, ging zum Bett zurück und gab ihr einen sanften Kuss auf die Lippen. »Frohe Weihnachten, Lucy Lou.«

Sie hob die Hand zu einem letzten Winken. »Flieg vorsichtig.«

Dann drehte er sich um und ging. Öffnete ohne eine letztes Wort die Tür und zog sie leise hinter sich ins Schloss.

Es war an der Zeit, wieder aufzuwachen. Die Sache mit Lucy war einfach ein schöner Traum gewesen. Aber die Realität war eine andere. In der Realität musste er jetzt wie der Teufel durch die Stadt jagen, seine Sachen in einen Koffer werfen und zum Flughafen rasen.

Er schlich aus der Wohnung, eilte wieder durch das dunkle Treppenhaus, ohne Licht zu machen, und trat auf die kalte, dunkle Straße hinaus. Im Licht der Straßenlaternen glitzerten kleine Schneeflocken.

Das Taxi kam nur eine Minute, nachdem er die Straße betreten hatte.

Vielleicht war es richtig, erst mal alles hinter sich zu lassen.

Er warf einen letzten Blick zu Lucy hinauf. Ihr Zimmer lag im Dunkeln, kein letzter Blick, kein letztes Winken. Doch dann bewegte sich die Gardine und ihre blonden Haare blitzten am Fenster auf.

Owen lächelte.

Nein, das Kapitel Lucy war nicht zu Ende.

Es hatte gerade erst angefangen.

***

»Da bist du ja endlich.« Jeff schlug Owen kräftig auf die Schulter, als er zwei Stunden später am Flughafen auftauchte. »Wir haben alle gedacht, dass du entweder Stunden zu spät oder gar nicht auftauchst.«

»Du glaubst gar nicht, wie kurz ich davor war, alles hinzuwerfen«, sagte Owen leichthin, als wäre es ein Scherz.

Aber es war kein Scherz. Überhaupt kein Scherz.

Wenn Lucy gesagt hätte, dass er nicht gehen solle – er wäre nicht gegangen. Hätte sie ihm vorgeschlagen, alles hinter sich zu lassen und sich irgendwo mit ihm im kanadischen Nirgendwo ein Holzhaus zu bauen und ab jetzt von Beeren und Fischen zu leben – er hätte mit Freude Ja gesagt.

Er war immer noch ganz durcheinander von dieser Nacht, die ihm so ein ganz anderes Bild von Lucy gezeigt hatte. Und vor allem von sich selbst. Owen hatte nicht damit gerechnet, dass ihm so etwas passieren würde. Schon gar nicht so und schon gar nicht mit einer Frau, die er seit zwei Jahrzehnten kannte. Aber er hatte sich verliebt. Mit allem, was dazu gehörte.

»Und? Hast du deine kleine Lucy noch gesehen?«, fragte Jeff und reichte ihm einen Pappbecher mit Kaffee.

Owen griff nach dem Becher. »Ja«, sagte er schlicht.

»Soll ich dir mal was sagen?« Jeff zeigte auf ihn. »Über *sie* solltest du einen Song schreiben.«

»Wieso bist du auf einmal so wild darauf, dass ich etwas schreibe?« Owen musterte Jeff skeptisch. »Ich meine, hast du mir nicht gepredigt, ich solle mich auf meine mittelmäßige Stimme und mein peinliches Gehopse konzentrieren?«

»Tja, soll ich dir mal was sagen, mein Junge?« Jeff seufzte. »Möglicherweise habe ich mich in dir geirrt. Als ich dich mit diesem Mädchen gesehen habe – na ja, da dachte ich, vielleicht hast du doch mehr Potential.«

»Wow«, erwiderte Owen trocken. »Hört sich an, als wolltest du mir einen Antrag machen.«

Jeff grinste. »Ich sage nur, dass ich zu dem Deal stehe, den deine Kleine für dich ausgehandelt hat. Wenn du auf den Konzerten einen eigenen Song singen willst, dann darfst du das.«

»Will ich aber gar nicht, und außerdem ist sie nicht meine Kleine.«

Jeff hob lachend die Hände. »Kein Grund, gleich so griesgrämig zu reagieren.«

»Doch.« Owen streckte die Beine aus und schloss die Augen. »Doch«, wiederholte er wie zu sich selbst. »Ist es.«

Der Flug nach Paris war lang und unbequem, und nach einer unruhigen Nacht in der Stadt der Liebe begann für die Jungs der *Boston Heights* der ganz normale Wahnsinn einer Tour: Proben, Interviewtermine, Fotoshootings, das erste Konzert in Marseille und der Rückweg nach Paris, alles im Schnelldurchlauf. Trotzdem konnte Owen nicht aufhören, an Lucy zu denken.

Während er für die Kameras posierte, probte und versuchte, sich seine schlechte Laune nicht anmerken zu lassen, ging Owen permanent seine neue Melodie im Kopf herum. Nur der Text änderte sich ständig. Fing sehnsüchtig und leidend an, so wie er ihn im Hotelzimmer geschrieben hatte. Wurde wütend und traurig. Und schließlich ... dankbar und liebevoll.

Jeff hatte recht. Lucy hatte ihn definitiv inspiriert.

Tausendmal nahm er sein Handy in die Hand und rief ihre Nummer auf, aber er wählte sie nicht. Sie hatte ihm unmissverständlich klargemacht, dass sie sich im Moment auf etwas anderes konzentrieren musste. Sie hatte einen Job, mit dem sie wirklich etwas verändern konnte. Dem wollte er sich nicht in den Weg stellen.

Nur hieß das nicht, dass er sie nicht lieben durfte.

Und es hieß nicht, dass er aufgeben musste.

Er hatte sein Leben lang Zeit, auf sie zu warten.

FÜNFUNDZWANZIG

»Lucy, hast du gerade kurz Zeit?«

Paul stand vor meinem Schreibtisch, sah mich fragend an und klopfte auf das Klemmbrett, das er in der Hand hielt. »Ich habe mir gerade das Manuskript für die Rede angesehen.« Er lächelte. »Es ist fantastisch. Danke.«

Ich lächelte zurück. »Ach, das ist doch nicht der Rede wert.«

Seit wir miteinander Schluss gemacht hatten, waren wir beide ziemlich verunsichert. Bislang hatten wir nur ein paar ungelenke Weihnachtswünsche ausgetauscht und waren uns während der letzten beiden Tage im Büro so gut wie möglich aus dem Weg gegangen. Ich hatte mich in meinen Papieren vergraben, die Rede fertiggestellt und an dem Konzept für die Delegiertenversammlung gearbeitet.

Doch jetzt schien Paul genug vom Herumeiern zu haben. Er zog meine Bürotür hinter sich ins Schloss und setzte sich auf den Stuhl vor meinem Schreibtisch. »Lucy, darf ich dich etwas Persönliches fragen?«

Ich schluckte. Oje. Schon wieder etwas Persönliches? Seit ich vor gerade mal vier Tagen heulend in den Armen des Mannes gelegen hatte, den ich schon immer im tiefsten Inneren meines Herzens geliebt hatte, fühlte ich mich ein wenig ... wackelig. Vor dieser Nacht hätte ich nie gedacht, dass ich jemals so die Fassung verlieren könnte. Es war mir immer noch unglaublich peinlich vor Owen, was für eine Nummer ich da abgezogen hatte. Am Morgen danach hatte ich ihn kaum ansehen können.

Falls Owen wirklich ernsthaftes Interesse an mir gehabt hatte – was ich ihm sogar ehrlich glaubte – hatte ich es vermutlich mit meiner Heulerei direkt wieder zerstört. Zumindest hatte er sich noch nicht gemeldet. Der Gedanke, dass sich gerade eine süße Französin an ihn heranmachen könnte, nagte die ganze Zeit an mir. Genau wie die Frage, ob ich die falsche Entscheidung getroffen hatte. Warum hatte ich Owen nicht einfach die Wahrheit gesagt? Dass ich bis über beide Ohren in ihn verliebt war und dass ich mit ihm zusammen sein wollte? Aber das wäre furchtbar verantwortungslos gewesen. In einem hatte seine Mutter recht: Owen war so impulsiv, dass er vielleicht tatsächlich nicht nach Paris geflogen wäre. Dann hätte ich die Schuld daran gehabt.

»Lucy?« Paul sah mich fragend an.

»Sicher habe ich Zeit.« Ich nickte und erwiderte sein Lächeln, aber gleichzeitig sank mir der Mut. Ich wollte nichts mit Paul besprechen. Ich wollte einfach, dass er mit dieser Rede morgen die Delegiertenversammlung rockte und sich als Parteioberhaupt wählen ließ. Dann wollte ich die Kampagne für sein Senatorenamt leiten und dabei möglichst wenig daran denken, dass wir mal miteinander geschlafen hatten.

»Lucy.« Er räusperte sich. »Ich möchte dich darum bitten, mir noch eine Chance zu geben.«

Oh nein. Ich hatte es geahnt. »Paul, das geht nicht.« Ich hatte ihm lang genug etwas vorgemacht. Aber vor allem hatte ich mir selbst lang genug etwas vorgemacht. »Es tut mir sehr leid.«

»Aber warum nicht?« Er sah eher überrascht als verletzt aus. »Findest du nicht, dass du mir eine Erklärung schuldig bist?«

Ich sah ihn eine Weile schweigend an. Fand ich, dass ich ihm irgendetwas schuldig war? Ich hatte mir im vergangenen Jahr ein Bein ausgerissen, um aus einem mäßig bekannten Grünen-Politiker einen Polit-Star zu machen. Ich hatte die Kampagne *Because it matters* aus dem Boden gestampft, sein Ego gepäppelt und ihm vorgemacht, dass er ein wahrer Gott im Bett wäre – was er definitiv nicht war, nur mal so fürs Protokoll. Ich hatte mich von ihm verleugnen und verstecken lassen. Nein, ehrlich gesagt hatte ich nicht das Gefühl, dass ich ihm sonderlich viel schuldig war.

»Ich denke, es ist besser, wenn ich jetzt gehe.« Okay, wieder eine Kurzschlusshandlung. Eindeutig. Hilfe, hatte ich jetzt endgültig den Verstand verloren? Jemand musste mich aufhalten! Aber ich fuhr schon den Computer herunter und begann, wahllos meine persönlichen Gegenstände in meine Umhängetasche zu stopfen.

»Lucy, was zum Teufel ist eigentlich los mit dir?« Er starrte mich wütend an.

Ich hielt inne und lächelte. »Ich habe keine Lust mehr, ein Leben im Schatten eines anderen zu führen, das ist mit mir los.«

»Du kannst jetzt nicht einfach gehen.« Panik flackerte in seinen Augen auf. »Du musst mir morgen die nötigen Stimmen besorgen.«

»Besorg sie dir selbst.« Ich schloss den Reißverschluss meiner Tasche und nahm meinen Mantel. »Es tut mir wirklich leid, Paul. Du kannst nichts dafür, dass es jetzt so auseinandergeht. Ich habe nie versucht, meine eigenen Wünsche und Vorstellungen durchzusetzen.« Ich seufzte. »Vielleicht habe ich bis vor ein paar Tagen gar nicht gewusst, dass ich so etwas überhaupt habe.« Ich ging um den Schreibtisch herum, beugte mich vor und gab Paul einen Kuss auf die Wange. »Du bist gut in dem, was du tust. Du wirst sie morgen alle umhauen. Du wirst es so weit schaffen, wie du möchtest.« Ich musste mir fast ein Lachen verkneifen, weil mich Paul so vollkommen verständnislos ansah. »Ich habe eine Freundin, die bei Greenpeace als Pressesprecherin arbeitet und sich gerne weiterentwickeln möchte. Ich rufe sie an und schicke sie morgen zu der Delegiertenkonferenz. Vielleicht kann sie meine Aufgaben direkt übernehmen.«

Jetzt hatte sich auf Pauls Gesicht der Ärger durchgesetzt. »Lucy, ich warne dich.« Er stand auf und kam einen Schritt auf mich zu, sodass ich meinen Kopf in den Nacken legen musste.

Ich grinste über diesen billigen Einschüchterungsversuch. »Ja?«, fragte ich ganz ruhig. »Möchtest du noch etwas sagen?«

»Ja. Du hast einen Vertrag und eine Kündigungszeit.«

»Hm. Meinst du nicht, dass du es warst, der den Vertrag ausgehebelt hat? Als du dich eines Abends entschieden hast, mit einer Flasche Wein und einer Packung Kondome in meinem Büro vorbeizuschauen?« Ich legte den Kopf schief. »Wir können das gerne mit einem Richter besprechen.« Ich ging zur Tür und drehte mich noch mal zu ihm um. »Mach es jetzt nicht kaputt, Paul. Wir hatten eine gute Zeit und die ist jetzt vorbei. Nimm es einfach hin.«

Er nickte langsam. »Sicher.« Er straffte seine Schultern, kam auf mich zu und hielt mir die Hand hin. »Dann danke für die gute Zusammenarbeit, Miss Stevenson. Ich hoffe, Sie werden Ihren Weg finden.«

»Das werde ich, Paul.« Ich schüttelte seine Hand und konnte immer noch nicht fassen, was ich hier gerade tat. »Ganz bestimmt.«

Ich lief in meinem kleinen Apartment auf und ab und wusste nicht, wohin mit mir. Ich hatte einfach so meinen Job hingeschmissen und ich wusste nicht mal so genau warum. Ich ging zum Fenster hinüber und starrte in die Schneeflocken hinaus, die immer dichter vom Himmel fielen.

Ich musste mit irgendjemandem über die Sache mit Owen sprechen. Ich brauchte eine zweite Meinung. Sollte ich ihn anrufen und ihm meine Gefühle gestehen? War das rücksichtslos und egoistisch? Oder durfte ich einfach das tun, was ich wollte? Ich griff zum Telefon. Katie nahm nach dem ersten Klingeln ab und war sofort bereit, sich mit mir zu treffen. Eine halbe Stunde später saßen wir im Ryders Coffeeshop.

»Also, raus damit.« Katie nahm einen Schluck von ihrem Kaffee und grinste mich herausfordernd an. »Hast du die Rede des Jahrhunderts geschrieben?«

Ich krümelte an meinem Muffin herum, ohne ein Stück davon herunterzubringen. »Ich habe heute gekündigt.«

Ihre Augenbrauen schossen in die Höhe. »Wirklich?« Ich nickte. »Jap.«

Sie starrte mich an. »Aber morgen ist doch der große Tag«, stammelte sie. »Das ist die Chance, auf die du dein ganzes Leben hingearbeitet hast. Du hast selbst gesagt, dass diese Kampagne das ganze Land aufrütteln könnte.«

»Ja.« Ich nickte. »Aber plötzlich fühlte es sich nicht mehr richtig an.«

Sie wirkte fast ... verärgert. »Und was jetzt? Willst du wieder irgendwo ganz von vorne anfangen? Du musst endlich mal erwachsen werden, Lucy.«

»Was meinst du damit?«

»Ich meine, dass du endlich sesshaft werden musst. Du bist bald dreißig, gondelst in der Weltgeschichte herum, von einem Job zum nächsten. Dabei tust du so, als würdest du das alles nur tun, um ... wie sagst du immer? Deinen Beitrag zu leisten?«

Das Gespräch ging nicht gerade in die Richtung, die ich mir erhofft hatte. »Und du denkst, ich leiste meinen Beitrag nicht?«, fragte ich freundlich, obwohl ich innerlich bereits tobte. Hatte Katie selbst mich nicht noch vor wenigen Tagen flehentlich gebeten, alle meine Pläne über den Haufen zu werfen, um ihrer Familie zu helfen?

Sie schien meine Gedanken zu lesen. »Ja, okay. Das mit Owen war wirklich ziemlich großherzig von dir.

Aber hättest du es nicht lassen können, ihm so den Kopf zu verdrehen? Ich meine, Owen ist auch nur ein Kerl, und wenn du mit ihm flirtest, dann bringt ihn das mehr durcheinander, als du dir klarmachst.«

»Wie bitte?« Jetzt zitterte meine Stimme ein wenig.

»Er ist mein Zwillingsbruder, Herrgott nochmal. Natürlich hat er mir von eurem kleinen Techtelmechtel erzählt.« Sie verschränkte die Arme. »Ich habe ihm gesagt, was ich davon halte.«

Ich hatte das Gefühl, mein Kopf würde gleich explodieren. Was ging hier vor? War Katie schon immer so gemein zu mir gewesen und ich hatte es nur nicht gemerkt? »Bist du noch nie auf die Idee gekommen, dass ich vielleicht so etwas wie … romantische Gefühle für Owen haben könnte?«

Katie sah mich erst für einen Moment verblüfft an, dann fing sie an zu lachen. »Ja, klar. Du und Gefühle.«

»Was soll das heißen?«

»Lucy, ich kenne dich schon mein ganzes Leben und ich liebe dich wie eine Schwester. Aber ich habe noch nie erlebt, dass du wirklich verliebt warst. Du bist ein Kopfmensch, und das ist gut. Aber Owen – er ist das Gegenteil von dir. Emotional, aufbrausend, himmelhochjauchzend und zu Tode betrübt.« Sie beugte sich zu mir herüber. »Nehmen wir mal an, ihr seid so dumm und lasst euch auf eine Affäre ein. Er ist ein Typ, der alles hinwirft, um bei dir zu sein. Dann wird ihm langweilig und er verlässt dich.« Sie seufzte. »Und der arme Paul versteht die Welt nicht mehr.«

Ich runzelte die Stirn. »Der arme Paul? Ich dachte, du kannst ihn nicht leiden.«

»Ach, komm schon, Lucy. Er hatte doch nie eine Chance bei dir.« Sie fixierte mich mit ihrem Blick. »Weißt du, nicht jeder hat das Talent, andere glücklich zu machen.«

In meinen Ohren rauschte es plötzlich, und ich befürchtete, mich gleich übergeben zu müssen. Ich hatte den ganzen Tag noch nichts gegessen, aber auch das Gefühl, keinen einzigen Happen herunterbringen zu können. »Das ist es also, was du von mir denkst?«

Sie sah mir fest in die Augen. »Es tut mir leid, wenn ich dich damit verletze. Aber du und Owen – das ist doch Wahnsinn. Er wird nicht aufhören, sich mit anderen zu treffen. Das muss dir doch klar sein.«

Ich stand auf, die Augen plötzlich tränenblind. »Dann danke für deine Ehrlichkeit«, murmelte ich.

»Du wolltest doch meine Meinung hören«, rief sie mir hinterher. »Ich will dir einfach nur helfen!«

Ich drehte mich nicht mehr um und taumelte zur Tür. Als ich nach draußen in die eiskalte Luft trat, fühlte ich mich nur noch leer und ausgebrannt.

Zu Hause, in meinem Apartment, ging ich auf direktem Weg zum Küchenschrank, um nach einer Flasche Wein oder irgendwelchen Likörresten zu suchen, die ich vielleicht noch hatte. Blöderweise konnte ich nichts finden. Mein Blick fiel auf den prall gefüllten Weihnachtsstrumpf auf dem Küchentisch, den ich immer noch nicht geöffnet hatte. Vielleicht war darin ja ein Fläschchen mit Elisas selbstgemachtem Eierlikör. Mir war egal, was ich trank. Aber Katies Standpauke verlangte nach einer dramatischen Geste. Mit einem Glas Mineralwasser ließ sich der fiese Nachgeschmack ihrer kleinen Ansprache zumindest nicht herunterspülen. Genauso wenig wie der bittere Verdacht, dass sie mit ihren Aussagen vollkommen richtig lag.

Ich zog eine Pralinenschachtel und ein paar andere Weihnachtssüßigkeiten aus dem Strumpf und wühlte nach etwas Hartem wie Glas. Meine Hand ertastete etwas, aber als ich es hervorzog, hatte es nicht die Form einer Flasche, sondern eines Herzens.

Verwundert riss ich das bunte Papier auf und ... erstarrte.

Es war ein Bilderrahmen, und mein eigenes Gesicht strahlte mir entgegen. Ich hing lachend und mit roten Wangen auf dem Rücken von Owen. Er hatte den Kopf zu mir gedreht und sah mich mit einem Lächeln an. Es war das Bild, das der Fotograf für den Artikel geknipst hatte – als wir bei dem Fotoshooting herumgeblödelt hatten, vor den Aufnahmen für das Cover. Ich hatte keine Ahnung, wie Owen an die Aufnahme herangekommen war – schließlich war die Zeitschrift noch gar nicht erschienen. Bis auf das Titelbild, mit dem überall für die nächste Ausgabe geworben wurde, war noch nichts veröffentlicht worden.

Unter dem Bilderrahmen klebte ein kleiner Brief. Ich riss ihn mit zitternden Fingern auf.

Du und ich. Schon immer. Owen

Ich starrte auf das Bild, und schon ging die Heulerei wieder los. Mit dem Weinen war es offenbar so wie mit gebrannten Mandeln: Wenn man einmal damit angefangen hatte, konnte man nicht mehr aufhören.

Oh Gott, ich hatte alles falsch gemacht! Katie hatte recht. Ich konnte alle immer nur unglücklich machen.

Ich griff zum Telefon und rief schluchzend meine Mutter an. Sie hatte sich kaum gemeldet, als es schon aus mir herausbrach.

»Mom, es tut mir so leid.« Ich weinte so, dass ich kaum sprechen konnte. »Es tut mir so wahnsinnig leid, dass ich mich damals für das blöde Klassenfoto dreimal umgezogen habe. Das war so unglaublich verantwortungslos und selbstsüchtig. Ich weiß nicht, wieso ich mich dafür in all den Jahren nicht entschuldigen konnte. Aber es tut mir so leid, dass ich schuld an deinem Unfall bin.« Ich schluchzte wieder auf.

Für einen Moment sagte meine Mutter nichts, und es hörte sich an, als würde sie ebenfalls mit den Tränen kämpfen. »Lucy, du musst damit aufhören«, sagte sie schließlich fest. »Du bist nicht schuld an meinem Unfall, Schatz. In keiner Weise. Du musst irgendwann begreifen, dass Dinge einfach passieren.«

»Aber ich war verantwortungslos«, schluchzte ich.

»Nein.« Sie holte tief Luft. »Nein, das warst du nicht. Mein Unfall hatte nichts damit zu tun, dass wir an diesem Morgen später losgefahren sind. Wenn ich gewusst hätte, dass du immer noch darunter leidest, hätte ich längst mit dir gesprochen. Wenn jemand schuld ist, dann dieser Lkw-Fahrer. Aber auch ihm habe ich längst verziehen.« Sie seufzte. »Gott, Lucy, warum hast du nie gesagt, was du durchmachst?« Sie schluckte. »Soll ich zu dir kommen? Willst du darüber reden?«

Aber plötzlich wusste ich, was ich wollte. Es war, als wäre ein Knoten geplatzt. Meine Mutter hatte recht. Ich musste anfangen, mein Leben zu leben. Auch auf die Gefahr hin, Fehler zu machen.

»Mom, ich muss los«, stammelte ich.

»Na endlich.« Sie lachte erleichtert. »Ich hatte schon gedacht, du würdest es nie kapieren.«

»Du weißt, wohin ich will?«, fragte ich überrascht.

»Selbstverständlich, mein Schatz.«

»Und glaubst du, es ist ein Fehler?«, fragte ich zaghaft.

»Wenn, dann ist es der beste Fehler der Welt.«

SECHSUNDZWANZIG

»Du bist also sozusagen der Chef dieser Band, richtig?«
Sandrine, die hübsche Französin mit dem weitausge-
schnittenen Kleid und dem sexy Akzent, beugte sich
noch etwas weiter zu Owen herüber und legte ihre Hand
auf sein Bein. Ziemlich weit oben auf sein Bein. »Das sagen die Leute zumindest.« Sie schnalzte mit der Zunge.
»Aber du bist viel zu höflich, um das zuzugeben, oder?«

»Ähm.« Owen wand sich ein bisschen. »Ich würde
mal sagen – ganz im Gegenteil. Ich bin eigentlich eher
so etwas wie die ... Aushilfe in dieser Band.«

Sandrine warf mit einem süßen Lachen den Kopf in
den Nacken und schüttelte ihren kastanienbraunen Pa-
genkopf. Sie arbeitete für das Pariser Büro ihres Labels
und war dafür zuständig, die Auftritte in Frankreich zu
organisieren und die Jungs *bei Laune zu halten*, wie sie
sich gerne ausdrückte.

Owen sah sich nach den anderen aus seiner Band um.
Sie saßen am Tresen der hippen Pariser In-Bar und warfen ihm feixende Blicke zu. Selbst Jeff wirkte angenehm

entspannt und zeigte Owen mit erhobenen Daumen an, dass er seine Flirt-Erlaubnis hatte. Würg.

»Ich bin einfach nur ehrlich«, gab er achselzuckend zurück und leerte sein Martiniglas. »Und – was ist deine Geschichte?«

Sie lächelte wieder zuckersüß. »Heute?« Sie sprach fließendes Englisch, nur mit einem winzigen, französischen Akzent. »Heute bin ich hier, um dich abzuschleppen.«

Wow. Das kam unerwartet. Owen hatte ja schon eine Menge mit offenherzigen Frauen erlebt. Aber diese Unverblümtheit war selbst für ihn etwas Neues. »Da weiß ich, ehrlich gesagt, nicht so recht, was ich darauf antworten soll.« Owen lächelte die zierliche Französin entschuldigend an.

»Das ist doch schon ein guter Anfang.« Es war ziemlich charmant, dass sie nicht beleidigt war. »Du hattest schließlich auch erst zwei Drinks.«

Er lachte auf. »Ich bin nicht wirklich auf der Suche«, erklärte er kopfschüttelnd.

»Tja, Buddy.« Ihre Hand rutschte noch den Bruchteil eines Zentimeters höher. »Da kann ich dich beruhigen. Romantik ist auch nicht gerade meine Stärke.« Sie hob die Achseln. »Ich bin mehr so etwas wie eine ... Sammlerin. Ich sammle Trophäen. Ein amerikanischer Rockstar ist genau das, was ich noch brauche.« Ihre Hand bewegte sich wieder, hatte jetzt fast seinen Schritt erreicht. Der Alkohol legte einen angenehmen Weichzeichner auf die Szenerie und sein Hotelzimmer war keine fünf Minuten entfernt.

Owen seufzte tief, nahm ihre Hand dann vorsichtig von seinem Bein und legte sie auf den Tresen. »Du bist ganz zauberhaft, Sandrine.« Er lächelte wieder entschuldigend. »Im Normalfall wäre ich begeistert von deinem Angebot und vor allem von deiner Offenheit.« Achselzuckend erhob er sich. »Das Problem ist bloß – ich bin leider vollkommen verrückt nach einer anderen.«

Sie schnaubte. »Na und? Das ist mir egal.«

Er lächelte. »Das glaube ich dir. Aber mir ist es nicht egal. Ich muss jetzt leider gehen.«

Ohne ein weiteres Wort ging er zu seinen Bandkollegen an die Bar. Er schlug Mitch auf die Schulter. »Hey, Mann. Habt ihr hier viel zu tun?« Die Jungs warfen sich fragende Blicke zu. »Ich würde gerne mit euch an dem Song arbeiten. Damit wir ihn morgen beim Silvester-Konzert spielen können.«

Mitch sah ihn lange an, der Blick spöttisch, bereit zu einem abfälligen Kommentar. Dann hob er die Schultern. »Hey Jeff«, rief er zu ihrem Manager herüber. »Wir brauchen einen Übungsraum.«

»Jetzt?« Jeff hob die Augenbrauen.

»Ja, jetzt.« Mitch grinste. »Unser Goldjunge hier wurde gerade von der Muse geküsst.«

Jeff hob die Schultern und griff nach seinem Telefon. »Dann organisier ich mal was. Taxi steht in zehn Minuten vor der Tür.«

Mitch drehte sich wieder zu Owen um. »Na, dann.« Er boxte ihn spielerisch auf den Oberarm. »Willkommen bei den *Boston Heights*.«

Das Herz schlug ihm bis zum Hals, als Owen am nächsten Tag auf der Bühne des Pariser Solei Clubs stand und

Mitch ihm mit erhobenem Daumen anzeigte, dass es Zeit für seinen Song war. Owen trat ans Mikro und fuhr sich durch die Haare.

»So, Leute. Jetzt kommt mal etwas vollkommen anderes«, begann er mit einem verlegenen Grinsen. »Wer von euch hat in der Presse mitbekommen, dass ich gerade abserviert worden bin?«

Gelächter kam als Antwort, ein paar Hände streckten sich in die Höhe und einige Fans bekundeten lautstark, dass sie das sehr wohl mitbekommen hätten. Ein paar Mädels kreischten, als hätte er sich selbst zur Versteigerung angeboten.

»Okay, gut. Das hier ist ein Lied für alle, die das Gleiche erlebt haben und die trotzdem nicht aufhören können, den anderen zu lieben.«

Er hatte es gesagt. Einfach so. Es war ein wirklich berauschendes Gefühl. »Dieser Song heißt Lucy Lou.«

Mitch griff die ersten Akkorde, und Owen begann zu singen. Es war kein Lied mehr darüber, wie sehr er Lucy vermisste. Nein, dieser Song handelte davon, was sie ihm gegeben und welche Welt sie ihm eröffnet hatte. Nicht davon, was er verloren hatte, sondern davon, wieviel heller seine Welt jetzt war.

Das Publikum war erst ein wenig erstaunt, dass Owen einen gänzlich unbekannten Song sang, aber schließlich hoben immer mehr Leute die Arme und wiegten sich im Takt der Musik. Als er zum Refrain kam, hatte sich die Stimmung in der Halle verändert und beim zweiten Refrain sangen die ersten das *Lucy Lou* im Text bereits mit.

Nach dem Konzert kamen die anderen Bandmitglieder zu Owen und schüttelten ihm seltsam formell die

Hand. »War mir eine Ehre, mit dir Musik zu machen, Mann«, meinte Mitch. »Wer weiß, vielleicht werden wir ja doch noch eine richtige Band.«

»Aber sicher nicht mit dieser Katzenmusik«, warf Jeff ein, der wieder mal ziemlich angefressen aussah. »Das war eine Ausnahme, Leute, alles klar? *Boston Heights* steht für guten Rock mit einer Portion Boyband. Du bist nicht Robbie Williams, Owen, auch wenn wir hier in Europa sind.«

Jeffs Reaktion war zwar ein gewisser Dämpfer, aber trotzdem konnte er Owens ruhige Freude nicht zerstören. Zum ersten Mal seit langer Zeit fühlte er sich wie ein echter Musiker. Nicht nur, weil er einen eigenen Song vor großem Publikum gesungen hatte. Sondern weil er durch seinen Song selbst etwas verstanden hatte.

Er wollte einfach nur, dass Lucy glücklich war. Wenn sein Leben und seine Art ihrem Glück im Wege standen, dann war es das Beste für sie, wenn sie nicht zusammen waren. Das änderte aber überhaupt nichts an seinen Gefühlen.

Er ... liebte sie.

Aus vollem Herzen, mit all ihren Ecken und Kanten.

Er liebte nicht nur ihre Schönheit und die Tatsache, dass sie sich ihrer in keiner Weise bewusst war. Er liebte nicht nur ihre Stärke und ihre Art, sich für andere einzusetzen. Er liebte nicht nur ihre Tapferkeit und ihren Mut, dem Leben selbst in den schwierigsten Situationen noch etwas Gutes abzutrotzen. Nein, er liebte auch ihre anderen Seiten. Ihre furchtbare Angst, sich auf etwas einzulassen, was sie aus ihrer Routine reißen könnte. Ihre

Wankelmütigkeit, wenn es um ihre Gefühle ging. Ihre Wut, wenn sie ihre Sicherheit verlor und ihr der Boden unter den Füßen weggezogen wurde.

Er liebte Lucy und er konnte sich nicht vorstellen, dass sich daran je etwas ändern würde. Aber wenn sie seine Gefühle nicht erwiderte oder nicht erwidern konnte, dann würde er das akzeptieren. Er würde sie nicht bedrängen oder verfolgen. Er würde sie nicht überreden. Wenn sie zu ihm kam, würde er sie mit offenen Armen empfangen. Wenn nicht – dann nicht.

Es war ein seltsames Gefühl, heute hier mit den anderen zusammen ins neue Jahr zu feiern. Er war abgrundtief traurig, dass er nicht mit Lucy zusammen sein konnte und gleichzeitig überglücklich, weil er endlich dazu in der Lage war, sich seine Gefühle einzugestehen.

Er war nicht wie sein Dad. Er hatte sein Leben lang einen Irrtum gelebt.

»Kommt, Jungs, es geht los.« Jeff hatte schon wieder seine Wichtig-Miene aufgesetzt.

Owen folgte Jeff und den anderen zum Bühnenausgang. Als sie die Tür öffneten, kam ihnen unangenehme Kälte entgegen, und Owen schlug seinen Mantelkragen hoch. Sie traten in den leichten Schneeregen hinaus und wurden sofort von einer Horde aufgeregter Fans umringt.

Jeff warf Owen einen warnenden Blick zu. »Freundlich, okay?«, raunte er ihm zu.

Owen seufzte und zauberte ein Lächeln auf sein Gesicht. »Salut«, begrüßte er die Wartenden, zum Großteil junge Frauen in kurzen Röcken und in viel zu kühlen Jacken, wie Owen besorgt feststellte.

»Darf ich ein Selfie mit dir machen?« Eine mutige Mittzwanzigerin schoss auf ihn zu, stellte sich dicht neben ihn und streckte ihr Handy am langen Arm aus.

»Klar.« Owen lächelte in die Handykamera. »Und? Wart ihr alle auf dem Konzert?«

»Ich nicht«, antwortete eine Stimme aus der Menge.

Owen fuhr herum und suchte mit den Augen das Gesicht, das zu der Stimme gehörte. »Ich bin extra hergeflogen, aber ich habe keine Karte mehr bekommen«, setzte die Frau hinzu.

Owen konnte es nicht fassen. Er starrte Lucy an, als wäre sie ein Geist. »Das ist aber schade«, erwiderte er rau, als seine Stimme ihm wieder gehorchte.

»Dabei war es sogar ein Langstreckenflug«, setzte sie mit einem vorsichtigen Lächeln hinzu.

»Wirklich?« Owen kämpfte sich durch die kleine Gruppe in Lucys Richtung. Im Gegensatz zu den leichtbekleideten, stark geschminkten Pariserinnen trug sie eine dicke Strickmütze und Fäustlinge. »Ist das nicht furchtbar klimaschädlich?«

Sie nickte. »Das stimmt. Aber möglicherweise haben mich ein paar Dinge dazu veranlasst, über meine Prioritäten im Leben nachzudenken.«

Owen war jetzt bei ihr angekommen. Er blieb dicht vor ihr stehen, ohne sie zu berühren. Sah sie einfach nur an.

»Also, ich würde jetzt auch gern ein Selfie machen«, warf eine junge Frau ungeduldig ein und drängte sich neben Lucy und Owen.

»Einen Moment bitte noch.« Owen wandte keinen Blick von Lucy. »Und?«, fragte er ein wenig atemlos. »Möchtest du auch ein ... Foto mit mir?«

Sie sah ihn an, unsicher und gleichzeitig entschlossen, der Lucy-Blick, den nur sie hatte. »Ich bin eher altmodisch.« Ihre Stimme zitterte ein wenig. »Ich hätte lieber ein Autogramm.«

Er zog einen Stift aus der Tasche, immer noch vollkommen unfähig, die Situation zu erfassen. Wie zum Teufel konnte es sein, dass Lucy hier stand? Mitten in Paris, in Europa, am Silvesterabend? Ohne Vorankündigung, ohne Warnung?

»Hast du einen Zettel?« Er konnte nichts anderes tun, als das kleine Spiel mitzuspielen.

»Klar.« Sie griff in ihre Manteltasche und holte einen Zettel mit einem Google-Maps-Ausdruck heraus.

»Was soll ich schreiben?« Owen war sich bewusst, dass mindestens zwanzig Augenpaare auf ihn gerichtet waren. Er hörte hier und da ein leises Tuscheln. Sein Blick bohrte sich in Lucys. »Was soll ich schreiben?«, wiederholte er eindringlich.

»Für Lucy.« Sie schluckte. »Die manchmal so bescheuert ist, dass man es kaum aushalten kann.«

SIEBENUNDZWANZIG

Ich hielt meinen Blick auf den Zettel gerichtet, auf den Owen mit undurchschaubarem Gesichtsausdruck etwas kritzelte. Warum war er so komisch? Warum küsste er mich nicht endlich? Lag es an den Fans oder freute er sich überhaupt nicht, mich zu sehen? Hatte ich sein Weihnachtsgeschenk am Ende ganz falsch verstanden?

Gott, warum hatte ich nicht einfach zuerst angerufen? Ich war kopflos losgerannt, zum Flughafen gestürzt und erst wieder zu mir gekommen, als längst der Atlantik unter mir lag. Dann hatte ich mir hier am Hinterausgang die Beine in den Bauch gestanden, weil ich keine Konzertkarte mehr ergattert hatte. Ich war von diesem elenden Schneeregen durchweicht und vollkommen verfroren und ich wollte endlich, dass Owen mich in die Arme nahm – egal, wie viele Leute hier um uns herumstanden und uns beobachteten.

»Bitte schön.« Er faltete den Zettel und drückte ihn mir in die Hand.

Ich konnte es nicht fassen. Das war's? Ein blödes Autogramm? Würde er sich jetzt an seinen nächsten Fan wenden? Eigentlich konnte ich ihm das nicht mal übelnehmen, so gestört, wie ich mich bei unserem letzten Treffen benommen hatte. Nach meinem kleinen Zusammenbruch neulich hatte Owen schließlich jedes Recht, seine Gefühle noch mal zu überdenken, oder?

»Willst du es denn gar nicht lesen?«, fragte er leise.

»Muss ich ja nicht.« Ich war so enttäuscht, dass ich schon wieder fast geheult hätte. Zur Abwechslung. Prima, Lucy, eine großartige Strategie, um das Herz eines Mannes zu erobern. Ein Nervenzusammenbruch nach dem anderen. »Ich habe es dir ja selbst diktiert.«

Er lächelte und griff nach meiner freien Hand, die nicht den Zettel umklammert hielt und drückte sie. »Lies es einfach.«

Mein Herz machte einen Satz, und jetzt sah ich auch, wie Owen sein typisches Grinsen unterdrückte. Nein, ich hatte mich nicht geirrt. Es war immer noch da, das Band zwischen uns.

Wie sich herausstellte, war es gar nicht so einfach, mit nur einer Hand den Zettel wieder zu entfalten, aber ich würde den Teufel tun und Owens Hand loslassen, jetzt, wo ich sie schon mal hatte.

Für Lucy.
Du warst es, du bist es, du wirst es immer sein.
Dein Owen

Ich schluckte und blinzelte die kleine Träne energisch weg, die sich schon wieder herauststehlen wollte. »Du kannst ziemlich gute Autogramme schreiben.« Ich trat einen Schritt näher an ihn heran.

»Danke.« Er grinste von einem Ohr zum anderen. »Das hört man gerne.«

»Dann hätte ich jetzt auch gerne eins.« Die Meute der Fans wurde langsam wirklich unruhig. Kein Wunder, bei gefühlten minus zehn Grad. »Ich heiße Angelina.«

»Oh, klar.« Owen ließ meine Hand los, doch dann drehte er sich noch mal zu mir um, nahm mein Gesicht in seine Hände und gab mir einen leidenschaftlichen, leider viel zu kurzen Kuss. »Flieg nicht wieder weg, ja?«, flüsterte er mir zu.

»Okay.« Ich trat einen Schritt zurück und beobachtete, wie Owen Autogramme verteilte und Selfies machte, genau wie der Rest der Band.

Dann war er wieder bei mir. »Das waren die längsten zehn Minuten meines Lebens«, raunte er mir zu und schloss mich endlich in seine Arme. »Kommst du mit mir ins Hotel?«, fragte er dann und zog mich noch enger an sich.

Ich konnte nur stumm nicken.

»Gut.« Er legte einen Arm um meine Schultern und zeigte auf den Tourbus. »Dann lass uns gehen.«

Einen Moment später saßen wir nebeneinander auf der Rückbank im warmen Mini-Van. Ich kuschelte mich an ihn, nahm seine Hand in meine und konnte nicht aufhören, zu grinsen.

»Du bist in Paris«, stellte er immer noch fassungslos fest.

»Deine Schuld«, erklärte ich im Flüsterton. »Ich habe dein Weihnachtsgeschenk aufgemacht und dann bin ich erst wieder zu mir gekommen, als ich schon im Flugzeug saß.«

»Aber wie kann das sein? Du musst doch arbeiten und hast so viele Termine und heute war diese Delegiertenversammlung ...«

»Ja, stimmt.« Ich hob die Schultern. »Keine Ahnung. Ich weiß auch nicht, was in mich gefahren ist.«

»Was es auch ist – ich hoffe, dass es nie wieder weggeht«, murmelte er.

Mein Herz klopfte schneller. »Owen ...« Ich wollte so vieles sagen. So vieles erklären und richtigstellen. So vieles fragen und wissen. Aber das Einzige, was ich herausbrachte, war sein Name. »Owen«, wiederholte ich und kam mir selten dämlich vor. Und obwohl ich es wirklich nicht wollte, rutschte es mir noch mal heraus, dieses Mal wie ein Seufzen. »Owen.«

Er lachte leise, seine Lippen jetzt in unmittelbarer Nähe von meinen. »Das könnte ich mir den ganzen Abend anhören.«

»Ich ...« Nein, wirklich, mir fiel absolut nichts ein. Nichts. Außer, dass mein Herz raste und mein Körper bebte und ich Angst hatte und glücklich war und durcheinander und verliebt und vollkommen von der Rolle. »Hi.«

Er lachte etwas ausgelassener. »Wenn ich nicht wüsste, was du für eine Intelligenzbestie bist, würde ich sagen, du hast einen etwas eingeschränkten Wortschatz.«

»Das ist die Serotonin-Ausschüttung«, murmelte ich. »Macht glücklich, aber blöd.«

»Es ist so dermaßen sexy, wenn du Dinge sagst, die ich nicht verstehe«, murmelte er.

Mitchs Stimme ließ uns auseinanderfahren. »Wir sind da, Leute. Ich würde ja sagen: Nehmt euch ein Zimmer. Aber da wir genau vor unserem Hotel sind, wäre das ziemlich einfallslos.«

Ich hatte nicht mal gemerkt, dass wir losgefahren waren, geschweige denn, dass wir wieder angehalten hatten. Verlegen rappelte ich mich von meinem Sitz hoch.

Mitch sah uns mit einem Grinsen zu. »Nur gute Freunde, was?«, meinte er feixend und schüttelte dann den Kopf. »Warum kriegen Kerle wie du immer die besten Mädchen, Mann?«

Owen hob die Schultern. »Da musst du schon einen Klügeren fragen. Ich habe keine Ahnung.«

»Dann geht ihr wohl nicht mit uns auf die Silvesterparty, oder?«, fragte Mitch, während er seine Sachen zusammensuchte, die er auf seinem Sitz verstreut hatte.

»Das entscheidet die Lady.« Mit strahlenden Augen sah Owen mich an. »Möchtest du auf eine Party, Lucy?«

Ich schüttelte den Kopf. »Zusehen, wie dir andere Frauen nachstellen? Auf gar keinen Fall!«

»Du hast sie gehört, Mitch.« Owen quetschte sich an mir vorbei, um mir aus dem Van zu helfen. »Wir feiern lieber im Hotel ins neue Jahr.«

»Kann ich mir lebhaft vorstellen«, brummte Mitch, doch sein Blick war voller Wärme.

Als wir Minuten später das kleine, aber wunderschöne Hotelzimmer mit Blick auf den Eiffelturm betraten, schnürte mir die alte Angst plötzlich wieder die Kehle zu.

Das hier war anders als alles, was ich jemals mit einem Mann erlebt hatte. Was vermutlich daran lag, dass das hier kein gewöhnlicher Mann war. Sondern Owen. Mein Owen. Der Bruder meiner besten Freundin, die es falsch fand, was wir hier taten. Genau wie seine Mutter.

Nicht daran denken ...

»Möchtest du etwas trinken?« Owen war hinter mich getreten, vorsichtig, zurückhaltend, eine Hand an meiner Taille.

Ich hatte nicht gemerkt, dass ich mitten im Raum stehen geblieben war. Ich drehte mich zu ihm um. »Hältst du mich für verrückt?«, fragte ich und sah forschend zu ihm hinauf.

Er schlang seine Arme um meine Taille. »Natürlich halte ich dich für verrückt. Du könntest jeden haben und bist hier bei mir. Ganz klar, dass mit dir irgendwas nicht stimmt.«

Ich legte meine Arme um seinen Nacken. »Und das stört dich nicht?«

Er zog mich noch näher an sich. »Ich würde sagen, es ist das Beste an dir.«

»Ich bin ein bisschen nervös«, gab ich zu.

Er nickte. »Ich auch.«

Ein kleines Kichern entschlüpfte meiner Kehle. »Aber aus anderen Gründen, denke ich.«

»Wieso?« Er wich ein Stückchen zurück, um mich anzusehen. »Ist es immer noch wegen dieser furchtbaren Cherry-Sache?« Er sah mich forschend an. »Lucy, du denkst doch nicht, dass ich ...« Er brach ab, ging zur Couch hinüber und ließ sich darauf fallen. Dann drehte er sich zu mir um und streckte mir beide Hände entgegen. »Können wir jetzt reden?«

Ich ging auf ihn zu, legte meine Hände in seine und nickte. »Ja, ich glaube, das wäre gut.«

Er zog mich auf seinen Schoß. »Ich kann es noch gar nicht fassen, dass du wirklich da bist.« Er küsste mich, zärtlich und lange. Dann sah er mich liebevoll an. »Erst reden?«

Ich nickte. »Unbedingt.«

Er sah mich auffordernd an, aber ich musste mich erst sortieren. »Gib mir eine Minute«, bat ich ihn und verdrehte die Augen. »Das ist keine Ausrede. Es hat sich nur einiges aufgestaut.«

Seine Hand griff nach meiner, und er drückte sie. »Soll ich dir sagen, was gerade in mir vorgeht?«

Ich nickte. »Das wüsste ich wirklich gern.«

»Okay.« Er holte tief Luft. »Ich liebe dich, Lucy.«

Mir blieb fast das Herz stehen. »Wirklich?«

Er lachte leise. »Wirklich. Ich glaube, ich habe dich schon immer geliebt, schon damals. Ich will mit dir zusammen sein, nicht nur für eine Nacht, sondern am liebsten für immer. Ich erkenne mich selbst kaum wieder. Ich meine, das war genau das, wovor ich immer weggelaufen bin. Verpflichtungen. Sich festlegen.« Er hob die Schultern. »Aber jetzt will ich nicht mehr weglaufen. Ich weiß, dass ich im nächsten Jahr viel unterwegs sein werde und was für eine Zumutung mein Leben für dich ist. Ich verstehe auch, dass du dich auf deinen Beruf konzentrieren musst und dass es vermutlich schwierig wird. Aber ... das ist es, was ich will. Ich will dich.«

Ich spürte eine skurrile Mischung aus unbändigem Glück und beklemmender Panik. »Wow.« Ich holte ebenfalls tief Luft. »Dann bin jetzt wohl ich an der Reihe.«

Ich rutschte von seinem Schoß, legte meine Beine über seine und lehnte den Kopf an seine Schulter. »Ich muss ein bisschen ausholen, okay?«

»Wir haben die ganze Nacht Zeit.« Er spielte mit einer Locke, die sich aus meinem Zopf gelöst hatte, und lächelte mich an.

»Okay.« Ich schluckte. »Als ich dachte, dass meine Mutter stirbt, da ist bei mir irgendeine Sicherung durchgebrannt. Seitdem habe ich ständig Angst. Ich meine wirklich *ständig*. Es ist, als würde ich immer erwarten, dass etwas Schlimmes passiert. Gerade dann, wenn ich glücklich bin.« Ich spürte, dass ein Zittern durch meinen Körper lief. »Ich habe es noch nie jemandem gesagt, aber damals, als Mom mich zur Schule gebracht hat, da war ich so glücklich. So verdammt glücklich.« Ich kuschelte mich noch enger an ihn und schloss die Augen. »Ich war glücklich, während ihr das alles passiert ist, verstehst du? Ich habe gelacht und gescherzt, während sie im Krankenhaus längst um ihr Leben gekämpft hat. Ich habe nichts bemerkt, nichts gespürt.« Ich schluckte. »Weißt du, es lag an mir, dass wir an dem Tag so spät losgekommen sind.« Stockend und ohne ihn anzusehen, erzählte ich ihm von der Sache mit dem Klassenfoto und den Vorwürfen, die ich mir deshalb jahrelang gemacht hatte. Von dem Vorsatz, nie wieder so verantwortungslos zu handeln. Von dem Zwang, das Richtige zu tun, um eine Schuld abzubüßen.

Owen zog mich enger an sich. »Das tut mir alles so leid«, flüsterte er. »Wenn du mir doch bloß etwas gesagt hättest.«

»Ich konnte es nicht.« Ich drehte meinen Kopf, damit ich Owen ansehen konnte. »Aber ich konnte auch nicht einfach weitermachen. Ich bin nie ... erwachsen geworden. Ich habe nie wirklich angefangen, mein Leben zu leben.«

Owen küsste meine Stirn. »Und jetzt? Was fühlst du jetzt?«

»Ich bin glücklich.« Ich schluckte. »Aber die Angst ist immer noch da, tief in mir.«

»Wovor?«

Ich biss mir auf die Unterlippe. »Dass ich dich verlieren könnte«, flüsterte ich.

»Das wirst du nicht.« Er klang so überzeugt, dass ich lächeln musste.

»Tja, dann darfst du mich nie verlassen und niemals sterben«, sagte ich neckend. »Das wird für einen Superstar wie dich doch kein Problem sein, oder?«

Er lachte nicht. Sah mich einfach nur an, dann nickte er. »Ist gut.«

Ich zog meine Hand aus seiner. »Ich weiß, dass du mir das nicht versprechen kannst, Owen. Ich muss damit leben, genau wie jeder andere Mensch auf der Welt. Es gibt keine Sicherheit.«

Er nahm meine Hand wieder in seine und verschränkte seine Finger mit meinen. »Das stimmt nicht, Lucy. Natürlich kann ich dir nicht versprechen, dass ich nicht sterbe. Aber ich kann dir versprechen, dass meine Liebe für dich nicht stirbt.«

Er meinte das vollkommen ernst, und das machte mich ein bisschen wütend. »Nein, kannst du nicht«, gab ich heftig zurück. »Du kannst nicht wissen, was die Zukunft bringt.«

»Doch.« Er beugte sich vor und gab mir einen sanften Kuss auf die Lippen.

Ich musste wieder lachen. »Wir sind noch nicht mal richtig zusammen, und ich verlange schon Garantien für *mehrere* Leben. Ich bin eine Zumutung. Wenn ich du wäre, würde ich laufen, so schnell ich kann.«

Er lächelte, aber seine Augen blieben ernst. »Du warst schon immer in meinem Herzen.« Er schüttelte unmerklich den Kopf. »Das wird nie aufhören. Okay, ich kann dir nicht versprechen, dass es mit uns funktioniert. Ebenso wenig kann ich dir versprechen, dass ich ewig lebe.« Er sah aus, als würde er seine Worte sorgfältig abwägen. »Aber ich kann dir versprechen, dass dieses Gefühl nicht stirbt. Niemals. Selbst wenn du am anderen Ende der Welt lebst, verheiratet, mit einem von deinen superschlauen Kollegen, mit drei entzückenden Kindern und einem viel zu großen Hund.« Er hob die Schultern. »Auch dann werde ich dich lieben. Weil es nicht anders geht. Weil ich es niemals lassen kann. Weil du Lucy bist und weil du schon immer zu mir gehört hast. Und ich zu dir.«

Ich starrte ihn an. »Das ist dein Ernst, nicht wahr?«

Jetzt war er es, der grinste. »Nö, das ist mein Standardspruch, um eine Frau ins Bett zu locken.« Er hob die Augenbrauen. »Funktioniert es?«

Ich war dankbar, dass er wieder einen leichteren Ton anschlug. »Blödmann.« Ich boxte ihn auf den Oberarm. »Ich hasse es, dass du mit so vielen Frauen zusammen warst, nur damit du das weißt.« Ich schubste ihn wieder, dieses Mal heftiger. »Das hat mich fast wahnsinnig gemacht!«

»Ein Teil von mir hat immer nur auf dich gewartet.«

Ich prustete los. »Ja klar, ich kann mir schon denken, welcher Teil das war«, gab ich kichernd zurück.

Er stimmte in mein Lachen ein. »Du hast wirklich eine schmutzige Fantasie, Miss Oberschlau. Das hätte ich gar nicht gedacht.«

Etwas in mir löste sich. Etwas schmolz, wie ein Eisblock in der Sonne. Ich spürte ein befreites, albernes Lachen in mir aufsteigen.

»Was?« Er grinste. »Ich gebe hier alles, ziehe alle romantischen Register, und du lachst mich aus?«

Ich schüttelte den Kopf, immer noch gluckernd. »Nein. Ich lache gar nicht. Kein bisschen.«

Er stand auf und sah kopfschüttelnd auf mich herab. Dann legte er einen Arm um meine Taille und schob den anderen unter meine Kniekehlen. Bevor ich wusste, wie mir geschah, hatte er mich mit Schwung auf seine Arme gehoben. »Ich bringe dich jetzt in mein Bett, und dann hast du gleich noch mehr Grund, über mich zu lachen.«

Ich klammerte mich an ihn, jede Faser meines Körpers kribbelte vor Aufregung. »Ehrlich?« Ich grinste. »Ach, Owen, es wäre zu schön, wenn du dich im Bett ein bisschen blöd anstellen würdest. Das würde mir die Sache viel leichter machen.«

Er blieb stehen und starrte mich an. »Wie bitte?«

»Na, ich mit meinen drei Ex-Freunden.« Oje, offenbar waren jetzt bei mir alle Barrieren gefallen. »Dagegen du mit deinen hundert Model-Ex-Freundinnen.«

Er lachte wieder. »Ich bin mir sicher, dass Lucy Neunmalklug schon etwas findet, was sie kritisieren kann.« Vor dem Fenster explodierten die ersten Raketen, als Owen mich sanft auf dem Bett ablegte.

Ich zog ihn auf mich. »Also waren es wirklich hundert?«

»Oh, nein, vergiss es.« Er schüttelte den Kopf. »*Das* ist ein Hexentest. Bei der Frage kann ich nur verlieren.«

»Okay.« Ich ließ meine Finger unter sein Shirt gleiten und spürte, wie sich seine Rückenmuskeln unter meiner Berührung anspannten. »Dann sag mir einfach nur, mit wie vielen es dir ernst war.« Ich stieß die Luft aus. »Bitte, das muss ich wissen. Wie vielen hast du gesagt, dass du sie liebst?«

Er stöhnte auf. »Echt jetzt? Das hatten wir doch alles schon.«

Ich kniff die Augen zusammen. »Nein, hatten wir nicht.«

Er fuhr mit dem Finger die Linien meines Gesichts nach und tippte mir dann sanft gegen die Schläfe. »*Darüber* haben wir geredet. Es passt nicht zu dir, wenn du dich dumm stellst.«

Mein Herz klopfte schneller. »Was willst du damit sagen?«

Er schüttelte den Kopf. »Vergiss es. Du weißt es sowieso.«

Ich legte meine Hände auf seine Brust, schob ihn energisch zu Seite und setzte mich dann auf ihn. »Los, sag es. Ich will es hören.«

Er presste die Lippen zusammen und schüttelte den Kopf.

Ich fing an, ihn zu kitzeln. »Los, Owen, ich will es wissen.«

Er lag ganz entspannt da und sah mich an, als wäre ich vollkommen bescheuert. »Was zum Teufel machst du da?«

»Ich ... ärgere dich, damit du mir antwortest.«

»Ach, Lucy.« Er schüttelte mitleidig den Kopf. »Du musst noch so viel über die richtige Welt lernen. Wenn sich eine schöne Frau auf einen Mann setzt und ihn an allen Stellen des Körpers berührt, dann nennt man das nicht *ärgern*, sondern Vorspiel.«

Lachend und prustend stürzte ich mich auf ihn. »Siehst du? Sag ich doch. Ich habe keine Ahnung von diesen Dingen.«

Wir rangelten auf dem Bett herum, wobei die Grenzen zwischen Kämpfen, Küssen und Einander-Ausziehen verschwammen.

»Los, sag es«, bat ich ihn atemlos, als wir uns schon fast aller lästigen Kleider entledigt hatten. »Bitte.«

Er hielt inne, sah mich an und schluckte. »Ich habe noch nie einer Frau gesagt, dass ich sie liebe«, erklärte er, jetzt ganz ernsthaft. »Und ich habe noch nie auch nur ansatzweise das Gleiche für eine andere empfunden.«

»Owen?«, wisperte ich und zog ihn an mich. »Was, wenn du mich langweilig findest?« Ich räusperte mich. »Hier, im Bett?«

»Langweilig?« Er verdrehte die Augen. »Verrückt, anstrengend, exzentrisch, außergewöhnlich, wunderschön, meinetwegen auch ein bisschen schräg – das würde ich alles gelten lassen.« Er schob mir meine zerzausten Haare aus dem Gesicht und sah mit so viel Liebe im Blick auf mich herab, dass mir fast schwindelig wurde. »Aber langweilig? Niemals.« Dann küsste er mich, nicht mehr ganz so sanft, sondern leidenschaftlich und entschlossen. »Glaub mir, Lucy. Wir haben noch nicht mal richtig angefangen, und das ist jetzt schon mit Abstand der beste Sex, den ich jemals im Leben hatte.«

— ACHTUNDZWANZIG —

Owen

Owen sah auf Lucys schlafendes Gesicht und seufzte leise. Mit dieser Frau war wirklich alles eine Achterbahnfahrt. Langweilig? Von wegen! Mit ihr zu schlafen war das Aufregendste gewesen, was er je in seinem Leben erlebt hatte. Mit ihr war alles neu – jede Berührung, jede Bewegung, jedes leise geflüsterte Wort. Jetzt lag sie in seinen Armen – an ihn gekuschelt und entspannt. Auf ihrem Gesicht lag ein Ausdruck absoluter Zufriedenheit, der ihn mit albernem Stolz erfüllte.

Sie hatten sich geliebt, während vor dem Fenster das Feuerwerk explodiert war, und es war schöner gewesen, als er es sich in seinen kühnsten Träumen vorgestellt hatte. Dann hatte sie sich an ihn geschmiegt, nackt und verletzlich, die Lippen ein wenig geschwollen von den nicht enden wollenden Küssen, und geseufzt.

»Weißt du was?«, hatte sie kaum hörbar geflüstert. »Ich habe das Gefühl, als würde mein Leben gerade wieder anfangen. Als hätte ich damals bei dem Unfall die

Stopp-Taste gedrückt und endlich den Schalter mit Play wiedergefunden.« Sie hatte ihm einen letzten, zarten Kuss gegeben. »Du bist mein Play, Owen.« Dann hatte sie die Augen geschlossen und war sofort eingeschlafen. Kein Wunder – drüben in Boston hatte längst der nächste Tag begonnen.

Aber Owen hatte nicht vor, in dieser Nacht zu schlafen. Er wollte jede Minute neben Lucy auskosten. In ein paar Stunden würde sie schon wieder im Flugzeug sitzen und dann wieder in ihr rastloses Leben zurückkehren. Würde von einem Termin zum nächsten hetzen, um die Welt zu retten.

Für einen Moment stellte er sich vor, wie es wäre, wenn er sie einfach begleiten könnte. Wenn er einfach eine Auszeit nehmen könnte, jetzt sofort. Sie könnten sich eine gemeinsame Wohnung in Boston nehmen und er könnte ... keine Ahnung. Noch mal von vorne anfangen und sich überlegen, was er mit diesem Leben überhaupt anfangen wollte. Sich einen richtigen Job suchen, Geld verdienen, vielleicht nebenbei Songs schreiben. Er hatte Angst davor, sich wieder von Lucy trennen zu müssen.

Was, wenn er es doch wieder verbockte? Er hatte erst jetzt verstanden, dass er damals, mit fünfzehn, eine reale Chance bei ihr gehabt hatte. Aber er hatte seiner Mutter geglaubt, die ihm gesagt hatte, dass er Lucy in dieser schwierigen Phase ihres Lebens nicht bedrängen durfte. Was wäre nur aus ihnen beiden geworden, wenn er damals offen mit Lucy gesprochen hätte, anstatt zu Madison Scott zu laufen? In der irrsinnigen Hoffnung, dass Lucy eifersüchtig werden und um ihn kämpfen würde?

»Starrst du mich gerade an?« Sie hatte die Augen nicht geöffnet, die Stimme verschlafen, ihre warme Hand auf seiner nackten Brust.

Er grinste. »Erwischt«, gab er zu.

»Und?« Sie öffnete träge die Augen und sah ihn im Schummerlicht lächelnd an. »Schon die ersten Fluchtimpulse?«

Er schüttelte den Kopf. »Du bist echt unmöglich.«

Sie richtete sich halb auf, stützte den Kopf auf dem Arm ab und zog mit dem Finger Linien auf seinem Brustkorb. »Aber über irgendwas grübelst du doch nach.«

»Ach, nichts Bestimmtes. Einfach so dies und das.«

»Komm schon.« Sie sah ihn vielsagend an. »*Rede mit mir*, Owen.«

»Äffst du mich gerade nach?«, fragte er gespielt entrüstet.

Sie hob die Schultern. »Könnte schon sein.«

Er biss sich auf die Lippe und strich ihr sanft übers Haar. »Ich denke darüber nach, was damals mit uns passiert wäre, wenn ich nichts mit Madison angefangen hätte.«

Er spürte, wie sie ein wenig von ihm abrückte – gefühlsmäßig und körperlich.

»Oh«, meinte sie mit einer Stimme, die nicht danach klang, als ob ihr seine Antwort gefiele. »Ich weiß, ich soll dich nicht ständig kritisieren, aber über andere Frauen zu reden, nachdem man zum ersten Mal ...«, sie errötete leicht und dafür liebte er sie noch ein bisschen mehr, wenn das überhaupt möglich war, »... du weißt schon. Also, hättest du nicht einfach lügen können?«

»Können schon«, gab er zurück. »Aber ich habe dieses kindische Bedürfnis, zu dir absolut ehrlich zu sein.«

Sie seufzte, rückte wieder näher an ihn heran und kuschelte sich an ihn. »Dann solltest du lieber ganz schnell erwachsen werden«, brummte sie. »Denn wenn du jetzt anfängst, mir zu erzählen, was du damals mit Madison angestellt hast ...«

Er strich ihr leicht über die Haare. »Ich hätte damals niemals auf meine Mutter hören dürfen.«

Sie machte ein kleines, unwilliges Geräusch. »Klar, Owen. Erzähl mir ruhig, dass deine Mutter dir befohlen hat, mit South Bostons Teenie-Schlampe ins Bett zu gehen. Das klingt wirklich ganz genau nach etwas, was Elisa Curtis sagen würde.«

Er seufzte tief. »Nein, *so* hat sie das natürlich nicht gesagt.«

»Sondern – wie dann?« Sie klang jetzt ganz neutral, aber er kannte sie gut genug, um zu merken, dass sie innerlich schon wieder auf hundertachtzig war. Es war richtig süß, wie besitzergreifend und eifersüchtig Lucy werden konnte.

»Meine Mutter hat mir damals gesagt, ich solle aufhören, dir *nachzusteigen*.« Er stieß die Luft aus. »Glaub es oder nicht. Genau das hat sie gesagt.«

»Wann, damals?« Lucy klang schon nicht mehr ganz so feindselig.

»Damals, als du bei uns gewohnt hast. Nachdem wir ...«, er räusperte sich, »... nachdem wir zusammen in der Reha-Klinik bei deiner Mutter waren.« Er atmete tief durch. »Nachdem ich zum ersten Mal ... deine Hand gehalten habe«, setzte er leise hinzu.

»Aber ... das macht doch überhaupt keinen Sinn!« Sie sah ihn verwirrt an. »Warum sollte deine Mutter so etwas zu dir sagen?«

Er holte tief Luft. »Ich war damals verrückt nach dir, das war für niemanden zu übersehen.« Er lachte traurig. »Na ja, außer für dich vielleicht.«

»Aber ...« Sie schüttelte den Kopf. »Dachte deine Mutter, ich wäre nicht gut genug für dich?«

Er biss sich wieder auf die Lippe. »Im Gegenteil.« Seine Stimme war unbeteiligt, aber in seinen Augen lag tiefer Schmerz. »Sie dachte, *ich* bin nicht gut für dich. Weißt du noch? Ich habe dir mal Frühstück gemacht.«

»French Toast«, wisperte sie.

»Genau. Mom hat mich danach beiseitegenommen. Sie hat mir gesagt, dass du unter unserer Obhut stehst und dass ich deine Verletzlichkeit und deine unsichere Lage ausnutze, wenn ich mit dir flirte.« Seine Stimme wurde kalt. »Und auch, dass ich mir nur einbilde, dass ich Gefühle für dich habe und dir in Wirklichkeit nur an die Wäsche will. Weil ich erstens erst fünfzehn wäre und zweitens der Sohn meines Vaters.«

»Owen, ich hatte ja keine Ahnung.« Ihre Arme umschlangen ihn. »Ich hatte wirklich überhaupt keine Ahnung.«

»Nein, natürlich nicht.« Es fiel ihm schwer, über diese Zeit zu reden. »Weißt du, das Schlimmste daran war, dass sie irgendwie ... recht hatte. Ich war wirklich unmöglich zu dir. Ich habe dich heimlich angegafft, statt für dich da zu sein. Vermutlich hatte meine Mutter recht. Ich meine, guck dir mein Leben an. Guck dir an, wie ich mit den Frauen umgegangen bin.«

»Du warst ganz wunderbar zu mir.« Sie atmete zittrig durch. »Damals. Ich hätte das alles niemals ohne dich geschafft. Ich wünschte wirklich, dass ich gewusst hätte, was du gefühlt hast.« Sie schluckte. »Ich dachte, ich bin dir nicht hübsch genug. Nicht cool genug. Nicht ... du weißt schon.« Sie holte tief Luft. »Nicht *erfahren* genug und all das.«

»Blödsinn. Du warst perfekt.« Er schluckte. »Du bist perfekt«, flüsterte er dann in ihr Ohr. »Viel zu perfekt für mich.«

»Schleimer.« Die Spannung hatte sich aus ihrer Stimme gelöst.

Owen küsste ihre Stirn und sah zu, wie ihre Augenlider flatterten. Sie musste so unendlich müde sein. Er konnte es einfach nicht glauben, dass sie diese ganzen Strapazen auf sich genommen hatte, nur um eine einzige Nacht bei ihm zu sein. Ohne zu wissen, was sie hier erwartete. Sie war schon immer unglaublich mutig gewesen.

Seine Gedanken wanderten wieder in die Vergangenheit. Es hatte ihn so verletzt, was seine Mutter damals gesagt hatte. Aber statt ihr das Gegenteil zu beweisen, hatte er sich genauso verhalten, wie sie es von ihm erwartet hatte. Hatte eine Freundin nach der anderen gehabt, sich gesagt, dass es okay wäre, weil er ja immer mit offenen Karten spielte. Hatte so getan, als ob er nicht spüren würde, wie sehr er einige der Mädchen mit seinem Verhalten verletzte. War genau das Arschloch geworden, dass er nie hatte sein wollen. Er hatte mit den Frauen gespielt, und es war eine verdiente Rechnung gewesen, die ihm Cherry für sein Verhalten präsentiert hatte – so gemein sie sich ihm gegenüber auch verhalten hatte.

Aber damit war jetzt Schluss. Er konnte der Mann sein, der er sein wollte. Er war nicht dazu verdammt, so zu werden wie sein Vater.

Er sah auf Lucys wunderschönes Gesicht hinab und küsste sie sanft auf die Schläfe. »Schlaf gut, mein Schatz«, murmelte er.

Mühsam öffnete sie die Augen. »Was hast du gesagt?«, fragte sie schläfrig.

»Nur, dass du jetzt schlafen musst.« Er umschlang sie, als wolle er sie nie wieder loslassen. »Wenn du morgen wieder zurückfliegen willst, dann musst du dich jetzt wirklich dringend ausruhen.«

»Ach, mach dir da mal keine Sorgen«, murmelte sie. »Ich fliege morgen nicht zurück.«

Er schnappte nach Luft. »Was?«, fragte er verwirrt. »Paul hat dir noch länger freigegeben?«

Sie lachte mit geschlossenen Augen. »So kann man das auch sagen, ja.« Dann sah sie ihn an und lächelte. »Ich habe meinen Job hingeschmissen. Ich muss nirgendwo hin.«

NEUNUNDZWANZIG

»Wie, du musst morgen nicht fliegen?« Owen rüttelte mich leicht.

»Was?« Ich war schon wieder fast weg gewesen. »Ich bin arbeitslos«, erklärte ich schlaftrunken. »Ich fliege zurück, wenn ich einen günstigeren Flug erwische. Die Express-Flüge kosten gerade über tausend Dollar.« Ich seufzte. »Bis dahin treibe ich mich ein bisschen in Europa herum. Sind die ersten Ferien für mich seit Jahren.«

Er rüttelte mich fester. »Hey, Lucy Lou. Du kannst doch nicht so eine Bombe platzen lassen und dann einfach schlafen!«

Ich zwang meine Augen wieder auf. »Und du kannst mich doch nicht ernsthaft weiter Lucy Lou nennen, nachdem wir Sex hatten!« Ich schüttelte den Kopf. »Echt jetzt, hat dir schon mal jemand was übers richtige Timing erzählt?«

Er grinste breit. »Reden wir jetzt noch über deinen Spitznamen oder sind wir schon wieder beim Thema Sex?«

Ich kicherte. »Nein, was das angeht, hast du ein ... nicht allzu mieses Timing.«

»Was?« Er stürzte sich auf mich. »Ein *nicht allzu mieses Timing*? Das nimmst du sofort zurück. Sofort!«

»Okay.« Ich strampelte herum, während Owen spielerisch meine Arme über meinen Kopf drückte. »Schon gut. Schon gut, du hast gewonnen.« Ich pustete mir eine Haarsträhne aus dem Gesicht. »Ich korrigiere mich.«

Er schob sich ein bisschen weiter auf mich. »Ich habe also ein perfektes Timing?«

Ich zog meine Hände aus seinen, schlang sie um seinen Hals und zog ihn zu mir herunter. »Du hast ...«, ich zerrte an ihm herum, bis er direkt auf mir lag, »... das großartigste, beste, beeindruckendste ...«, ich spürte, wie er hart wurde und musste schon wieder kichern, »... Ego, das man sich vorstellen kann«, beendete ich den Satz lachend.

»Du bist echt fies.« Er küsste zart meinen Hals und ich stöhnte wohlig auf.

»Ich habe keine Ahnung von Timing oder irgendwas.« Ich wurde ein bisschen rot, aber das war jetzt auch egal. »Du ... wir ... ich ...« Ich schluckte. »Ich wusste gar nicht, dass es so sein kann«, murmelte ich dann verlegen. »Du weißt schon ...«

Owen sah mich misstrauisch an. »War das schon wieder ein Witz?«

Ich schüttelte den Kopf. »Nein, das ist die reine Wahrheit. Ich möchte ab jetzt am liebsten täglich mit dir schlafen.« Ich ließ meine Hände über seinen Rücken gleiten, bis sie auf seinem nackten Hintern lagen. »Am liebsten mehrmals.« Ich erkannte mich selbst nicht wieder.

Owen stöhnte und küsste mich lange. »Apropos mehrmals«, murmelte er dann mit rauer Stimme. »Wie wäre es mit jetzt?«

»Jetzt hätte ich gerade Zeit«, erwiderte ich atemlos. Meine Müdigkeit war verflogen.

»Und wann erzählst du mir, was bei der Arbeit los war?«

»Später«, keuchte ich, denn Owens Hand hatte gerade meine Brust erreicht. »Denn ehrlich gesagt ist mir der Rest meines Lebens gerade vollkommen egal.«

»Solange du ihn nur mit mir verbringst.«

Ich zuckte zurück. »Wie bitte?«

»Du hast mich schon ganz richtig verstanden.«

»Ist das dein Ernst?« Ich schüttelte den Kopf. »Also keine Fluchtgedanken?«

»Glaub mir, es ist mir in meinem ganzen Leben noch nie so ernst gewesen.« Er küsste mich innig, dann leidenschaftlicher, dann lachend und übermütig. »Noch nie.«

***

»Hey, Schlafmütze.« Owen saß auf der Bettkante, strich mir sanft über die Wange und hielt mir einen Kaffee vor die Nase.

»Oh Gott.« Ich rieb mir über die Augen, griff nach dem dampfenden, herrlich duftenden Becher und trank einen Schluck. »Wie spät ist es denn?«

»Nach Pariser Zeit fast Mittag.« Er schob mir eine Locke aus dem Gesicht und beugte sich dann vor, um mich zu küssen. »Wir checken in einer Stunde aus.«

»Oje.« Ich setzte mich auf und fuhr mir über das Gesicht. Owen hatte offensichtlich schon geduscht. Seine

Haare waren noch feucht, er trug nur Boxershorts und sein umwerfendes Lächeln. Hm. So sollte jedes neue Jahr beginnen. »Wie lange bist du schon wach?«, fragte ich und rutschte noch näher an ihn heran.

»Noch nicht so lange.« Er grinste schief. »Du hast mich ja letzte Nacht ziemlich lange wachgehalten.«

Ich zog eine Grimasse. »Genau. Ich dich. Klar, Owen.«

Er sah mich an, dann senkte er den Blick. »Wir fliegen gleich nach Barcelona.«

Ich seufzte. »Das ist schade. Ich hatte gehofft, dass wir noch den Tag miteinander verbringen können.« Sofort hatte ich ein schlechtes Gewissen, weil ich so quengelte. Ich hatte heute Nacht den besten Sex meines Lebens gehabt. Owen hatte mir sogar ein Liebesgeständnis gemacht, das sich gewaschen hatte. Ich stellte den Kaffee auf den Nachttisch und schlang meine Arme um ihn. »Ich finde, wenn wir alles so gut hinkriegen wie letzte Nacht, dann ist das ziemlich vielversprechend.«

Er umarmte mich fest. »Kommt jetzt gleich wieder ein Witz?«

»Nein, ich bin gerade eher im wehleidigen Modus«, gab ich zu. »Es ist nicht ganz leicht, dass wir uns jetzt eine Weile nicht sehen werden.«

»Finde ich auch blöd.« Er löste sich, sah wieder zu Boden, sodass ich mich langsam zu fragen begann, ob etwas nicht stimmte.

»Owen?« Ich nahm sein Gesicht in beide Hände und zwang ihn, mich anzusehen. »Was?«

»Komm mit mir mit.« Die Worte platzten förmlich aus ihm heraus. »Ich weiß, du hast kaum Zeit. Du musst sicher schon wieder ganz dringend irgendwas retten, und ich denke, wenn die Welt da draußen spitzkriegt, dass du wieder zu haben bist, dann rennen sie dir mit Jobangeboten die Bude ein.« Er schluckte. »Aber ich bitte dich – überlege es dir wenigstens mal. Komm für eine Weile mit uns auf Tournee. Du kannst ein bisschen was von der Welt sehen und mal Urlaub machen und ...« Er schloss die Augen. »Ich weiß, es ist eine bescheuerte Idee.«

Ich beugte mich langsam vor, legte meine Lippen auf seine und küsste ihn. Dann spürte ich, dass mir eine Träne über die Wange lief. Owen, der seine Augen mittlerweile wieder geöffnet hatte, sah mich so ängstlich an, dass ich lachen musste.

»Keine Angst.« Ich wischte die Träne mit dem Handrücken ab. »Kein neuer Nervenzusammenbruch, versprochen.«

»Also, alles gut?«

»Mehr als gut.« Ich sah ihn erwartungsvoll an.

»Wie meinst du das?«, fragte er argwöhnisch.

»Willst du keine Antwort?«

Er runzelte verwirrt die Stirn. »Worauf?«

Ich lachte immer ausgelassener. »Ob ich dich auf die Tour begleiten will. Willst du keine Antwort auf die Frage?«

»Doch, natürlich.« Er sah mich immer noch so an, als wäre ich dabei, komplett durchzudrehen.

»Gut. Wenn es möglich ist, das zu organisieren und ich dich nicht bei deiner Arbeit störe, dann ist die Antwort ja.«

»Du willst mit uns auf Tour gehen?« Er riss die Augen auf. »Lucy Lou will ihre Zeit damit verschwenden, mit einer künstlerisch wertlosen Casting-Band auf Tour zu gehen?«

Ich nickte entschieden. »Wie ein Groupie, ganz genau.«

»Und nachts schleichst du dich in das Zimmer von Mitch?«

Ich wiegte den Kopf. »Nein, das dann doch nicht.« Ich umschlang seinen Hals, krabbelte auf seinen Schoß und küsste ihn. »Nachts komme ich nur zu dir.« Ich senkte die Stimme. »Nur mit einem *Boston-Heights*-T-Shirt bekleidet.«

Er strahlte mich so glücklich an, dass mir ganz warm ums Herz wurde. »Das glaube ich erst, wenn ich es mit eigenen Augen sehe.«

»Okay, du hast recht.« Ich seufzte. »So weit wird es nicht kommen.« Ich hob die Schultern. »Ich werde vermutlich doch einen Schlüpfer tragen.« Owen brach in so brüllendes Gelächter aus, dass ich ihn irritiert ansah. »Ist das so komisch? Ein Groupie, das Unterwäsche trägt?«

Er prustete immer noch. »Kein Mensch sagt heutzutage mehr Schlüpfer«, wiederholte er die Worte seiner Schwester. Sie waren eben doch Zwillinge, da konnte man nichts machen.

Ich hob die Schultern. »Tja, ich schon. Gewöhn dich lieber dran.« Ich hakte die Zeigefinger in den Bund seiner Boxershorts. »Und genau diesen Schlüpfer würde ich mir jetzt gerne mal genauer ansehen.«

Er schnappte nach Luft. »Wir müssen in einer Dreiviertelstunde beim Tourbus sein.«

»Tja.« Ich zog den Bund sanft nach unten. »Dann würde ich sagen, du solltest keine Zeit verlieren.«

»Oder ich sage schnell Bescheid, dass wir eine Viertelstunde länger brauchen.«

»Eine Viertelstunde?« Ich sah ihn abschätzig an. »Eine *Viertelstunde?*«

Immer noch lachend schob er mich aufs Bett und ließ sich auf mich sinken. »Und du willst wirklich mitkommen? Einfach so?«

Ich nickte. »Es ist vielleicht das erste Mal im Leben, dass ich weiß, was ich wirklich will.«

***

»Hi.« Ich öffnete mit einem lasziven Lächeln die Zimmertür im *Vinci Barcelona* und klimperte mit den Wimpern. »Komm doch rein.«

Owen musterte mich und brach dann in lautes Gelächter aus. »Wo zum Teufel hast du auf die Schnelle so ein T-Shirt aufgetrieben?«, fragte er und zeigte auf das *Boston-Heights*-Shirt, das ich trug. »Du magst über mein übergroßes Ego denken, was du willst – aber das ist wirklich ein bisschen gruselig.«

Ich verzog das Gesicht. »Mann, dir kann man es aber auch gar nicht recht machen. Ich habe das T-Shirt an einem ganz normalen Stand nach dem Konzert gekauft.« Ich runzelte die Stirn. »Da denkt man, man würde Prozente kriegen, wenn man mit Rockstars schläft. Aber Pustekuchen. Ich musste den vollen Preis bezahlen, das ist echt bitter.«

Owen hatte nach dem Konzert noch ein paar Kurz-Interviews gegeben und ich war schon ins Hotel zurückgefahren, um dort auf ihn zu warten. Es war wirklich surreal gewesen, ihn da oben auf der Bühne stehen zu sehen, während ich in einem Heer johlender Fans stand, die sich die Seele aus dem Hals brüllten. Als er den Lucy-Lou-Song gesungen hatte, war ich dann aber selbst kurz vor einer Ohnmacht gewesen, und vielleicht hatte ich diese alberne T-Shirt-Nummer auch nur durchgezogen, um mich selbst davon abzuhalten, Owen allzu kitschig und überschwänglich für diesen hochromantischen Song zu danken.

»Ich bin eigentlich mehr an dem ... Schlüpfer darunter interessiert«, meinte Owen jetzt anzüglich und zog mich in seine Arme. Er roch nach frischer Luft und ein wenig nach Whisky, und es schockierte mich immer wieder, dass ich jetzt mit einem leibhaftigen Rockmusiker zusammen war.

»Tja, wenn du nicht etwas mehr Begeisterung für mein Outfit an den Tag legst, dann wirst du den wohl nicht zu sehen bekommen.«

»Das ist eine echte Herausforderung.« Owen hob mich schwungvoll auf seine Arme. »Wie kann ich dein Herz erweichen?«, schmetterte er dann mit Falsettstimme.

Ich hielt mir die Ohren zu, musste die Arme aber gleich wieder um seinen Nacken schlingen, um nicht das Gleichgewicht zu verlieren. »Sag mal, wie hast du Jeff eigentlich überredet, deinen Song jetzt auf die reguläre Set-Liste zu setzen?«, fragte ich.

»Es gibt Neuigkeiten.« Er setzte mich auf der Couch ab und sah mich ernst an. »Jeff ist nicht mehr unser Manager.«

»Nein.« Ich starrte ihn an. »Ist nicht dein Ernst.«

»Doch, es kam ganz überraschend. Das Label hat ihn von uns abgezogen. Er soll jetzt eine andere Band aufbauen.« Er sah aus, als hätte ihn die Nachricht vollkommen überrumpelt. »Er ist vor dem Gig abgereist, ohne sich von uns zu verabschieden.«

»Und wer übernimmt seinen Job?«, fragte ich neugierig.

»Solange wir in Europa sind, übernimmt Sandrine erst mal seine Aufgaben. Danach wird das Label vermutlich jemand anders zu uns schicken.« Er schluckte. »Ich kann es noch gar nicht fassen. Erst bekomme ich dich und dann geht Jeff auch noch weg. Das ist definitiv das beste Jahr meines Lebens – und es hat gerade erst angefangen.«

Ich versuchte, nicht das Gesicht zu verziehen. »Sandrine also, was?« Ich konnte mir nicht helfen. Ich hatte die coole Französin bereits kennengelernt und es war unverkennbar, dass sie ein Auge auf Owen geworfen hatte.

Owen sah mich prüfend an, dann lachte er. »Bist du etwa eifersüchtig?«

Ich rückte ein Stückchen von ihm ab. »Deine Chancen bei mir sinken immer weiter«, brummte ich.

»Gib es zu, du bist eifersüchtig.« Er rutschte hinter mir her und strich mit einem Finger über mein Bein. »Ich finde das ehrlich gesagt ziemlich schmeichelhaft.«

»Wie schön für dich.«

Owen beugte sich vor und küsste mich auf die Lippen. »Lucy, ich bin in keiner Weise an Sandrine oder irgendeiner anderen Frau interessiert. Die Einzige auf der Welt, die mich interessiert, bist du.«

»Hm.« Ich rückte wieder ein bisschen näher. »Chancenanstieg um fünf Prozent.«

Er lachte. »Damit kann ich arbeiten.«

Ich seufzte. »Ich will doch gar nicht eifersüchtig sein. Aber es ist merkwürdig, dich da auf der Bühne zu sehen. Zwischen all den kreischenden Frauen. Die alle vermutlich noch Geld dafür bezahlen würden, wenn sie mit dir schlafen dürften.«

Jetzt verzog Owen das Gesicht. »Wow.«

Ich schloss peinlich berührt die Augen. »So meinte ich das nicht.«

»Lucy, die wollen nicht mit *mir* schlafen.« Er schüttelte den Kopf. »Die kennen mich doch gar nicht. Die sehen nur eine Fassade, die nichts mit mir zu tun hat.« Er suchte mit seinem Blick meine Augen. »Lucy, ich liebe dich. Seit du mit mir nach New York gefahren bist, wird mein Leben von Tag zu Tag besser. Weißt du, bevor ich dich wiedergetroffen habe, konnte ich mich selbst nicht mehr leiden. Ich hatte das Gefühl, dass ich diesen Job bei der Band gar nicht verdiene. Dass ich Jeff und seinen Launen hilflos ausgeliefert bin.« Er nahm meine Hand in seine. »Und plötzlich bin ich nur noch deinen Launen ausgeliefert«, setzte er grinsend hinzu.

»Na, vielen Dank.« Ich verdrehte die Augen, konnte aber nicht verhindern, dass ich strahlte wie ein Honigkuchenpferd. »Also – nichts mit Sandrine?«

»Nein, nichts mit Sandrine.« Er zog mich an sich. »Du musst die Band nicht mögen und du musst schon gar keine T-Shirts von uns tragen. Du musst mir nur ein kleines bisschen vertrauen.«

»Nein, kein kleines bisschen.« Ich schüttelte den Kopf. »Ich vertraue dir von ganzem Herzen.«

»Wirklich?« Er sah mich skeptisch an.

Ich hob die Schultern. »Du und ich. Schon immer.«

Er zupfte an meinem Shirt. »Und? Wie liegen meine Chancen jetzt, heute Nacht bei dir zu landen?«

Ich tat so, als würde ich nachdenken. »Ich würde sagen ... sie liegen bei circa ... einhundertzwanzig Prozent.«

Vier Monate später ...

Lucy

»Oh Gott, oh Gott, oh Gott.« Ich ging mit großen Schritten in dem winzigen Büro auf und ab und raufte mir buchstäblich die Haare. »Oh Gott. In zwei Stunden landet Owens Flugzeug. Ich bin so furchtbar, furchtbar aufgeregt.«

Bessie, meine neue Kollegin, beobachtete amüsiert, wie ich meine Wanderung fortsetzte. »Ganz ruhig, Brauner.« Sie schüttelte den Kopf. »Ich kann ja verstehen, dass das eine große Sache für dich ist ...«

»Mehr als eine große Sache.« Ich seufzte und zwang mich, stehenzubleiben. »Ich habe Owen jetzt seit drei Monaten nicht mehr gesehen. Ich meine, als wir zusammen auf Tour waren, waren wir unzertrennlich. Aber jetzt ist so viel Zeit vergangen. Auch wenn wir ständig miteinander telefonieren, irgendwie habe ich plötzlich Angst, dass jetzt alles anders ist.«

Bessie stand auf, nahm meinen Frühlingsmantel vom Haken und hielt ihn mir hin. »Mit dir ist heute nichts mehr anzufangen. Fahr einfach zum Flughafen und warte auf ihn, okay? Ich übernehme den Termin mit dem Grafiker.«

»Wirklich?« Ich sah sie dankbar an. »Aber kommst du dann nicht zu spät zu deinem Treffen mit dem Anwalt?«

Sie schüttelte den Kopf. »Das passt alles locker zusammen, keine Sorge.«

Ich schlüpfe in meinen Mantel. »Ach, wenn ich dich nicht hätte.«

Seit ich mit Bessie unsere eigene kleine Allround-Agentur *Move it* gegründet hatte, hatte ich das Gefühl, mein Berufsleben endlich in die richtige Balance gebracht zu haben. Wir hatten uns auf Kunden spezialisiert, die entweder ihre Bioprodukte, ihre Kunst oder eine Idee vermarkten wollten. Wir hatten gut zu tun, fühlten uns aber auch nicht gerade überlastet, und in South Boston waren wir schon fast so etwas wie ein Geheimtipp in der alternativen Szene. Ich hatte Bessie damals bei einer Kampagne für *Ärzte ohne Grenzen* kennengelernt, und schon damals hatten wir davon geträumt, irgendwann mal etwas Eigenes auf die Beine zu stellen. Jetzt war es passiert, und endlich hatte ich das Gefühl, am richtigen Ort zu sein.

Nur die Sache mit Owen passte nicht so recht in mein Heile-Welt-Bild. Es war schwierig, dass er die ganze Zeit unterwegs war, und auch schwierig, dass wir nach wie vor in verschiedenen Welten lebten. Auch seine Familie hatte die Nachricht von unserer *kleinen Affäre*, wie Elisa es hartnäckig nannte, nicht besonders gut verkraftet. Katie war mir gegenüber äußerst reserviert und einem Wiedersehen bislang aus dem Weg gegangen.

Jetzt war Owens Tour endlich vorbei, aber ich war trotzdem unsicher, wie es mit uns weitergehen sollte. Nicht, dass sich etwas an meinen Gefühlen geändert hätte, ganz im Gegenteil. Auch die alte Angst vor zu viel Nähe hatte mich nicht mehr im Griff. Ich hatte eher Angst, dass Owen sich die Sache vielleicht doch anders überlegt hatte. Seit die Band einen neuen Manager hatte, wurde Owens Bereich als Songwriter immer weiter ausgebaut. Mittlerweile bestritten die *Boston Heights* ein Viertel ihres Bühnenprogramms mit seinen Songs.

»Wenn das für dich in Ordnung ist, dann fahre ich wirklich schon los.« Ich musste mir eingestehen, dass an echte Arbeit heute sowieso nicht mehr zu denken war.

Bessie umarmte mich kurz und herzlich. »Schnapp ihn dir, Tiger«, sagte sie lachend und sah mir kopfschüttelnd nach, als ich ein wenig verpeilt nach draußen taumelte.

Auch am Flughafen hatte sich meine Aufregung leider nicht gelegt. Ich sah mich nervös nach irgendwelchen Reportern um, die mit mir am Ankunftsgate warteten, aber Owen hatte mir versichert, dass dieses Mal keine Pressemeute auf ihn warten würde. In der Klatschpresse war es ruhig um ihn geworden und die Cherry-Geschichte war längst Schnee von gestern.

338

Immer wieder starrte ich auf die Uhr, und auf einmal packte mich doch wieder die alte Panik. War der Flug nicht schon längst überfällig? Was, wenn ihm auf den letzten Metern etwas passiert war? Gott, was, wenn irgendwas mit dem Flugzeug nicht stimmte?

Ich zwang mich, tief durchzuatmen.

Dann sah ich Owens Kopf auftauchen, mitten in einer Gruppe von Reisenden, und alle Zweifel waren vergessen. Ich rannte, als ginge es um mein Leben, durchquerte die riesige Halle und sprang ihm in die Arme, als wären wir ganz allein auf der großen, weiten Welt.

»Owen.« Ich umklammerte ihn, drückte ihn ganz fest an mich und lachte und weinte gleichzeitig, während er mich übermütig herumwirbelte. »Owen.« Er setzte mich wieder ab und lächelte mich an. »Owen«, flüsterte ich und musste selbst darüber lachen, wie dumm ich schon wieder klang.

Er nahm mein Gesicht in beide Hände, küsste mich lang und leidenschaftlich und lächelte. »Ich liebe es, wenn du das tust.«

»Was?« Ich grinste ebenfalls. »Mich zum Volltrottel machen?«

»Jap.« Er nickte. »Überbrückt die Kluft zwischen uns, Lucy Lou.«

Ich sah mich nach den anderen um. »Wo ist denn der Rest der Bande?«, fragte ich stirnrunzelnd. »Hast du dich schon wieder unerlaubt von der Truppe entfernt?«

Er wiegte den Kopf. »Ja und nein.«

»Wie? Ja oder nein?« Mein Herz klopfte plötzlich schneller. Waren schon wieder irgendwelche Katastrophen im Anmarsch?

»Von der Truppe entfernt, ja. Unerlaubt, nein.«

Ich kam mir langsam wirklich so vor, als wäre er ein Soldat auf Heimaturlaub. »Was willst du mir damit sagen, Owen?«

Er sah mich abwartend an. »Nur *einmal* Owen?«, fragte er dann schließlich mit gespielt enttäuschtem Gesichtsausdruck. »Komm, wiederhol es noch mal.«

Ich kniff die Augen zusammen. »Jetzt spann mich nicht weiter auf die Folter.«

»Die anderen sind direkt nach Los Angeles geflogen.« Sein Gesicht zeigte keine Regung. »Die nächste CD der *Boston Heights* wird in L.A. produziert. Die erste Single-Auskopplung wird ... halt dich fest: Der Song Lucy Lou.«

Ich hatte es gewusst. Ich hatte es einfach gewusst, dass irgendetwas sich verändert hatte. Das hieß dann: Lebewohl, geordnetes Leben. Lebewohl, ganz normale Beziehung. Ich zwang mich zu einem Lächeln. »Das ist großartig, Owen. Wirklich. Ich gratuliere dir. Du hast es echt verdient.« Ich schluckte. »Ich freue mich furchtbar für dich.«

»Ja, es ist wirklich toll.« Er seufzte theatralisch. »Nur schade, dass ich nie einen Cent von den Tantiemen sehen werde.«

Ich verstand kein Wort. »Wie bitte?« Sofort verdrängte die Empörung meine Traurigkeit. »Ich dachte, seit dieser miese Jeff weg ist, läuft es endlich besser mit dem Label! Das ist dein Song, du hast ihn geschrieben. Damit werden sie nicht durchkommen.« Ich griff nach seiner Hand. »Diesmal musst du dir einen Anwalt nehmen, Owen. Das kannst du nicht einfach so hinnehmen.«

340

Er sah auf unsere Hände hinunter, streichelte leicht über meinen Handrücken und lächelte. »Nein, es ist alles in Ordnung. Ich habe es so gewollt.« Er hob die Schultern. »Ich habe alle Rechte an meinen Songs an die Band abgetreten.«

»Bist du denn von allen guten Geistern verlassen?« Ich schrie fast. »Was hat dieses Label denn jemals für dich getan?«

»Sie haben mich aus meinem Vertrag entlassen.«

Ich sperrte den Mund auf, schloss ihn dann wieder. Musterte Owen genauer. Nein, er sah nicht ärgerlich aus. Nicht mal schockiert. Was zum Teufel bedeutete das alles? »Wie – aus dem Vertrag entlassen?«, stammelte ich.

»Ich bin ein freier Mann.« Er ließ meine Hand vorsichtig los, aber nur, um mir die Hände um die Hüften zu legen und mich sanft zu sich heranzuziehen. »Ich bin raus aus der Band. Mitch hat in den letzten Monaten Gesangsunterricht genommen und sehr an seiner Stimme gearbeitet. Er wird den Gesangspart ab jetzt übernehmen.«

»Aber ich verstehe das nicht.« Ich schüttelte den Kopf. »Ich meine, du hast es geschafft. Du hast alles erreicht. Der Song, Lucy Lou. Das ist es doch, was du gewollt hast!«

»Ja.« Er nickte ernst. »Das ist es, was ich gewollt habe und immer noch will.« Er hob die Schultern. »Aber nicht den Song. Sondern die echte Lucy Lou.« Er schluckte. »Dich.«

Ich versuchte immer noch, die neuen Informationen zu verarbeiten. »Dann gehst du nicht nach L.A.?«

Er schüttelte den Kopf. »Nein.«

»Heißt das, du bleibst jetzt in ... Boston?« Ich konnte es immer noch nicht fassen.

»Ja, das habe ich vor.« Er sah mich prüfend an. »Falls es also nur die Rockmusiker-Sache war, die dich an mir interessiert hat ...«

»Ja, genau.« Ich rümpfte die Nase. »Die Sache mit dem Rockstar und die Tatsache, dass du vor mir mit hundert verschiedenen Frauen geschlafen hast. Genau das sind die Gründe, warum ich dich liebe.«

»Also, du liebst mich noch?« Er legte den Kopf schief. »Auch wenn ich jetzt wieder ohne alles dastehe? Ohne Job, ohne festes Einkommen, ohne Plan?«

»Natürlich liebe ich dich.« Ich sah ihn an. »Aber warum hast du das getan? Nicht mal mehr ein Jahr – dann wäre doch sowieso alles vorbei gewesen. Du würdest im Geld schwimmen, jeder wüsste, dass du diese wunderbaren Songs geschrieben hast ...«

»Aber es wäre ein Jahr ohne dich.« Er sagte das so schlicht und direkt, dass ich das Gefühl hatte, mir würde das Herz aus der Brust springen – buchstäblich.

»Owen.« Ich schlang meine Arme um seinen Hals. »Owen.«

»Komm, noch einmal, damit ich weiß, dass du es ernst meinst«, raunte er in mein Ohr.

»Owen«, wiederholte ich. »Du machst mich zum glücklichsten Groupie aller Zeiten.«

»Und?« Er legte mir einen Arm um die Schultern. »Gehen wir nach Hause?«

Ich schlang meinen Arm um seine Taille und kuschelte mich an ihn. »Zu wem nach Hause?«

Er verzog den Mund. »Tja, mein Apartment habe ich erst mal untervermietet. Ich bin zwar nicht mittellos und das Label war so nett, mir eine anständige Abfindung zu zahlen. Aber bevor ich einen neuen Job habe, muss ich ein bisschen sparen.«

»Oh«, rief ich entzückt aus. »Ein brotloser Künstler. So habe ich mir das immer vorgestellt.« Ich zwinkerte ihm zu. »Und für die Miete fällt mir schon noch was ein.«

Er griff sich ans Herz. »Einmal Stripper, immer Stripper. Es hört wohl nie auf.«

Ich blieb stehen, drehte mich zu ihm um und sah ihn an. »Das hoffe ich.«

»Was?«, fragte er verwirrt. »Dass ich für dich tanze? So kenne ich dich ja gar nicht.«

»Ich wünsche mir, dass es niemals aufhört.« Ich biss mir auf die Unterlippe. »Das mit uns.«

»Dann willst du mich? Nur mich, so wie ich bin?«

Ich nickte. »Du glaubst gar nicht, wie sehr.« Ich wiegte den Kopf. »Aber wenn du noch einen Tanz drauflegst, sage ich nicht nein.«

Er verdrehte die Augen und sah mich dann mit einem spitzbübischen Grinsen an. »Hey, Lucy Lou. Wahrheit oder Pflicht?«

Ich hob die Schultern und grinste anzüglich. »Im Moment wäre mir eindeutig nach Pflicht.«

»Sehr gut.« Er grinste breit. »Begleite mich heute Abend zum Essen bei meiner Mutter.«

Ich verdrehte die Augen. »Ich nehme Wahrheit. Wahrheit. Ganz entschieden Wahrheit.«

»Auch gut.« Er legte den Kopf schief. »Dann habe ich eine Frage: Würdest du mich heute Abend zum Essen bei meiner Mutter begleiten? Sie wird nicht gerade begeistert sein, wenn ich ihr sage, dass ich aus dem Vertrag raus bin.«

Ich seufzte. »Natürlich komme ich mit. Deine Mutter ist großartig, und ich bin ihr immer noch unglaublich dankbar für alles, was sie für mich getan hat. Auch, wenn sie unsere Beziehung nicht gut findet.« Ich rempelte ihn leicht an. »Außerdem gehe ich mit dir überall hin. Wohin du willst. Ich wäre auch mit dir nach Los Angeles gegangen, wenn du mich gefragt hättest.«

Er nickte. »Das glaube ich dir sogar, Lucy. Aber auch wenn die letzten Monate ganz okay waren – diese Band war nie das, was ich wollte.«

»Das heißt ja auch nicht, dass du die Musik aufgeben musst.« Ich gab ihm einen Kuss auf die Wange. »Denn ich glaube nicht, dass die Welt auf deine Songs verzichten kann.« Ich hob eine Augenbraue. »Und bis dahin fällt uns schon etwas ein, wie wir dich ... beschäftigen können.«

»Dann rettest du mich also schon wieder?«, fragte Owen augenzwinkernd. »Gibst mir Obdach und verteidigst mich vor meiner Mutter?«

Ich sah ihn kopfschüttelnd an. »Owen, hast du es denn immer noch nicht verstanden?«

Er hob die Schultern. »Nö, offensichtlich nicht. Aber du weißt ja – kaum die Highschool geschafft, nicht auf dem College gewesen ...«

Ich griff nach seinen Händen und zwang ihn, mich richtig anzusehen. »Du bist es, der mich gerettet hat. Weißt du das denn nicht?«

Er schüttelte den Kopf. »So ein Blödsinn. Wovor soll ich dich denn gerettet haben?«

Ich küsste ihn und legte all meine Dankbarkeit und Liebe in diesen Kuss. »Vor dem schlimmsten Dämon von allen.« Ich senkte die Stimme. »Vor mir selbst.«

Er sah mich an und dieses Mal wirkte er fast erschrocken. »Ist das dein Ernst?«

Ich nickte und schlang meine Arme um seinen Hals. »Das heißt aber nicht, dass du nicht trotzdem für deine Miete tanzen musst«, wisperte ich in sein Ohr.

Er hob die Augenbrauen. »Bist du dir sicher, dass das politisch korrekt ist?«

»Ich bin mir sicher, dass das erotisch korrekt ist«, gab ich frech zurück.

Er lachte, dann zog er mich eng an sich. »Du und ich, Lucy. Schon immer.«

Verdammt. Ich hatte das Ganze bis jetzt ohne die nervige Heulerei überstanden, aber jetzt löste sich doch eine kleine Träne aus meinem Auge und rollte über meine Wange. »Schon immer«, flüsterte ich. »Und bis ans Ende der Welt.«

An die Leser

Vielen, vielen Dank, dass ihr euch die Zeit für dieses Buch genommen habt! Ich versuche immer, Geschichten zu erzählen, wie ich sie selbst gern lese - zum Abschalten, Wegträumen und vielleicht sogar manchmal zum Schmunzeln und Seufzen.

Bei Owen habe ich ehrlich gesagt ziemlich oft geseufzt - er hat sich während des Schreibens ganz anders entwickelt, als ich es am Anfang geplant hatte. Manchmal werde ich von meinen eigenen Figuren ganz schön überrascht ...

Ich wünsche euch von Herzen nur das Beste und den Mut, eure eigenen Träume zu verwirklichen!

Eure Holly